L'HÔTEL DES RENARDS

FRANÇOIS MORENAS

L'HÔTEL
DES RENARDS

Préface de
JEAN GIONO

CALMANN-LÉVY

ISBN 2-7021-0355-3

PRÉFACE*

Le nombre des automobiles s'accroît dans des proportions absurdes. Les villes sont encombrées de ces véhicules coagulés contre les parois des rues, comme dit-on (c'est la mode) le cholestérol est coagulé contre les parois des vaisseaux sanguins. les routes elles-mêmes ne peuvent plus suffire à faire circuler ce flot de quatre roues qui se heurtent, se chevauchent, s'écrasent les unes contre les autres ou contre les arbres de Sully, et éparpillent leurs morts les quatre fers en l'air sur les talus, les champs et la poussière. On ne parle que d'agrandir les routes. Cela ne donnera qu'un répit. Pendant un temps le débit semblera régularisé, mais le nombre des automobiles continuant à s'accroître dans des proportions qui resteront absurdes, le moment reviendra vite où il faudra de nouveau agrandir les routes dans des proportions également absurdes.

Il n'y a de solution que le changement de propos. Les usagers de l'automobile (et de la route) sont de deux sortes. Il y a le voyageur et il y a celui qui cherche l'évasion, le grand air, le soleil, la liberté, celui qu'à une certaine époque on pouvait appeler le curieux ou l'honnête homme. Le voyageur peut voyager en chemins de fer (qui sont devenus si rapides, si confortables, si commodes), quant au curieux, comment ne voit-il pas qu'il s'est

---

* Cette préface est extraite des *Sentiers de randonnées* de Claude et François MORENAS.

trompé ? *Il faut qu'il soit devenu bien amoureux de cet assemblage de tôles, de pignons, de pistons dans lesquels carbure l'essence pour ne pas se rendre compte que son instrument et sa mécanique ne le mènent jamais où il veut. Je ne parle pas du sot qui le cul sur son fauteuil se satisfait de déplacement pur et simple, de vitesse et du paysage qu'elle brouille et embrouille, ni du pauvre d'esprit qui déguste des « moyennes » d'un bout de l'an à l'autre, je reviens à mon honnête homme. Trimballé dans sa niche de tôle (ou même assis dans le baquet de sa décapotable) il ne s'évade pas, il change simplement de place. Jamais ne sont en jeu dans son besoin physique les mouvements qui engendrent la joie. Toujours soumis à l'action de ses pédales, de son volant, de ses leviers, il n'est jamais libre; si bien même et si bien prisonnier de ces gestes sans signification dans sa nature profonde que, lorsque ces gestes lui sont devenus, semble-t-il, naturels, il s'ennuie : ils ne correspondent à rien, sinon à bien conduire, à bien conduire dans l'absolu, à bien conduire pour bien conduire, ce qui à proprement parler n'est rien.*

Le travail de François et Claude Morenas fait plus pour le bonheur que mille chantiers d'autoroutes. Depuis des années sur l'ouvrage, ils ont dressé la carte et décrit les itinéraires des sentiers de grandes randonnées. Si l'on veut se convaincre de la misère de l'automobiliste, il n'y a qu'à comparer ce « guide du piéton » au guide Michelin. Toutes les richesses du second se chiffrent en astérisques (qu'on appelle bien improprement étoiles), en fourchettes et petits lits dessinés; de temps en temps il y est fait mention d'un porche roman, d'une façade Renaissance, qu'on va regarder après le pied de porc poulette, d'un point de vue près duquel on mettra pied à terre pour pisser, d'un apparat historique destiné à convaincre l'usager qu'il n'est pas un crétin total (et à ne convaincre que lui d'ailleurs). Le premier, par contre, nous fait pénétrer dans le vif du pays. C'est un Pérou des richesses les plus rares. Ce que certains enfants des villes, même des petites, n'ont jamais vu (et certaines grandes personnes non plus), ce que l'homme moderne s'épuise à désirer et à

*poursuivre avec ses béquilles, est là devant ses yeux qui le
voient dans sa vérité, devant sa bouche qui l'aspire, qui
l'absorbe, à portée de sa main qui touche, qui caresse, qui
apprend à caresser : le silence, la solitude, la marche des
ombres et des lumières sur la terre, la violence, la douceur
du vent, le parfum de l'air, la pureté de l'eau, l'écho des
vallons, le divin désarroi de l'intelligence devant les
choses simples, l'architecture des mythologies. Ici rien de
prédigéré, tout est à l'état natif, les essences sont intactes.
La terre, l'eau, le ciel, le feu sont pour vous seul. Les
paysages sont personnels; sur certains, votre œil est le
premier à se poser et disons que les autres ont été
contemplés avant par cent (tout au plus) personnes de
qualité.*

*L'air que vous respirez n'a jamais été respiré, l'eau
que vous buvez sort des entrailles de la terre, cet oiseau
chante pour vous, vous serez seul à avoir vu cette cétoine
pareille à une pépite d'or vert traverser le feuillage de ce
fenouil, ces lycènes danser sur cette flaque d'eau, cette
belette glisser de l'yeuse, cette couleuvre traverser le
chemin, seul à entendre gronder les profondeurs du
vallon, seul à imaginer (tout naturellement) l'assemblée
des dieux sur les sommets.*

Jean GIONO.
Le 1er juin 1961.

INTRODUCTION

Au Puits-du-Noyer, vieux mas authentiquement provençal, blotti au creux de la Combe-aux-Geais, à
mi-chemin entre la plaine royale d'Apt et le grand
plateau d'Albion que venait de chanter Giono dans son
dernier roman *Que ma joie demeure*, on ne se levait pas
matin.

Cela tout simplement parce qu'Arthur, le propriétaire-
habitant-récoltant, maître incontesté du lieu, ne voulant
rien laisser dans l'ombre, attendait pour se lever de
voir le soleil poindre sur ses terres... Ce n'était pas sa
faute, si dans la Combe, le soleil n'était pas « matinier »
et si, caché au levant par les collines qui s'étiraient
mollement jusqu'au Villars, il se levait plus tard
qu'ailleurs...

En ce matin déjà frais et limpide d'octobre 1936,
Razoux, facteur bavard et curieux, éveilla Arthur sur
le coup de dix heures pour lui annoncer « Aujour-
d'hui il n'y a rien pour toi ! » Ayant monté pour le
seul plaisir quinze cents mètres de chemin de gravaille, il ouvrit d'un air navré son sac de cuir en
répétant : « Non, aujourd'hui il n'y a rien, il n'y a
rien. »

Comme le Razoux faisait mine de partir, en disant
machinalement par habitude « Merci, merci bien »,
Arthur à moitié endormi, la bouche pâteuse, les souliers
délacés, les cheveux en désordre, descendant les esca-

liers qui donnaient dans la cour, l'appela alors qu'il
passait le grand portail de bois râpeux :

« Ohou, attends un peu, tu vas bien entrer boire
quelque chose, ah! diable, être venu jusqu'ici, il s'en
parlerait!...

— C'est que..., répondit l'autre qui n'attendait que
cela, c'est que... », et il entra dans la cuisine, posa son sac
et but d'un trait un verre de vin âpre comme ce vent qui
descendait du plateau, fort comme le suc de toutes les
plantes de la Combe, fruité comme les olives verdales de
cette terre aride et qui, sans un arrière-goût de tonneau
mal lavé, se serait laissé boire à d'autres heures de la
journée. Mais, baste, le Razoux, comme tous les gros
buveurs de vin, n'était pas difficile...

« Alors, dit le facteur, c'est vrai ce qui se dit dans le
pays qu'il se va ouvrir un hôtel dans ton Puits-du-Noyer?

— Un hôtel... oh un hôtel, ce serait plutôt quelque
chose pour la jeunesse...

— Pour la jeunesse? Tu es comique, ce sera un hôtel
pour les renards, ça oui. Moi je crois surtout que c'est
une légende cette histoire d'hôtel. Qui tu crois qui
viendra se perdre dans ta Combe? Tu n'y penses pas,
mon brave! Peuchère... Et qu'est-ce qu'ils auraient à voir
les jeunes? De la caillasse, des genêts, des amélanchiers?
Tu sais bien qu'il n'y a pas un bel arbre, pas une goutte
d'eau, pas un pouce de pré! Dans toute ta Combe, il n'y
aurait pas seulement de quoi faire un jeu de boules, ni
manger une chèvre, même vieille! Tu ne penses pas que
des couillons vont se rôtir dans ta garrigue, et se
distraire en regardant passer les troupeaux du Clovis?

— Il y a un mois, tu m'aurais dit qu'il se monterait
une auberge de la jeunesse dans mon Puits-du-Noyer, je
t'aurais dit : « *Vaï counta qui à Blaise* [1]. » Mais depuis, il y
a eu du nouveau, l'homme des auberges est descendu de
la colline...

— Qui est descendu de la colline?

— Un homme que j'avais jamais vu. Je vais te dire :

1. Va conter ça à Blaise.

d'habitude, les gens qui viennent jusqu'ici comme toi, ils montent par le chemin, eh bien, lui, il est descendu par le bois, là au-dessus du puits, sur le versant du levant, à travers les lavandins de l'Arnest.

— Et tu n'as pas eu peur?

— Que non, parce qu'il avait l'air brave, mais ça se voit pas tous les jours des hommes qu'on ne connaît pas! Et qui descendent droit de la colline entre les chênes-verts!

— Et comme il était?

— Il avait de gros souliers, des pantalons en velours, une chemise rouge à carreaux et un grand sac à dos. Il avait l'air un peu fada mais bien élevé.

— Ça n'a pas de rapport.

— Quand il a été sur l'aire, celle du haut, j'ai dit : « Alors, comme ça, vous venez de loin? ». De Nice qu'il m'a dit. Alors, je me suis pensé : toi, tu dois pas être de Nice mais de Marseille. — « Et à pied? » je lui ai demandé pour voir. — « Oui » qu'il m'a fait, « tout à travers bois ». — « C'est que vous devez avoir soif, entrez boire un verre de vin, diable! » Il a posé son sac sous la glycine et me l'a vidé.

« Et qu'est-ce qu'il y avait dedans?

— Je veux dire qu'il m'a raconté son histoire... »

L'ARTHUR DU PUITS-DU-NOYER

Depuis deux mois que j'étais en route, je cherchais un mas abandonné. Pas une grosse ferme, car je ne voulais pas faire le paysan, mais un peu de large autour, pour y tenir quelques bêtes et faire un grand jardin, un endroit sauvage, comme je les aime, ni trop loin d'une route, ni dans le plat, enfin quelque chose comme le Puits-du-Noyer, pour y recevoir les jeunes qui, de l'auberge de Séguret, se dirigeraient sur la côte en passant par les gorges du Verdon.

En fait, je séjournais depuis une semaine à l'hôtel du Commerce d'Apt. Sur les directives de mon ami Geoffroy, notaire et conseiller général, j'avais déjà écumé le pays, marchant du matin au soir dans toutes les directions. Rien dans l'inventaire de son étude ne m'avait enthousiasmé.

J'avais entrevu l'auberge rêvée, un matin dans le Lubéron : une maison bâtie sous le rocher, au-dessus d'un frais vallon avec quatre grands peupliers, des prés, des sources, des arbres et des oiseaux.

J'avais posé mon sac près de la fontaine, sous le saule, demandant si par hasard il n'y avait rien à louer dans les parages.

« Il y aurait bien la maison de l'oncle, me dit l'homme, ça pourrait faire une belle auberge, pourquoi ici l'air est bon et pour les estivants ce serait brave, je garderais les prés pour le troupeau.

— Mais il est fada mon mari, cria la femme en sortant de la cuisine, l'oncle il est pas encore mort. Dans le quartier il n'y a rien, monsieur... »

J'avais vu, en fait le plan neuf, les Charbonnières, Salen, le Prat-de-Vansorgues.

Alors, délaissant la colline des Puits, Péréals, le Luberon et le plateau de Caseneuve, je dirigeai mes recherches droit vers le nord, vers ce grand pays inconnu qui m'attirait depuis le jour où du promontoire de Saignon, j'en avais mesuré l'étendue et jugé avec le recul toutes les possibilités de pénétration. Saint-Saturnin-d'Apt, village ensoleillé, adossé à la grisaille des collines, les grandes échancrures asymétriques et sombres de ces combes profondes, parallèles et mystérieuses — les innombrables points blancs de ces fermes isolées, jetées à la volée sur la montagne lunaire où il ne semblait aucune vie possible, et par-dessus le mont Ventoux avec son dôme de cailloux blancs. Plus loin, la montagne de Lure et au-delà, les sommets neigeux de la grande chaîne des Alpes. La chaîne de la montagne d'Albion s'étendait là, le Saint-Pierre avec ses 1 250 mètres, Berre, le Safranier, le Cluvier et en réserve, ce qu'on ne soupçonnait même pas d'en bas, le vaste plateau d'Albion que j'avais repéré sur la carte Michelin comme un grand vide qui m'intriguait.

Un soir, chez Geoffroy, on parla de Giono, le poète de Manosque et dans la nuit, je dévorai son dernier ouvrage *Regain*, qui attisa mon désir de partir à la découverte de ce haut pays, cet immense plateau que je pressentais à la mesure de mon besoin d'évasion, de solitude et de grandiose.

Le lendemain, dès sept heures, je prenais place devant l'hôtel du Commerce dans la guimbarde du Vialard, un autobus Berliet de 1914 dont la carrosserie et les banquettes avaient servi autrefois de courrier entre Sault et Simiane. La route blanche toute droite se hissait insensiblement vers les collines au milieu des oliviers, des amandiers, des chênes truffiers bien alignés, des vergers de cerisiers cuivrés, des vignes rouges et des terres ocre, roses et jaunes. Trouverais-je enfin la maison du bout de ma route?

On passa au Villars, on fit des crochets par les Petits puis les Gros-Cléments. Je descendis au lieu-dit la Fontaine-aux-Geais, départ de l'un de ces grands chemins blancs qui glissent comme des couleuvres le long des collines. Tenté par ce sentier, je le pris. Tout était clair, simple, lumineux, pauvre mais propre et délavé par les orages de l'été. Seules les sarriettes en fleur apportaient une note aimable et marquaient la saison, le paysage des collines, avec ses yeuses et ses cailloux, ne change pas au cours des mois : d'avril à décembre, c'est le même vert moutonneux des chênes et des genévriers, le même brun roussi des buis, la même lumière aveuglante, la même caillasse calcinée, le même bleu archi-bleu du ciel, d'un pays sans printemps, sans été, sans hiver et sans automne.

A dix minutes de marche, l'ancienne route de communication entre le pays d'Apt et le plateau d'Albion domine le bas-pays : la plaine, Villars sur son mamelon, qui manquerait dans le paysage, les ubacs de Rustrel et leurs terres écorchées, sanguinolentes depuis que l'homme a taillé les flancs de la montagne à grands coups de couteau pour en extraire des couleurs, du fer, du phosphate, du charbon, du kaolin et depuis qu'il en arrache tous les poils pour alimenter ses fonderies, ses verreries, et satisfaire son plaisir de destruction. Sur la gauche, le village de Saint-Saturnin émerge sous son rocher, avec ses moulins ruinés, son château, son clocher très « clocher » et ses maisons grisailles collées au rocher grisaille, au pied des collines pelées et cailouteuses qui se prolongent jusqu'à Gordes, et portent les noms trompeurs de pâturages de la Madeleine, le Gourd, Forêt-de-Lioux, les Mares, ravin du Grand Marignon! Et pourtant on n'y décèle pas le moindre pouce d'humidité ou de fraîcheur. Plus bas, Roussillon, cité des ocres rouges, Gargas, cité des ocres jaunes, Péréals colline de gypse en pain de sucre, le petit Lubéron et sa forêt de cèdres comme une crinière,

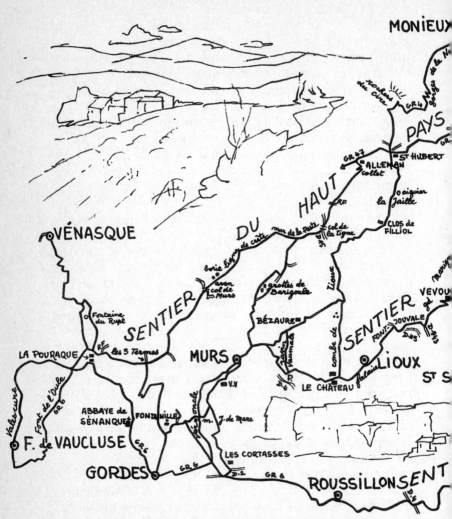

GRANDS ITINÉRAIRES TRANSVERSAUX BALISÉS OU LARGEMENT FLÉCHE

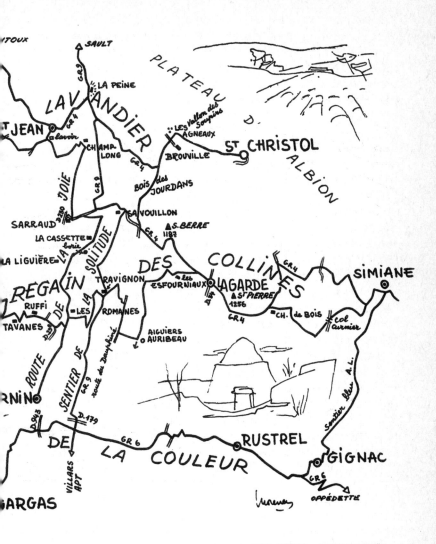

Oppède-le-Vieux, la colline Saint-Jacques-de-Cavaillon,
l'échancrure du four à chaux avec la plaine de Cous-
tellet, des Vignères, du Petit-Palais noyée déjà dans le
halo du lointain malgré la limpidité de l'heure. Sols fer-
tiles, multitude de petites fermes, richesses, vignobles,
terres à primeurs... plus loin, bien plus loin, les collines
du Gard, les contreforts des Cévennes, le Languedoc...
    Je n'avais pas marché un quart d'heure qu'en contre-
bas mon regard plongea sur une combe insoupçonnée
de la route. Une faille énorme, descendant du plateau,
ancien lit d'un torrent majestueux, se frayait un
passage entre les gorges étroites et s'évasait vers la
plaine; comme une marée d'oliviers écumeux, de vignes
et de petits champs bien ratissés, piquetés de lavandins
décoratifs et géométriques, elle venait battre le rocher, à
la lisière du pelage moutonneux des collines, rongeant
sur la garrigue le moindre pouce de terre cultivable,
petits morceaux fraîchement labourés, rasés de frais,
sans un poil, sans une herbe, nets, trop peut-être, car
même le chiendent et les mauvaises herbes ne prolifè-
rent pas dans ces champs accrochés à mi-flanc de la
montagne et grattés jusqu'à l'os.
    Pas de ruisseau, de grands arbres, de vent, d'oiseaux,
pas de vie.
    Intrigué, flairant mon gibier, je fonçais en direction
de cette vallée tapie au pied du plateau entre deux bras
de colline, cette vallée qui semblait creusée, pour mon
rêve, pour mon plaisir, et qui s'ouvrait tout à coup à mes
pieds, tel un aven, dans le sol inhospitalier de la colline
sans saison, sans jardin, sans fontaine, sans source et
sans maison,
    Trouverais-je au gîte, la maison qui manquait à cette
combe déjà plus humaine? Au-delà des énormes rochers
qui barraient tout espoir de vie, où le désert, la
sauvagine, le silence semblaient inattaquables, la vie
devait pouvoir couler, par cette échancrure ouverte sur
la plaine, facile, douce, savoureuse et colorée comme les
vignes, limpide comme l'air et libre comme l'espace qui
séparait encore de la civilisation, les routes goudron-

nées et les premiers tracteurs, la cave coopérative d'Apt
avec ses longues files de charrettes pleines de caisses de
raisins et l'omnibus Apt-Cavaillon qui se faufilait entre
les rochers de Roquefure.

Je m'arrêtai en équilibre sur le rocher. Juste à mes
pieds, je venais de découvrir le seul, l'unique mas de la
combe. Un enchevêtrement de toitures patinées par les
siècles, roses, vertes et moussues recouvrant des bâtiments disposés en jeu de dominos. L'inévitable portail,
la cour intérieure avec son oasis de verdure, l'aire, le
puits, une haie de cyprès, un énorme mûrier...

Tout en descendant, je pensais que ces murs ocrés
évoquaient un peu les villas du bord de mer. Et
pourtant, les maçons de Gargas ou de Roussillon avaient
bâti ces mas en utilisant les matériaux du pays bien
avant les architectes de la côte des Maures. Au cours des
siècles, chaque génération avait ajouté, les années
d'abondance, une aile au corps principal du bâtiment...
Magnanerie par-ci, bergerie par-là, appentis, écuries,
étables.

Au linge qui séchait sur la corde près du puits dans les
genêts et les lavandins, au filet de fumée bleutée qui
s'élevait imperceptiblement dans le ciel parfaitement
immobile, aux aboiements d'un avorton de chien, je
conclus vite que cette fois encore la maison allait
m'échapper.

Ce qu'il advint, le Razoux le savait déjà. Tout comme il
n'ignorait pas qu'il y avait à Apt une pleine gare de lits
— disons six sommiers métalliques — et qu'au Puits-
du-Noyer, le hangar cachait deux énormes caisses de
vaisselle venues tout droit des Galeries Lafayette de
Nice.

Le Vialard, le Guiget, le père Corbillard et tous les
voisins à la ronde le savaient aussi car, dans les
campagnes désertes où les plus proches voisins sont à
des kilomètres, tout se sait.

L'horloge sonnait la demie; le Razoux qui voulait
remplir son sac de nouvelles fraîches, pour les distri-
buer tout au long de ses tournées de poste et de pastis,

profita d'un silence d'Arthur pour lui demander :
« Alors, vous avez fait le pacte?
— Tu sais que je dois quitter ici à la Noël. Mon frère
Anselme est parti au pays de sa femme, à Martigues
parce que la terre le nourrissait plus. Ma mère se fait
vieille pour tenir la maison, elle serait mieux au village,
moi je languis tout seul, sans femme, je suis un peu
comme Panturle, alors je bois... Tu vois cette année, il
n'y a pas une grosse récolte, eh bien il me faudra acheter
du vin! J'irai jusqu'à Pentecôte et encore à condition que
le Clovis vienne pas tous les jours. Les oliviers ont été
gelés il y a deux ans, les bigarreaux ça se vend guère,
mes lavandins sont morts, il y a bien quelqes rabasses [1]
mais ça sert juste pour quelques omelettes! Et puis, il ne
pleut plus, le pays devient presque un désert. Alors, mon
frère, comme il fait un peu de politique et qu'il connaît
des députés à Marseille, il va me faire rentrer au
Planier, pour garder le phare. Je ne suis pas une
lumière, mais pour faire un fonctionnaire, baste! Il
paraît que je serai habillé comme sur les bateaux, mais
au moins, je n'aurai pas le mal de mer.
— Je le savais, rapport aux lettres de l'administration, mais j'évitais de t'en parler pour ne pas te faire de
la peine. Ça fait que l'homme viendra après ton départ?
— Que non, dans une semaine il est là! Il mangera
avec nous et c'est nous qui ferons l'auberge. Lui, il
pourra installer à son aise une partie des chambres.
— Et vous ne gardez rien?
— Que si, la petite aire du haut, je me la garde. On ne
sait jamais avec l'administration, si des fois je leur disais
merde, je serais bien content d'avoir un pied-à-terre
dans un endroit où il n'y ait pas d'eau.
— Mais du vin!
— Oui du vin! Trinque encore un coup et à la bonne
tienne...
— Il faudrait que je m'en aille... Je rentrerai pas de
bonne heure. Heureusement que demain on enterre « la

1. Truffes.

Badasse »; elle était bien brave et les vendanges touchent
à leur fin, il se pourrait que ce soit un bel enterrement.
Je me mettrai à la porte du cimetière et vu que nous
sommes un peu cousins, je ferai deuil et la distribution.

— Après-demain c'est marché et ta tournée tu la
feras encore au café.

— Et après, c'est dimanche. Ce jour-là j'envoie la
femme, ça lui fait une promenade, le courrier, ça la
distrait parce que la semaine, avec le ménage de l'école,
la lessive à l'hôpital et les « assavoirs » pour la mairie,
elle n'a guère le temps de sortir.

— *Vé*, le Clovis qui passe avec son troupeau, tu vas
bien trinquer avec lui! Tu vois il n'a pas besoin qu'on
l'appelle, lui.

— *Salut bravis gent. Fas beure un cop* [1]!

— Il est comique celui-là! Et ton patron, il te donne
rien à boire?

— *Lou patroun, is un bestiàri* [2].

— Va, entre et fais-toi boire.

— A la bonne vôtre! *Et la mamé? mount ei* [3]?

— Ah! Je m'en vais, dit le Razoux pour la dernière
fois... Mais il ne partit ce jour-là que lorsque Arthur eut
parcouru la chronique locale du *Petit Provençal* destinée
au père Corbillard et jeté un coup d'œil indiscret sur le
« Frou-Frou » dont le papier bleu dépassait la sacoche et
qui était réservé aux frères Sapin, deux célibataires
endurcis un peu portés sur la chose, et grands piliers de
la « Lanterne flamboyante », la maison close d'Apt.

Hélas, trois fois hélas, Arthur n'était pas pressé de
quitter le Puits-du-Noyer. Il ne pouvait se résigner à
abandonner ses vignes, son coin de feu, sa pipe, sa
bouteille et ses habitudes. D'abord, la venue d'un

---

1. Tu fais boire un coup?
2. Le patron c'est une bête.
3. Où est-elle?

homme si jeune, arrivant droit de la côte où il menait
chez ses parents une vie douce et facile d'enfant gâté lui
avait donné à réfléchir et fait un peu honte.

Son pays, qu'il s'imaginait être des plus déshérités,
serait-il aussi beau que d'autres? Non seulement je
venais y habiter, mais je me proposais d'y faire venir des
touristes et beaucoup, de la France et peut-être du
monde entier!

Puis l'idée précisément qu'il allait passer autant de
gens dans ses murs, lui avait occasionné une sorte
d'inquiétude, de curiosité mêlée d'envie et de fierté. On
s'était moqué de lui au village, et il ne brillait pas
l'Arthur! C'était devenu pour lui une question d'amour-
propre, car cette histoire d'hôtel pour les renards avait
fait son chemin.

Il avait voulu être le témoin de cette aventure
extraordinaire à laquelle au début, il faut l'avouer, il ne
croyait qu'à moitié. Il avait surtout pensé que la
distraction venant à lui, il n'avait plus besoin d'aller la
chercher. Car tout de suite il s'était imaginé que dans
sa vieille cuisine provençale, transformée en salle
d'auberge, on enlèverait la *mastre* [1], l'*estagnié* [2], la
panetière, la vieille horloge datant de Louis le quatorzième, les chauffe-lits et les *calèu* [3], bref, tout ce qui
pourrait rappeler les Anciens. On y mettrait des tables
de marbre blanc, au milieu de la pièce un poêle émaillé
pareil à celui de la gare de Gargas, une plante verte dans
la cheminée condamnée, des attrape-mouches pendus
au plafond, des guirlandes en papier, un calendrier du
Chasseur français, une suspension avec du doré, et une
glace avec du blanc d'Espagne dessus pour éviter les
cacas de mouches. Là, comme au café du village, la
jeunesse jouerait aux cartes, cracherait, boirait de la
limonade ou du vin rouge, se donnerait de grands coups
de poing dans les côtes, chanterait des chansons de

1. Pétrin.
2. Etagère où l'on rangeait les étains.
3. Lampes romaines.

régiment, bref, ferait ribote comme pour les conseils de révision.

L'auberge? Mais elle serait aussi sa source de revenus! Sans descendre au marché, il pourrait y vendre sa piquette, son miel, ses *gigandes* [1], ses lapins et ses œufs. C'était en quelque sorte le retour à la terre promise, la prospérité, la vie large et facile, la félicité peut-être... Il s'imaginait en plus, le pauvre, que parmi ces filles en short qu'il avait vues en gravure sur les affiches que je mettais au mur, il trouverait assurément l'élue de son cœur, une femme aimant le vin, les siestes, les chansons et les cigarettes gauloises.

Il avait laissé la plus grande partie des bâtiments pour l'auberge et n'avait gardé que la petite cuisine du haut car la cheminée y était plus « brave », elle ne fumait pas. Avec sa chambre que desservait un escalier indépendant, une courette extérieure et son cellier, il serait bien chez lui, mais pourrait tout à loisir observer les allées et venues de l'auberge qu'il souhaitait aussi animée que la mairie de Saint-Saturnin.

1. Topinambours.

J'AI MA COMBINE

CHARLOT (ainsi dénommé à cause d'une tache qu'il avait sur le museau), « la Vieille » grand-mère de Charlot, une chatte pas intéressante au dire d'Arthur, Arsène, mère de Charlot (on l'avait appelée Arsène avant qu'elle ne fût enceinte, ignorant son appartenance au beau sexe) Arseniate, dernière fille d'Arsène et sœur de Charlot d'un second lit (ou grenier à foin) et la « Juge » (prononcez Djeudge) avorton de chienne mauvaise comme la peste, attendaient comme chaque matin leur morceau de pain quotidien trempé dans le cacao Aiguebelle, à l'eau bien entendu, qui servait de petit déjeuner à la famille Roi...

Charlot avait un miaulement de baudruche qui se dégonfle, « la Vieille » un miaulement de porte d'armoire à linge qui grince doucement sur ses gonds, Arseniate avait encore une voix d'enfant-chat, la « Juge » geignait du gosier et faisait des bassesses allant jusqu'à lécher les bottes d'Arthur...

Seul Arsène ne miaulait pas. Il avait compris depuis longtemps que les Roi n'octroyaient pas plus de morceaux de pain trempés dans le cacao à l'eau, brûlants par-dessus le marché, et jetés à la volée sur les malons rouges de la cuisine, que ce qu'il fallait; même s'il s'élevait à l'entour de la table ancestrale en noyer des meetings de protestations-chats. Arsène ne miaulait pas. C'était trop humiliant; il était partisan de l'action

directe. Il prenait son dû. Il n'attendait pas d'aumône.
Ennemi de la parcimonie et de l'os que l'on donne à
ronger, il voulait sa part du gâteau, des Roi si l'on peut
dire. Ce n'était pas sa faute, si Arthur, à sa naissance, ne
l'avait pas écrasé entre deux lauzes [1] comme ses frères
jumeaux. Les Roi, eux, disaient qu'Arsène était voleur et
sournois (toujours cette habitude de parler d'elle au
masculin), mais il pouvait dormir dans l'âtre de la
cheminée du sommeil du juste, car il ignorait l'existence
de l'argent et les complications qui en découlent dans la
société des hommes.

Arsène n'était pas seulement voleur. Un vulgaire
Charlot était capable de chiper une côtelette sur la
table pendant que la grand-mère Roi avait le dos tourné;
cela c'était du pipi de chat; Arsène était plutôt du genre
cambrioleur, ne trouvant son véritable et malin plaisir,
que dans le vol avec effraction, d'où son nom initial
d'Arsène Lupin!

C'est pourquoi, en ce matin de novembre 1936, Arsène
ne miaulait pas, dédaignant le cacao Aiguebelle. Attendant patiemment son heure, celle où l'on tue le cochon,
où l'on dépèce le lièvre, où l'on fait tremper la morue, où
passait le « planteur de Caïffa », à la rigueur celle du
croustet de fromage ou d'un rond de saucisson destiné à
une quelconque *biasse* [2] soigneusement enfouie au creux
d'un linge blanc...

« La Vieille », au gosier blindé, avalait en s'étranglant
les morceaux de pain brûlant pour les soustraire à la
« Juge » qui, de son côté, faisait « l'arbre droit » pour
prendre le tour d'Arseniate tandis que Charlot, le
pauvre, l'éternel défavorisé, arrivait toujours trop tard.

Non, Arsène n'aurait pas fait des pitreries comme la
« Juge ». Il n'aurait pas remercié comme la « Vieille » à
qui l'on avait appris à faire *lou poutoum* [3]. Il n'aurait pas
couru sous le soleil dans la combe pour lever un lapin,

---

1. Grosses pierres plates.
2. Casse-croûte.
3. Le baiser.

poursuivi les brebis jusqu'à l'Aiguier-Neuf ou l'Angos-
tine pour le plaisir de jouer au flic. Il n'aurait pas creusé
des truffes toute une journée, à s'abîmer les griffes dans
la terre gelée pour quelques boulettes de pain, pas plus
qu'il n'aurait léché son maître, si celui-ci lui avait
allongé son gros soulier clouté dans les côtes. Arsène
n'était pas reconnaissant.

Ce jour-là donna raison aux théories du Chat majus-
cule, car le pauvre Charlot, ce braillard, reçut un
manche d'opinel sur le nez et, sous la menace du maître
de céans qui vociférait des « ite » tonitruants, toute la
famille-chat (même la « Juge » malgré ses bassesses) dut
battre en retraite dans la cour, sans autre forme de
procès.

Depuis un mois donc, j'étais le pensionnaire des Roi,
braves gens serviables, francs, honnêtes, bons, hospita-
liers, sociables et résignés malgré leurs coups durs. La
famille occupait le fond de la combe depuis trois cents
ans. La reine-mère, la mère Roi qui marchait sur ses
quatre-vingt-quatre ans, s'exprimait dans un français
remarquable et pensait sans trop de soucis, « à ses vieux
jours ». Son occupation, en attendant lesdits vieux jours,
était de faire la cuisine, le lavage, bref, tout ce que
comporte de travail féminin une maison isolée du reste
du monde, c'est-à-dire, ressemeler les chaussures, scier
le bois, réparer la toiture, faucher l'herbe pour les
lapins dans les ribas [1] et donner aux poules...

Son fils, le petit comme elle l'appelait, qui répondait
quand il n'était pas fin saoul au prénom d'Arthur,
pouvait avoir dans les quarante-cinq ans. Arthur avait
un défaut, tout au moins ce que l'on nomme ainsi car en
fait c'était pour lui une qualité : il aimait le vin. Cela, on
aurait pu lui pardonner, mais ce qui était impardon-
nable, c'est qu'il aimait le sien; et le sien sentait le
tonneau.

Pour sauver les apparences, la mère Roi racontait que
si le petit buvait, c'était pour noyer son chagrin, vu qu'il

1. Talus.

avait perdu sa femme en couches; ce qu'elle ne disait pas, la pauvre vieille, c'est toute la part de vin que l'hérédité versait à plein bord dans le verre de son fils. Elle se rappelait bien le grand-père revenant de la foire d'Apt, en pleine euphorie, et distribuant des louis d'or au long de la route, aux voisins gênés qui venaient rendre l'argent le lendemain, mais ce ne sont pas des choses dont on parle aux étrangers.

Arthur, qui venait de jeter un fagot de sarments dans la cheminée, bourra sa pipe, se versa un verre de vin pour faire descendre le cacao, retourna à sa chaise de paille dont il fit craquer le dossier en se penchant, ce qui lui attira les reproches de la mère Roi, et me prenant à témoin, montra d'un hochement de tête et d'un air triomphant un quatrième personnage, que personne n'aurait remarqué. Un jeune de quatorze ans qui en était encore à tremper un quignon de pain dans son grand bol blanc, où il ne restait plus qu'un fond de cacao à l'eau, léger et froid maintenant : l'apprenti.

« Il est comique! » s'exclama-t-il en se tapant la cuisse. Et son accent devenait chantant lorsqu'il lâchait ce mot de « comique ».

« Il est comique! » reprenait-il avec un éclat de rire, satisfait de lui, moqueur mais bon enfant.

L'autre, toujours attablé, n'était pas comique du tout, et c'est là précisément que résidait le comique. Il avait le regard fixé sur son bol, et ressemblait à Buster Keaton, imperturbable et étranger à ce qui se passait autour de lui.

A cet instant et comme chaque matin, je demandai :
« Alors, l'apprenti, il travaille?
et ainsi que chaque matin, ce brave Arthur répondait :
— Oh! il travaille... mais il mange! »

Si, cent fois de suite pour m'amuser, j'avais dit : « Alors l'apprenti, il travaille? » cent fois de suite, Arthur aurait répété avec le même plaisir du patron satisfait et paternel, ravi de son effet « Il travaille, mais il maaaaaange »... et il en avait plein la bouche.

Et chaque matin, l'apprenti, aussi étranger à ce qui

l'environnait, le regard aussi fixe que ces chèvres qui paraissent toujours absorbées par quelques pensées profondes alors qu'elles ne pensent à rien, épongeait de son dernier morceau de pain au fond du grand bol de faïence les dernières traces de cacao.

A vrai dire ce jeune, on l'avait placé là, pour le changer de milieu; c'était en somme pour faire une bonne œuvre qu'Arthur l'avait engagé.

« Son père boit, racontait-il volontiers et sa mère n'est pas intéressante ».

C'était vrai, les parents de l'apprenti n'étaient pas des plus fréquentables. Ils vivaient un peu en clochards, beaucoup en concubinage et toujours dans les ivresses d'amour et de gros rouge qui finissaient mal. Son père professait dans les ordures et les chiffons, sa mère rafistolait des fonds de paniers et parcourait les rues d'Apt en criant : « Qui a des culs à raccommoder ? » Aussi, avaient-ils volontiers mis leur fils à l'école de la combe sinueuse, pour qu'il marche dans le droit chemin, prenne l'habitude de travailler, de boire à sa soif et de manger à sa faim.

Seulement voilà : la principale nourriture d'Arthur était le vin. Il buvait, du matin au soir lorsqu'il dormait la nuit, et du soir au matin lorsqu'il dormait dans la journée. Il ne comprenait pas, ayant le petit appétit des grands buveurs, que le jeune, sous-alimenté depuis ses biberons, l'appétit aiguisé par ses quatorze ans et le grand air qui descendait du plateau, n'éprouvât qu'une soif, celle de manger !

Ce que voyant, Arthur lui avait dit, avec de grands gestes à l'appui, quand il était arrivé : « Ce que j'achète pas, tu peux en manger tant que tu veux, mais couillon, il faut faire attention à ce qu'on achète ! »

Lorsque l'apprenti eut déjeuné, qu'Arthur eut brûlé son deuxième fagot de sarments et bourré sa deuxième pipe, il dit au jeune :

« Alors, si on commençait la journée ? »

L'apprenti n'eut pas le temps de répondre qu'on frappait à la porte. C'était le Zizibus qui s'en allait

creuser ses rabasses sur le travers. Il faisait du mistral,
et il était entré se mettre à l'abri. La mère Roi qui
débarrassait la table, comprit que ce gros *avarasas*[1]
venait surtout pour casser la croûte sur le dos d'Arthur
et qu'il allait lui faire perdre sa matinée. Le vent avait
beau souffler, le soleil n'en était pas moins haut et le
travail en retard.

Le Zizibus s'attabla après avoir attaché Félix, un
fantôme de chien squelettique, grelottant de faim et
de froid et qui en était réduit à creuser les truffes
après trois jours de jeûne dans l'espoir d'un morceau
de pain sec. Je fus présenté au Zizibus, curieux
comme un pet, et « mon » auberge fit les frais de la
conversation.

On appela le Soumille qui montait à ses oliviers
couper les têtarelles , lui qui n'était pas non plus en reste
pour faire des contes...

L'horloge marquait onze heures et demie, quand la
mère Roi, qui venait de tailler des tranches de pain
rassis dans la casserole en terraille de Carpentras, versa
un filet d'huile d'olive verdale sur le pain, puis le
bouillon des pois chiches et fit remarquer qu'il faisait la
gelée, signe de velouté.

D'un commun accord, on avait décidé qu'il valait
mieux manger de bonne heure afin de travailler d'arra-
che-pied l'après-midi. C'était le cas de le dire, on avait ce
jour-là des pieds de vigne à arracher. Après la soupe, on
mangea les légumes en salade avec de l'oignon et
l'apprenti termina son repas par du miel qu'il engloutit
avec la cire des rayons, ce qui eut pour effet de lui
bloquer les intestins le reste de la semaine. Puisque je
montais souvent au village, je fus chargé d'acheter aux
bonnes sœurs de l'hôpital qui tenaient un peu la
pharmacie, de « l'élexir » parégorique et de la tisane de
consoude.

On fit le café, but la goutte, la rinçolette et on sortit sur
la petite aire du haut, bien pavée, la plus abritée, celle

1. Avare.

qui avait servi au frère Anselme, en août à fouler le
dernier blé récolté derrière la maison.

Seul, le rouleau en pierre blanche et lisse refusant de
suivre son maître dans la Basse-Provence était resté,
immobile, avec la « Juge », la « Vieille », une jardinière,
un araire au soc de bois qui était encore pendu sous le
hangar, le gros *boulidou* [1], le soufflet de la forge et les
grandes bêches à garance qui, avec les faucilles et les
outils d'une autre époque, garnissaient encore la magnanerie abandonnée.

Il faisait vraiment beau — décidément une vraie
journée d'été comme il en est souvent dans cette partie
de Haute-Provence où l'hiver ne commence qu'après la
Noël — Arthur et son apprenti allèrent se rouler dans un
bourras [2] tout contre le mur, pour profiter de ce bon
cagnard, qui incitait, malgré novembre, à la sieste. Du
reste, on la faisait dès mars au Puits-du-Noyer.

Après tout, les vendanges finies, on pouvait bien se
prendre un peu de bon temps! Il faisait trop beau pour
arracher des plants de vigne et faire de nouveaux trous
pour planter les manquants, on réserverait ce travail
pour les gros froids. N'était-ce pas tout un art, que de
savoir choisir aussi bien ses heures de loisir, que ses
heures de travail! Paresse bien conçue n'est-elle pas
aussi noble qu'un travail forcé auquel s'astreignent
des numéros dans les usines?

Pendant que nos compères profitaient des rayons de
« la bonne du jour » en compagnie de « la Vieille » (la
chatte et non la mère Roi, qui, elle, s'activait), l'Adèle
était venue du village pour tailler les sarments des
vignes du seigneur des lieux. Arthur, s'il se trouvait
souvent dans les dites vignes, prenait des salariés pour
les entretenir, l'Adèle, pour les fagots et les deux frères
Sapin, avec leur sourire de bravas et leurs grandes
dents, qui menaient le mulet « Citroën » pour labourer.

Clovis était assurément celui qui « lui aidait » le plus...

1. Tonneau dans lequel on faisait la piquette.
2. Grosse toile pour le transport du fourrage.

à écouler les stocks, les années d'abondance, car jamais Arthur n'avait songé à vendre un litre de son vin; c'était un propriétaire-récoltant (tel qu'il se plaisait à l'afficher sur ses déclarations d'impôts ou d'amour et sur ses cartes de visite). Ce qui ne l'empêchait pas de payer le coup aux gendarmes en tournées, aux ramasseurs de champignons, aux braconniers, au garde-chasse ou à la Célestine, la concubine du rebouteux.

Lorsque le soleil eut atteint la forêt de cèdres du Lubéron et que le ciel fut passé alternativement des rouges aux verts, aux violets et aux ors les plus criards, Arthur et son apprenti éveillés par le froid et la soif, bayèrent aux geais et pensèrent qu' « au point où en était le soleil », ce n'était plus la peine de commencer la journée, car dans la combe, la nuit tombe plus vite que dans la plaine.

D'ailleurs, les frères Sapin qui rentraient de la chasse posaient déjà leur fusil sous la glycine et attendaient le maître de céans pour tuer les deux heures qui leur restaient à vivre en attendant le souper.

Arthur, profitant de l'aubaine, sortit deux verres et dépêcha l'apprenti à la cave pour remonter quelques litres. Ce n'est qu'à l'heure où la mère Roi servit la salade de mourres velus fortement assaisonnés d'ail, de poivre et d'huile, les truffes [1] cuites sous la cendre et les olives vertes cassées, que les frères Sapin quittèrent le mas qui s'endormait sous une lune nouvelle.

Après le repas, je voulus terminer de blanchir le dortoir des filles, le feu sacré me tenant lieu à l'époque de cheminée. D'en haut, j'entendais par la porte entrou-verte de la cuisine enfumée, Arthur qui chantait à tue-tête : « *J'ai ma combiiiine* », le refrain du film *Le roi des resquilleurs* de Georges Milton, un grand succès des années trente. L'apprenti qui était obligé pour satisfaire aux exigences du maître (chanteur) d'apprendre son air favori, récitait sérieusement en scandant les syllabes d'une voix d'enfant de chœur légè-

---

1. Pommes de terre.

rement engourdie par le vin : « *J'ai - ma - com- bi- ne.* »

Arthur hurlait : « Jamais dans la vie rien ne me turlu-*piiii - ne* », et l'apprenti reprenait docilement : « Jamais dans la vie, rien ne me turlupine... »

« *Beù, Beù!* » s'exclamait le patron, en tapant des mains. Et, versant encore du vin dans les deux verres qui restaient en course, il disait : « On en fera quelque chose! » Puis il enchaînait les chansons de régiment, il fallait bien l'éduquer ce jeune!... Mais vite il reprenait : « *J'ai ma combiiiine* », c'était sa chanson préférée, le leitmotiv de sa vie, sa devise, son refrain, son hymne. Il n'avait pas besoin de radio, ni de pilules Carter pour voir la vie en gros rouge, sa combine seule lui suffisait.

En réalité, Arthur en avait une autre : ses abeilles. Si dans la combe on vivait à peu près totalement en économie fermée, il fallait néanmoins, et obligatoirement des devises. « Le planteur de Caïffa », les forains Berton et Sicard, les quincailliers de la ville et même Mlle Blanche l'épicière et la meilleure paroissienne du village ne se seraient pas contentés de la monnaie du pape, la seule qui poussait dans la combe et qui tintait joyeusement sur les pierres du chemin les jours de montagnière.

Il fallait aux Roi un produit d'exportation, seul gage d'équilibre économique depuis des siècles, et le miel, denrée sûre comme l'or, coulait doré à pleins seaux, chaque année au mois de septembre, dans la cour du mas sous la glycine centenaire.

Pour Arthur, le merveilleux de l'apiculture, c'était le partage du travail : les abeilles faisaient le miel, le menuisier les ruches, et le frère Anselme s'occupait de l'emballage des pots de fer bleu, blanc et rouge, sur lesquels il était question d'apiculture scientifique dans une littérature émaillée de citations latines telles qu'*ad libitum* et *in extremis*. Cela tenait du boniment de charlatan et du produit pharmaceutique sérieux, le tout abondamment illustré d'abeilles, d'alvéoles, de ruches en paille, et des médailles gagnées aux foires de

Au Secrétaire d

à

Camarade,

Une auberge de jeunesse vient d'être créée à St-Saturnin-les-Apt (Vaucluse) à 10 kil. d'Apt (autobus tous les jours à midi et à 19 h., correspondance avec les cars Avignon, Marseille, Digne, etc.) et laissant les usagers au chemin de l'Auberge.

Le site de l'Auberge est des plus pittoresques, vallon ensoleillé, en plein bois, oliveraies et lavandes, alt. 400 ᵐ. Regain est à deux pas du grand plateau de Contadour, chanté par Giono, à une heure de marche de Travignan, à 2 h. 30 du St-Pierre (1250 m.) d'où l'on jouit d'une vue unique sur la grande chaîne des Alpes, Lure, le Ventoux et le Luberon, à moins d'une heure de marche de gorges profondes, de grottes et d'avens.

L'Auberge est ouverte toute l'année afin que les usagers profitent de son exposition idéale en hiver, des délicieuses journées d'avril (retenez dès maintenant votre place pour les vacances de Pâques) et des charmes de l'automne aussi bien que des mois d'été, propices aux grandes excursions, aux sports, aux matinées et aux longues soirées en plein air.

Dès maintenant, 8 ou 10 jeunes gens ou jeunes filles, trouvent un vieux mas provençal, avec sa cuisine à grande cheminée, meublée uniquement de son ancien mobilier, mais des dortoirs clairs, gais, et munis de lits-divans, comprenant sommier métallique et matelas.

L'hébergement est de 4 fr. par nuit, la pension complète est de 14 fr. par jour, nourriture saine et abondante.

L'usager trouvera de la part du Père aubergiste — un jeune — l'accueil le plus fraternel.

St-Saturnin est séparé de 60 km. de l'auberge de Séguret, 63 de celle de Mollans, 37 de celle de Vitrolles, 40 de celle de Manosque. — C'est un centre d'excursions renommées : Ventoux, Gorges de la Nesque, Fontaine de Vaucluse, Lure, etc. Dans le courant de l'été de grandes excursions seront organisées en autocars à prix réduits.

Enfin, un terrain de sports et de camping est attenant à l'Auberge. De nombreux journaux sont à la disposition des usagers. Une bibliothèque se constitue...

Mais, nous voudrions faire mieux ! Il nous faut augmenter le bien-être des jeunes travailleurs des villes qui viendront goûter le calme et les charmes de la campagne, il nous faut développer le goût des distractions saines, équiper pour la pratique de nombreux sports, il nous faut préparer dans notre petit coin une parcelle de cet édifice nouveau, qui sera une société plus belle, plus juste et plus humaine, que nous rêvons, la société de demain que les auberges bâtiront !

Et pour cela, malheureusement, nos moyens financiers sont très limités ; nous faisons donc appel à ceux qui s'intéressent à notre mouvement et nous leur demandons, s'ils ne le font en leur nom personnel, de le faire collectivement, et de demander une carte de membre actif de Regain (adresser la somme de 10 fr. à l'auberge).

Pour vous rendre à l'auberge, consultez le plan au café du Commerce à Apt.

Recevez, cher camarade, mes salutations fraternelles.

Le P. A.

Carpentras et de Digne et même à l'Exposition universelle de 1900.

Arthur, dans cette répartition du travail, s'était taillé
la part du lion, — oh! un lion pas méchant qui prenait la
vie plutôt du bon côté... en hiver, l'aire ensoleillée, en
été, le mûrier. Il ne s'essoufflait pas derrière une
charrue pour pouvoir sur ses vieux jours s'acheter un
tracteur. On ne lui connaissait pas d'ennemis hormis le
percepteur d'Apt, les curés, les courgettes, sa belle-
sœur, les boules et l'eau, car Arthur était un sage.

Sa vie c'étaient ses vignes, ses abeilles, sa bicyclette —
instrument d'évasion — son grand parapluie bleu, son
almanach Vermot, sa pipe. Le théâtre « chichois » ou le
guignol de Pitalugue, la fête du village, les jours de foire
à la ville, la « Lanterne flamboyante » lorsque la récolte
était bonne, les chansons de régiment, les veillées chez
les Guiguette, les visites du Clovis, les parties de belote
au café Tombarel, son « poste » pour les grives, ses
brochettes de petits oiseaux avec leurs rôties croustil-
lantes... et maintenant l'arrivée de l'homme providentiel
qui devait amener des touristes dans ces *ribas!*

REGAIN

PAR LA SUITE, il y eut bien de l'animation à l'auberge, mais à l'inverse de ce qu'avait imaginé Arthur, le vieux mas était devenu le centre de ralliement de tous les buveurs d'eau accourus de Provence et du Languedoc. Les végétariens, naturistes, pacifistes intégraux plus ou moins candidats au retour à la terre promise et communautaire semblaient s'y être donné rendez-vous. Sans remonter jusqu'à Fragonard, toutes les époques, y compris la « belle », connurent de telles expériences agricoles, pures fantaisies de citadins.

1936 n'échappa point à cet engouement trompeur et passager, capable de transformer un bon comptable ou un bon commis de perception en un cul-terreux d'opérette. Bien plus, trente-six fit entrer dans le vocabulaire une expression qui était en soi tout un programme, même si elle ne correspondait à aucune réalité. « Faire du retour à la terre » comme on dit faire du cheval, de la bicyclette, de la grammaire ou du piano, l'expression fut soudain à la mode, consacrée, adoptée par toute l'élite intellectuelle de la « Rive gauche ».

L'auberge venait de prendre le nom du dernier ouvrage de Giono. Nous fûmes, dès le départ, jetés comme des dés dans la légende naissante de cet « aller » à la terre, qui était plus un farniente pastoral que du travail aux champs... Une agriculture repensée en fonction des loisirs! D'emblée je fus considéré, un peu malgré moi, comme le disciple de l'écrivain de Manosque. L'Auberge devint l'embarcadère pour de nouveaux croisés appelés par le grand large du plateau, terre sacro-sainte des pionniers du gionisme.

Le nom de *Regain* pour désigner l'auberge m'enthousiasma. Le mot sonnait, clair, franc, chaud, facile à retenir, bien « dans la note ». Il m'avait été proposé par Geoffroy, un soir, chez lui entre le potage et le bœuf en daube, en même temps que le château délabré de Saint-Maurin (dont je n'avais pas voulu), des statuts et un discours d'inauguration. Il faisait partie intégrante lui aussi d'un programme. Car, à tort ou à raison, Giono était considéré de gauche, comme les auberges de jeunesse, et le vent qui soufflait sur la plaine de la campagne — électorale — d'Apt.

Cinq en 1933, deux cents en 1936, les auberges du Centre laïque suscitaient les passions. Né d'un retour aux joies simples, d'une aspiration souvent sincère à une communion entre les hommes, le mouvement des auberges prenait son ampleur dans le sillage du Front populaire, des premiers congés payés et du soutien de Léo Lagrange. La C.G.T., la Fédération générale de l'Enseignement, le Syndicat national des instituteurs, la Commission des réalisations municipales du Parti radical et radical socialiste... encourageaient de leur appui le C.L.A.J. [1] pour bâtir cette nouvelle civilisation du « sac au dos ».

Au gré des régions, des villages, des Centres s'ouvraient, essaimaient, reflétant l'âme du père ou de la mère-aubergiste. Un beau rêve fraternel, celui d'un partage, d'une mise en commun des joies et des peines, une volonté d'aller « au-devant de la vie » selon l'expression de Muse d'Albray, chantre des auberges dont la dernière pièce se jouait dans ces gîtes ouverts aux sportifs et aux amoureux de la nature.

Mais si on avait le cœur à gauche au C.L.A.J. et dans *Le Cri des auberges* de Marc Augier, rue de Valois, on

---

1. Centre laïque des auberges de jeunesse.

était plutôt catholique à la Ligue française (L.F.A.J.) fondée par Marc Sangnier, chrétien progressiste. Le fondateur du « Sillon », véritable apôtre des auberges, avait d'ailleurs fait don d'une partie de son domaine de Bierville à la Ligue, boulevard Raspail, qui se félicitait d'avoir créé, avec « l'Epi d'or » la première auberge de France.

A Saint-Saturnin, j'arrivais en pleine effervescence avec mes idées dans le vent, et Geoffroy m'avait fait bon accueil. Ami de la famille, il s'était déclaré enchanté d'avoir une auberge dans sa commune, d'autant qu'elle ne lui coûterait pas un centime, que lui aurait de toute façon refusé son conseil municipal, encore réactionnaire.

Geoffroy et moi, faisions tous deux une bonne affaire. Je me trouvais un parrain honorable quand lui dégotait un père-aubergiste inespéré et... gratuit. Au fond, Morenas était pour lui une aubaine qui flattait ses sentiments socialisants. Patronnant le père François, il faisait plaisir au parti, à Léo Lagrange et ne se compromettait guère aux yeux des notables du cru.

Mais faire lever du blé sur cette terre à cailloux de la Combe-aux-Geais, où les Soumille, les Corbillard, les Eymieux avaient abandonné leurs oliviers à l'escoubadière, la doucette et les genévriers, non merci! Mon père, en 1911, à vouloir en faire pousser au pied des Dentelles-de-Montmirail, tout près de Vaison, dans le fief du Gigondas, là où ne prospéraient que du grenache ou du carignan, avait mangé l'héritage de l'oncle de Grenoble. Aujourd'hui j'avais vingt ans, et quelques aperçus du problème : se lever avant jour pour faire manger le cheval, au jour pour sulfater, labourer, biner, sarcler, tailler, moissonner, vanner, vendanger, — et j'en passe! — se geler les doigts pour ramasser les olives, curer les étables, charrier le fumier, sans oublier de cueillir de l'herbe pour les lapins, bref mener une vraie vie de paysan, merde, j'aurais préféré être secrétaire de mairie à Banon!

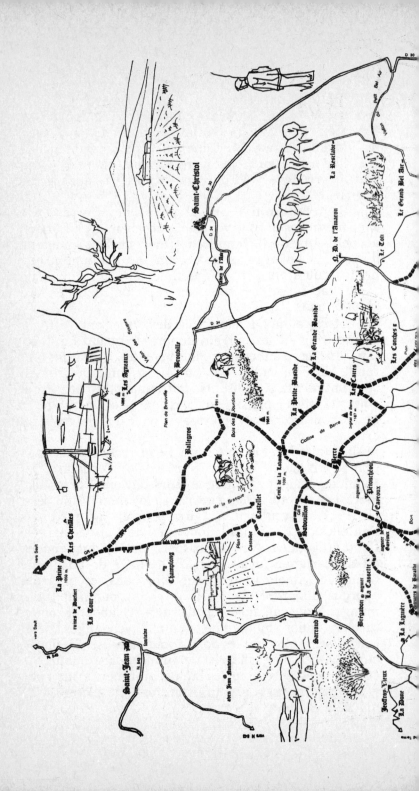

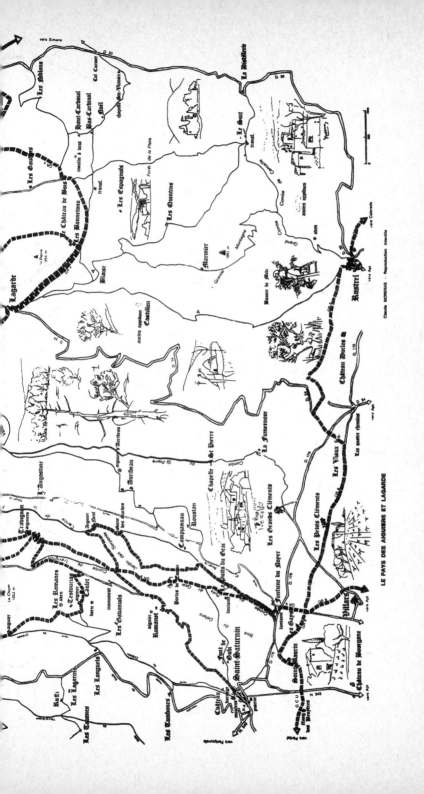

LE PAYS DES AIGUIERS ET LAGARDE

Claude MORENAS - Reproduction Interdite

Moi, je savais ce que je voulais : donner du rêve ou du bonheur à mes passagers, éventuellement les nourrir au mieux en achetant le moins possible. Ce que je désirais surtout, c'était une vie libre, indépendante, active, en accord avec mon tempérament pacifiste, mon amour de la nature, de la solitude, des grands espaces de la Provence. En ouvrant une auberge de jeunesse, je ne prenais pas la voie de la fortune mais avec un peu de volonté, je pourrais me façonner une vie à la mesure de mes capacités et de mes goûts. Je n'avais l'âme ni d'un héros, ni d'un révolutionnaire, encore moins d'un apôtre, d'un meneur de jeu, ou d'un commerçant. Je désirais gagner ma vie, loin des servitudes, sans uniforme, sans bureau, sans outil, sans patron, sans administration. Le travail ne me faisait pas peur, je l'aimais, mais avec passion comme on aime le plaisir, passe-temps ou distraction, sans plus. Après, le travail devenait ennuyeux, fastidieux, alors je partais me promener, marchant longtemps, pour rien, simplement pour voir ce qu'il y avait au bout, un peu plus loin... de l'autre côté de la colline, de l'autre côté du plateau, de l'autre côté de la vallée... De retour, je me remettais à l'ouvrage, fait de mille riens et avec ces mille riens je pensais arriver à vivre heureux. Et le plus drôle, c'est que ma foi c'était vrai...

Avec les bâtiments du Puits-du-Noyer, Arthur m'avait concédé une lande de terre envahie par les genêts. J'avais pris une pioche, défriché et semé des petits pois pour en servir à la belle saison, à ceux qui passeraient par l'auberge. Je m'étais passionné à créer ce jardin à flanc de colline, au-dessus du vieux puits, regardant chaque fois que je levais les yeux, la plaine éternellement noyée dans une brume légère, bleue ou mauve suivant les heures, Péréals, le clocher de Villars, la maison de M. Guigou, les vignes, les vergers d'oliviers et le Luberon mollement allongé en travers de l'horizon comme une chatte engourdie. Ce travail de défrichement de garrigue me plaisait. Planter des tomates ou des carottes, au même endroit, dans un coin de jardin bien

ratissé m'ennuyait, mais j'ai toujours aimé créer quand
il n'y avait plus rien.

Huit jours après·mon arrivée, je partis à pied par la
montagne, chercher une chèvre jusqu'à Saint-Christol, à
une journée de marche. Aux Conches je demandai le
chemin; c'était une grosse ferme du côté de Lagarde,
enfouie dans les immenses forêts de hêtres à 1 200
mètres d'altitude. Je m'étais arrêté sur le seuil d'une
grande pièce grossièrement dallée où, comme dans les
contes de fées, une table en bois blanc était dressée avec
des écuelles de soupe fumante. Le grand-père ressemellait des souliers au coin de la cheminée, les chiens et les
chats se chauffaient en regardant danser les flammes.
Les enfants ne jouaient pas, ne se mouchaient pas et
semblaient hébétés, laissant aux seuls yeux des jeunes
chiens, une expression humaine. On m'expliqua le
chemin, mi en provençal, mi en italien. Les paysans sur
le plateau ne sont pas bavards, je fis semblant de
comprendre :
   « Oui, oui, bien sûr, merci, merci bien. »
   J'avais faim. Je repartis, me fiant à mon intuition, je
n'aimais ni les boussoles, ni les cartes d'état-major où
l'on ne se repère qu'à condition de connaître parfaitement le terrain, pour en corriger les erreurs. Une vague
idée de la distance et de la direction à suivre me suffisait
au départ. Je me gardais un peu de marge pour l'imprévu, tout à la découverte et au plaisir de flairer les
bonnes pistes. L'odeur de cette soupe fumante, aux
choux et au lard, m'accompagna l'après-midi durant,
jusqu'à ce que j'atteigne Saint-Christol d'Albion écrasé
sur le plateau, avec pour seul repère son clocher aux
tuiles vernissées écarlates, vertes et jaunes, de celles
utilisées vers 1900 pour décorer les pigeonniers, et que
les Monuments historiques nous ont supprimées depuis.
   Le soleil baissait déjà sur le Ventoux lorsque je pris le
chemin du retour avec une chèvre de six cents francs et

Deuxième feuillet
P. le Maire :
L. Empereur

VILLE
DE

S!SATURNIN-LES-APT

—

Feuillet
Le Commissaire de Police,

REGISTRE

Que doit tenir en exécution de l'article 5 du titre premier de la loi des 19-22 juillet 1791 le sieur *Morenas J^{ois} née quartier du Fruits du Geai* *n° "Regain"* pour servir à inscrire TOUT DE SUITE ET SANS AUCUN BLANC NI INTERLIGNE les noms, prénoms, qualités, domicile habituel, date d'entrée et de sortie des voyageurs ou autres personnes qui auront logé, séjourné ou couché MÊME UNE SEULE NUIT, dans son établissement, lequel registre contenant *vingt quatre* feuillets, *mais 44 pages seulement* a été coté et paraphé par nous, ~~Commissaire~~ *Maire* ~~de Police~~, soussigné

A *St Saturnin les Apt*, le 2 *Avril* 1939.

~~Le Commissaire Central de Police,~~
Le Maire
L. Empereur

(Art. 475, n° 2 du Code pénal)

Ce registre doit être présenté au visa du

du   au   de chaque mois.

N° d'ordre	NUMÉRO de la Chambre	NOMS ET PRÉNOMS DES ARRIVANTS	DATE ET LIEU DE NAISSANCE	QUALITÉ ET PROFESSION	NATIONALITÉ (Souligner les Étrangers)
1		BESSON Germain	23.6.11 à Manosque B.A	Représentant	Fse
2		LOBRY Renée	15.1.13 Lille Nord	Femme de lettres	Fse
3		LOBRY Marcel	11.8.10 Montreuil s/Mer	Professeur	Fse
		Vu par la gendarmerie en service			
4		LOBRY Renée	15.1.13 Lille Nord	Femme de lettres	Fse
5		LOBRY Marcel	11.8.10 Montreuil s. Mer	Professeur	Fse
6		AUBRÉE Jean	8.7.14 St Lô Manche	Électricien	Fse
7		LOBRY Renée	15.1.13 Lille Nord	Femme de lettres	Fse
8		LOBRY Marcel	11.8.10 Montreuil s Mer	Professeur	Fse
9		BAINES Audrey	21.1.12 BECKENHAM (KENT)	Secrétaire	Anglaise
10		DUTRIEUX Fernand	7.9.20 Paris 11ème	Employé actuel Paris	Fse
11		LAMBORAY Jean	7.6.15 Luxembourg	Étudiant en droit	Fse
12		Grély Raymond	28.4.08 Vitré Sarthe	Instituteur	F
13		Placide Laura	17.6.17 Apt Sud	Dactylo	F.
14		Ducrey Roger	10.4.22 Arques Sud	Vét. vétérinaire	F.
18		Gilbert Paquette	18.11.16 Arques	Institutrice	F

trois ans et demi, à la robe marron, les oreilles festonnées, le plastron blanc, munie de deux pendentifs autour du cou, signe de distinction et de coquetterie... On me l'avait « enseignée » au village, « rapport au deuil de la famille »; tout le monde sait chez nous, qu'au marché, lorsqu'il veut vendre une chèvre bonne ou mauvaise, le vendeur arbore obligatoirement un crêpe en signe de deuil. Cette fois pourtant, c'était vrai, la grand-mère Marceau était morte et les jeunes vendaient le troupeau, préférant se lancer dans l'industrie foraine plutôt que dans la fabrication des banons [1]. Marceau fils possédait beaucoup plus une âme de charlatan que de berger. Il préférait la poésie des champs de foire et leurs odeurs de beignets, de serpenteaux et d'acétylène à celles des champs de pommes de terre. Grâce à ses talents d'illusionniste, de prestidigitateur et de ventriloque, il s'était même fait une renommée dépassant le pays d'Albion et affichait dans « son bureau d'imprésario » un diplôme décerné au congrès de la foire du Trône! Le même Marceau fut célèbre bien plus tard grâce à sa publicité tapageuse sur la « gelée royale » (il retira alors de son magasin son diplôme d'illusionniste). Longtemps à Rustrel, au carrefour de la route de Banon et de Saint-Christol, on put voir un énorme panneau représentant le visage de Marceau entouré d'un essaim d'abeilles qui pendait à son menton comme une énorme barbe!

En cinq heures, j'avais réussi à traîner cette garce de chèvre au bout d'une longue corde sur les quelques kilomètres de chemins pierreux et entremêlés qui, à travers les orifices d'avens insondables, les champs de lavande et les bosquets de chênes blancs rabougris, séparaient Saint-Christol de Lagarde, commune de dix-neuf habitants, au cimetière minuscule où les morts doivent entrer à pied et où l'église, coupée en deux par une cloison de briques, sert d'école. Lagarde était alors, à l'image de Sivergues, le village du bout de la route.

1. Fromages de chèvre.

Au-delà il n'y avait que des drailles et des pistes qui descendaient sur Saint-Christol par Notre-Dame de l'Amaron. Lagarde, au cœur de la Montagne sans nom, était bien l'une des communes les plus pauvres et les plus déshéritées du pays d'Apt.

Cette « Nénette » (c'était son nom de baptême) ne voulait pas abandonner son village natal, et se serait plutôt laissé étrangler que de faire un pas de plus. J'eus beau lui présenter de ce bon pain au levain cuit au bois, du sel au creux de la main, lui promettre de grands bols de lait Nestlé sucré pour son petit déjeuner, rien n'y fit, « brantavé pas [1] ». Heureusement qu'il y a un bon Dieu pour les têtus. J'arrêtai de justesse à la tombée de la nuit la seule auto rencontrée et embarquai Nénette, ô bénédiction, dans une limousine Citroën ancien modèle, une B14 vaste, spacieuse, confortable, et cahin-caha par les innombrables lacets qu'empruntait la petite route de terre qui descendait sur la vallée colorée et le hameau des Gros-Cléments, nous regagnâmes la Combe-aux-Geais sous un ciel étoilé. La raison du plus fort est toujours la meilleure. Ainsi avec la chèvre, son lait et ses fromages, mes lapins, mes courgettes et mes petits pois, je savais en dehors de toute poésie, littérature, philosophie, vraies ou fausses richesses, que si 2 et 2 font 4, 4 et 4 devaient faire huit et quatre francs par nuit multipliés par mille (puis deux ou trois mille), devaient tôt ou tard constituer mon gagne-pain. Ce calcul sordide était la clé de voûte de l'édifice, mathématique élémentaire qui échappait à tous ceux qui, séduits par un retour à la terre euphorique, venaient bourdonner autour de cette ruche.

Six cents mètres au-dessus du Puits, collé aux parois de la montagne, au bord extrême du plateau, le hameau imposant de Travignon, au-delà des vignes, tel un nid

---

1. Elle ne broncha pas.

d'abeilles maçonnes, venait lui aussi d'avoir son Regain
en cette fin d'été de la Saint-Martin.

Travignon n'était pas un cas, c'était un prototype. Le
prototype du hameau sans fumée mais non sans foyer,
du hameau sans vie régulière, sans habitant mais non
sans âme, du hameau habité par des fantômes, du vent,
des ronces, des orties, des chouettes, des lézards verts,
des couleuvres, des loirs et des chats sauvages descendant des derniers chats domestiques du lieu... du
hameau, repère épisodique des braconniers, des coupeurs de lavande, des bûcherons, des ramasseurs de
truffes, des bergers ou des chasseurs... du hameau aux
portes closes, aux cendres froides, aux volets battants,
aux gorgues ¹ geignardes, aux granges vides, aux étables
abandonnées... Un hameau lugubre, plus triste qu'une
ruine, devenu musée où l'homme est absent, où la vie
s'en est allée à pas lents, sur la pointe des pieds, laissant
sur place la charrue, le van, le soufflet, le *caleù*, le
mortier, une canne, un chapeau, un berceau, pour ne
pas se charger dans les mauvais chemins. La mort non
plus n'en a pas voulu. Elle ne saurait qu'en faire.
Travignon? L'Aubignane du poète après le départ de
Panturle, car dans les champs cultivés, le maigre blé, le
seigle ou l'orge ont été brûlés par la gelée tardive, puis
par la sécheresse précoce, ou grignotés par les lapins...
Seuls subsistent dans les parcelles soutenues par des
murs de pierres sèches, les plantations de chênes
truffiers, ce qui, vu d'en bas, offre un air de cultures
opulentes, et quelques carrés de lavande laissant de loin
l'impression de terres riches aussi bien entretenues que
les jardins à melons de Cavaillon.

Je visitai Travignon un dimanche où j'avais décidé
de me donner congé; d'abord il faisait beau, ensuite
je voulais éviter les curieux qui venaient du village
ou de la ville demander si on ne servait pas de la
limonade. Arthur qui ne parlait plus du tout de partir,
triomphait. Suppléant à mon manque total de compré-

---

1. Gouttières.

hension, il faisait les honneurs de l'auberge et offrait son vin sur la table de noyer familiale, à défaut des belles tables de marbre qui viendraient peut-être un jour.

Un quignon de pain, un morceau de tomme de chèvre et deux barres de chocolat Meunier dans mon sac, j'avais donc fui dès le matin ce débit de vin gratuit et généreux, pour arpenter l'arrière-pays et découvrir ce qui se cachait au-delà des Portes-de-Castor.

J'avais bien fait éditer des prospectus chez l'imprimeur sympathisant Pitalugue dans lesquels j'expliquais clairement ce qu'était une auberge de jeunesse. A la tournure des événements, j'étais pourtant bien persuadé qu'il me faudrait plus de vingt ans pour faire comprendre que Regain ne serait jamais ni un bistrot ni un hôtel avec menu affiché, plongeur, cuisinière, portier en livrée et un omnibus à chevaux pour aller chercher les voyageurs à la gare comme à l'Hôtel du Louvre, à Apt.

Passées les Portes-de-Castor, « robinet de Donzère » en miniature dans lequel s'engouffrait en hiver la montagnière, ce mistral né d'une branche latérale au souffle trop court et qui s'époumonait à courir jusqu'à la Colline-des-Puits, le chemin sinueux entre les romarins et les amélanchiers s'enfonçait dans un val encaissé et solitaire.

Après le pas de la Demoiselle, je découvris le Jardin-des-serpents, un antre inextricable de verdure où, sous de grands baumes, des oiseaux silencieux et de petites souris craintives venaient boire dans des vasques taillées à même des cristaux de roche aux dessins géométriques. L'eau, qui suintait du plafond goutte à goutte, rompait un silence de mort en ce lieu où les grands arbres comme pétrifiés, épargnés par les hommes saccageurs, mouraient de vieillesse.

Je passai sous la Cabane-des-Gardes, borie placée comme une vigie dans un bouquet d'arbres, à l'entrée du domaine de la Fraissinière... ultime réserve des derniers sangliers pourchassés, des renards traqués par les destructeurs de nuisibles, des blaireaux, des fouines et autres sauvagines.

Ce fut une joie de découvrir l'Aiguier-Neuf, tombeau d'eau morte, parfait de proportions, au dôme élancé, posé sur son socle de roc comme un objet d'art primitif, au plus secret de ce pays mystérieux que l'on ne devine d'aucune route.

Travignon s'avançait maintenant au-dessus de ma tête; je remontais la longue et monotone combe des frênes, térébinthes, sumacs, feuilles d'érables mouchetées comme des panthères, gamme infinie de roux, de vermillons, de pourpres, de mordorés, de gris, d'argent, de verts sombres; le passage devenait difficile, tant les arbres entre les anciennes charbonnières avaient repoussé. On enfonçait maintenant jusqu'aux genoux dans les feuilles mortes qui s'entassaient depuis de multiples automnes. Chaque pas soulevait des odeurs d'humus, de pourriture, d'écorces vermoulues, de lichens, de champignons, et d'herbes écrasées. Un oiseau de proie, d'une longue tirée d'aile, rompit le silence quelques secondes. Silencieuse aussi, une vipère engourdie par le froid s'était enroulée au milieu du sentier. Sûre de sa puissance, sans se presser, elle se glissa dans une touffe de buis. Enfin, au moment le plus désespérant, la piste à peine visible tournait brusquement à main gauche, et s'élevait jusqu'au plateau pour prendre Travignon en traître, par côté, débusquant le hameau tapi au gîte.

Je repérai maintenant le Saint-Pierre, Lagarde, Berre, les Esfourniaux, la Brasque, le Safranier, lieux désormais familiers depuis que j'étais allé à Saint-Christol chercher la chèvre. Ces paysages qui se profilaient au ras du ciel, à la lisière du plateau formaient un pays à part, en dehors du monde et du temps. Il fallait l'aimer, s'y agripper, le subir, ou le rejeter en bloc comme un monstre. Il fallait le fuir pour retrouver des pays plus faciles, aux terres plus chaudes, plus rieuses, ou s'y attacher pour toujours. Le sort en était jeté, le pacte conclu chez le notaire prenait ici toute sa force, toute sa signification. Il n'y manquait que deux paraphes à apposer sous ma signature et celle d'Arthur, ceux de Giono et des images de ses livres : le petit bois de pins sylvestres, la hêtraie aux vives couleurs, les champs de lavandes, les landes de bruyère, le ciel. La vie pourrait peut-être m'imposer des séparations plus ou moins longues, plus ou moins douloureuses. Je savais ne trouver le bonheur nulle part ailleurs, pour moi il ne saurait y avoir d' « ailleurs ».

L'arrivée récompensait de la montée. Alors que les maisons toutes blanches se dressaient à deux pas, dans les amandiers tordus par les vents, la vue s'étendait, vers le sud par-delà la vallée d'Apt et le Luberon, jusqu'à l'Etang-de-Berre. En entrant dans le hameau, on s'attendait à trouver un paysan rentrant de son champ, un bêchas sur l'épaule, une vieille sortant ses chèvres, un chien de berger donnant l'alerte, des enfants aux bonnes joues et dépenaillés fuyant devant l'étranger. Mais, les rues étaient désertes... Un bourdonnement d'abeilles butinant les derniers brins de marjolaine, de sarriette ou de sauge sclarée avant le gel de la nuit qui s'annonçait froide, le petit bruit de scie du dernier loir perçant la coque de la dernière amande avant de s'endormir pour l'hiver dans l'ancien four communal où subsistaient la panouche et le diable, furent les seuls bruits vivants dans ce village de morts. Non loin, aux Abeilles, dans le Ventoux, il restait une école, un café et son enseigne, une église, les lanternes de fer forgé, un cimetière. Travignon ne s'était jamais payé un tel luxe. Trois heures de marche et de mauvais chemins séparaient ses habitants de l'église, du café, de l'école et du cimetière. Isolés dans leur hameau, sans route ni électricité, les Travignonais étaient même rationnés en eau, les années de sécheresse, car les deux aiguiers[1] n'arrivaient pas toujours à suffire à la consommation

---

1. Bassins énormes taillés patiemment dans la pierre et recueillant l'eau de pluie tombant sur de grandes surfaces de roche plate, par des rigoles savamment orientées.

des hommes et du bétail, dans cette zone intermédiaire, où l'élevage du mouton restait la principale richesse, pas assez haute en altitude pour être fraîche, trop haute pour bénéficier de la chaleur de la plaine. La tomate n'y venait plus, le chou ou le poireau n'y trouvaient pas leur humidité, et si la vigne n'y poussait plus, le tilleul, le pommier ou le poirier n'y donnaient pas encore. Certains étés on descendait jusqu'à Romanet, à plus d'une heure de marche, quérir l'eau précieuse au fond d'un puits où elle perlait.

Pourtant, il y a une bonne centaine d'années — à la grande époque de Travignon — des gens habitaient, vivaient, se mariaient, travaillaient et mouraient là. Ce n'est pas qu'ils avaient de gros besoins... La mère Roi m'avait raconté, que du Puits-du-Noyer, de Campjanseau ou de Romanet, quelquefois l'an, on montait veiller... Ces soirs-là, on buvait le café et on le sucrait avec du sucre. On laissait allumée la lampe à huile. C'était fête.

Au gré des saisons, on tissait la laine, on buvait l'hydromel, on tartinait le miel roux sur le pain de seigle cuit au four qu'on allumait toutes les trois semaines, on mangeait des châtaignes, des lactaires, des oronges, des grisets, ramassés sur le plateau tout proche. On trouvait également le moyen d'entasser des pièces d'or, de bâtir des maisons avec le plâtre de Péréals qu'on préparait soi-même en cuisant du gypse. A deux pas, la petite forêt de Gayaux approvisionnait le hameau en bois de chauffage. Les jours de foire, on descendait à la ville pour la Sainte-Luce ou la Saint-Sylvestre parce que c'était la morte-saison... On échangeait les pommes de terre contre le vin des coteaux, le lard du cochon contre l'huile d'olive des Gros-Cléments. On élevait le ver à soie dans des magnaneries spacieuses... En contrebas, on cultivait la garance, l'indigo, les chardons à carder la laine, et l'hiver venu on fabriquait toutes sortes d'objets : des brosses avec les racines de doucette, des couverts et des boules en buis ou d'autres objets artisanaux dont on a perdu la trace.

J'entrai dans une maison dont la porte était entre-
bâillée. Des chenets montaient la garde dans la cheminée où « rien n'était plus froid que les cendres »,
comme disait la tante Eugénie... le trépied, la crémail-
lère, l'*oule* [1], le *toupin* [2], la *sartan* [3] semblaient encore
attendre patiemment depuis des années, le retour du
maître de céans. Au mur, la boîte à sel, un vieux fusil
de chasse à piston, le vaisselier et ses pauvres terraillet-
tes d'Aubagne (les étains, signes de richesse, étaient
bons pour les cheminées de la plaine), un calendrier,
une réclame des machines à coudre Singer, une glace
offerte par le cacao Aiguebelle et le couronnement de
la reine Victoria. La mastre poussiéreuse ne contenait
plus en guise de ce bon pain dont l'odeur seule évoque
mille souvenirs, que des nids de rats qui accumulaient
des pages disparates du *Petit Journal illustré*, de
l'*Armana Prouvençau* et de livres de messe ou de
vêpres.

Sur la table, rond, pauvre, triste, crasseux d'usure,
recousu, mangé des mites, un chapeau de feutre noir
attendait lui aussi. On l'avait quitté, posé là, oublié.
Chapeau de noce, chapeau d'antichambre de notaire,
chapeau de fête, chapeau de foire, chapeau de messe de
Noël, de Pâques, chapeau d'enterrement... crêpé de
deuil, chapeau de fantôme posé sur la table de ce musée
Grévin campagnard.

Dans un placard entrouvert, au milieu des toiles
d'araignées, des pètes de rats, des bouts de ficelle, des
arquets [4], au milieu d'une odeur de naphtaline, de
couenne rance, de soufre à tonneaux, de papier d'Armé-
nie, de camphre, de cire à gaufre, je découvris une pile
de *Petit Marseillais* au papier jauni, aux caractères pâles
et rongés, eux aussi, par les rats.

Le *Petit Marseillais!* Toute une époque revivait là,

1. Jarre.
2. Pot de terre.
3. Poêle.
4. Pièges.

devant la fenêtre ouverte sur le soleil couchant, une époque tragique, celle des mois d'août, septembre et octobre 1914... Ce journal à cinq centimes qui indiquait non seulement la date, mais le saint du jour, et celui du lendemain, affichait des chroniques aux titres affolants, énormes, macabres, lugubres, grotesques, enfantins :

LES ALLEMANDS BATTENT EN RETRAITE SUR LES RIVES DE L'YSER

LES BARBARES ONT INCENDIE LA CATHEDRALE DE REIMS

LES RUSSES ONT FRANCHI LA FRONTIERE AUTRICHIENNE

LE SPECTRE DE LA FAIM

LE KAISER FAIT APPEL A LA SAINTE VIERGE

« ... N'est-il pas admirable de voir le Kaiser, qui est protestant rigide, faire appel à la Vierge que sa religion ne reconnaît pas? Ce nouveau bluff de l'impérial comédien ne trompera personne... »

Pauvres bougres qui lisaient cette bonne presse qui « ne disait que la vérité ». Pauvres types partis la fleur au fusil, pour défendre le Bois-de-Gayaux et le travers du Cluvier contre l'invasion barbare... Pauvres paysans de Travignon, pauvres nobles, pauvres journalistes qui écrivaient d'aussi piètre littérature! Ahuri, mi-amusé, mi-écœuré, je ne pus m'empêcher d'emporter quelques spécimens de ce « quotidien politique d'information ».

La chambre à coucher « accusait » elle aussi, en silence. Sur une commode béante la fleur d'oranger sous son globe, les rideaux aux fenêtres, jaunis, délavés, déchirés par le vent et le soleil, croisée ouverte, vitres cassées, volets battants, tel était le décor de ce qui avait été la chambre nuptiale.

Le lit, au fond d'une alcôve, avec ses couvertures de coton blanc ajouré, la laine du matelas emportée par les

loirs pour calfeutrer leurs nids, les couvertures moleton-
nées rongées par les rats... Sur la table de chevet de bois
blanc, une veilleuse. Près du lit un vase de nuit en terre
jaune avec de grandes anses...

La mariée, qu'était-elle devenue?

Le marié? Mort au champ d'honneur ainsi que
l'attestait la chronique locale du *Petit Provençal* décou-
pée et collée au dos de la photo prise le jour du mariage
devant la mairie de Saint-Saturnin.

Quand je pénétrai dans une autre maison, l'ombre
froide de la nuit s'était déjà glissée par la toiture
défoncée. C'était celle de la dernière habitante du lieu. A
la fin de l'hiver particulièrement rigoureux de 1919, on
l'avait trouvée morte de froid, de faim, de fatigue... lasse
de porter le fardeau de tous ses souvenirs. Elle n'avait
jamais voulu descendre à l'hôpital du village. On
l'enterra dans un champ, au levant, et l'on fit une croix
avec du cade.

Au moment où j'allais me décider à quitter cet étrange
village, je tombai enfin sur ce que je cherchais, une
maison à la façade en partie recrépie, avec des volets
neufs. Sous un porche, trente sacs de chaux administra-
tive et de ciment Lafarge, sur l'aire, des traces de
mortier, une pelle, une auge, des truelles, du sable, un
tamis, en somme les restes d'un chantier. C'était là que
des Parisiens avaient jeté leur dévolu pour tenter une
« opération survie des hameaux abandonnés ».

Dès l'été 1936, la presse s'était emparée de ce sujet
brûlant d'actualité à une époque où les gens sérieux sont
en vacances et les journaux manquent de copie. Entre la
« pause » de Léon Blum, la guerre d'Espagne et le Tour
de France, il fallait bien se distraire. « VU », le grand
hebdomadaire, avait consacré un reportage sur *un
centre artisanal dans un hameau abandonné*. « REGARD »
avait parlé de *gagner la bataille du ciment pour la
reconstruction d'un village en ruine et la création d'un
centre potier international*.

Le Petit Parisien titrait « *Des Parisiens libérés retour-
nent à la terre* », Marc Augier dans *Le Cri des auberges*

parlait d' « *une expérience qui bouleverse les mon-*
tagnes ».

En vérité, un journaliste nommé Robert Sadoul, le
neveu du cinéaste, avait décroché dans un quelconque
ministère, à la Culture ou aux Loisirs, une subvention de
dix mille francs. De quoi créer un centre artisanal
« l'Atelier au Hameau », dans lequel on ferait de la
vannerie, du fer forgé et surtout de la poterie.

Le programme était magnifique. Bien sûr, il n'y avait
pas de route, pas d'électricité, pas de four de potier, pas
d'argile, mais peu importait, la subvention votée, il
fallait se lancer dans l'aventure. On fit porter à dos de
mulet des sacs de ciment et de plâtre; lorsque les
reporters du *Rouge Soleil* de Marseille montèrent, on
gâcha du mortier, Marc Augier y alla de sa truelle.
Sadoul et les pionniers, ceux qui venaient de quitter les
chemins de fer ou leur usine retapèrent une ruine en
trois semaines. Ils commencèrent par la maison la
moins endommagée, ne sachant à qui elle était. Pour les
autres, on verrait plus tard... et on s'aperçut alors
qu'elles appartenaient au Pierre de Romanet, à
Mme Gastinel, à Mathieu, à Mlle Blanche, à d'autres... et
tous ces gens-là n'avaient pas l'intention de laisser les
Parisiens habiter leur maison même si on leur parlait de
location. C'est qu'elles servaient à ranger leur foussoun,
leur faucille à lavande, et puis si on y mettait le feu,
dame, il fallait s'assurer. D'ailleurs des locataires, tout
le monde sait que pour les faire partir, il faut des
procès... Les laisser réparer, cocagne, ils pouvaient s'y
risquer, après tout... mais la plaisanterie devait s'arrêter
là!

Du reste, les terres n'avaient pas besoin d'être culti-
vées pour rapporter. Les anciens de Travignon, et plus
encore leurs héritiers n'avaient conservé que la culture
de la truffe; c'était celle qui rapportait le plus pour le
moins de peine. Ainsi, le Pierre de Romanet y montait
quelquefois dans l'hiver et récoltait autant que dans ses
terres du Gourd où « il se levait le cul », comme il disait,
pour « que dalle ».

Il y avait eu une légère erreur, au départ, dans le calcul de Sadoul. En homme de la ville, il avait conclu en découvrant Travignon désert que ce hameau était abandonné. Minute! aurait dit Geoffroy le notaire, les actes ne se joignent pas aux paroles, les paysans les conservent jalousement dans leur armoire, ils connaissent leurs limites, ils savent que cette yeuse est à eux mais que les truffes sont au voisin et, dans la brousse des terres abandonnées de Travignon, le Pierre de Romanet irait encore, même aveugle, montrer « ce qui est du sien ».

Les Parisiens libérés se promenaient en short, le torse nu, chapardaient un peu partout dans les champs, lisaient *L'Humanité* — de quoi choquer les paysans qui, même sous le Front populaire, n'étaient guère collectivistes; ils débarquaient de la guimbarde du Vialard avec des airs de conquérants, arborant un casque colonial et des théories sur les quarante heures, les congés payés et la politique des loisirs. Les Pelissanes, les Huguetti, les Vanelli et Tombarel, le cafetier de la place, affichaient leur plus sale gueule des plus mauvais jours et regardaient ces intrus comme des chiens truffiers dans une omelette. On imagine l'ambiance de la place du village et l'accueil délirant que les indigènes réservèrent « aux pionniers du monde nouveau ».

Les pionniers, eux, pensaient que Sadoul avait tout prévu, tout organisé. La commune fournirait le matériel d'exploitation et la coopérative de la communauté répartirait chaque année les revenus, à part équitable entre les citoyens; dans cette expérience en économie fermée mais socialiste, on était pour l'égalité — pas de patron, pas d'employé, même salaire quel que soit l'effort. Du reste, le travail, il en était bien question! On venait de la cité injuste et meurtrière pour se libérer de l'esclavage, ce n'était pas pour recommencer à trimer. On travaillerait, certes, mais au minimum, deux, peut-être quatre heures par jour, puisqu'il n'y aurait plus de patron pour prendre la plus grosse part du gâteau...

Parodie de la *Chèvre de monsieur Seguin*, par les

beaux jours d'été, on se roulait dans l'herbe folle. C'était beau, le soleil, la liberté, on grignotait des fruits, des tomates, des tranches de melon et la subvention de la Culture et des Loisirs. On s'habillait avec un rien, comme à Tahiti. C'était le paradis. Et dire qu'il restait des imbéciles qui n'avaient rien compris à la libération de l'homme par la nature! Chaque jour apportait de nouvelles recrues. On les logeait dans des hangars, dans des granges pleines de bon foin et le soir on organisait des veillées autour d'un feu de camp. On y chantait des chants révolutionnaires, pacifistes, on y déclamait du Prévert et du Maurice Rostand, on y commentait les journaux du matin, on engageait de grands débats sur la guerre d'Espagne, le végétarisme. La main et les doigts de l'homme sont-ils faits pour cueillir des fruits ou des biftecks?

L'automne fut chaud, ensoleillé et prolifique. Cette année-là, on eût dit que jamais l'hiver ne viendrait. On se nourrissait de figues, de raisins, d'amandes, des *Nourritures terrestres* et du *Retour d'U.R.S.S.* de Gide.

La poterie? C'était le seul travail qui tournât rond, car il y avait dans la communauté un authentique potier. Encore fallait-il mettre à l'épreuve du feu le four à pain communal, monter de l'argile de Gargas et trouver des débouchés...

Pourtant, un beau jour de novembre, il tomba de la neige à gros flocons. Ce fut le loup qui mangea la chèvre, la débâcle, la retraite de Russie, le Waterloo. La communauté se replia sur l'hôtel Saint-Hubert autour du bon poêle. Finis les guitares, les bains de soleil et les discussions pour savoir si, dans la poterie, on ferait la concession au commercial ou si on laisserait à l'art le soin de guider les premiers tours du tour... Ils reprirent la guimbarde du Vialard sous l'œil goguenard, et en coulisse, du Trombone, un pilier de bistrot qui invita Trousset à trinquer au café Tombarel à la santé des fadas-de-la-belle-étoile.

La plupart retrouvèrent la cité laide et injuste. Sadoul passa quelque temps à l'hôtel Saint-Hubert, à écrire des reportages sur Travignon afin de payer sa pension.

Il resta deux épaves, Mag et Boby, des purs, des sincères, de ceux qui avaient cru au père Sadoul. Ils échouèrent plus bas dans la combe de Vaucarlenque.

En Basse-Provence on aurait ri de cette équipée tragi-comique. En Monts-de-Vaucluse, le rire était intérieur. Rien ne transpira de la satisfaction des Tombarel, du Trousset, des Costet, et du Trombone, même pas les vitres du café, car le Tombarel était chiche de son bois et son café était glacial.

LA PREMIÈRE PASSAGÈRE
DE LA BELLE ÉTOILE

JE n'avais pas prévu, lors de mon installation, que Regain, situé sur la route des Gorges du Verdon et de la côte d'Azur, était aussi sur celle qui menait à Manosque, domicile du poète.

Les bulletins mensuels et les appels aux fondateurs de communautés ajistes ralliés au *Cri des auberges* avaient porté leurs fruits. Dès le printemps, Regain devint l'étape rêvée pour tous les pèlerins de la nouvelle vague, dans cette Haute-Provence, terre d'élection pour ceux qui voulaient jouer les Panturle, les Bobi et autres Antonio. « Semeurs de graines » : quel programme pour ces bons à rien, ces ratés, ces inadaptés au travail plus qu'à la société, ces gionistes du Club du faubourg, professionnels de la resquille, mendiants dont le pèlerinage, au nom des grands principes, commençait par un acompte de cinq cents francs auprès du maître-mécène-écrivain, tant il est vrai que parmi tous ces candidats au retour à la terre, il ne se trouvait pas un seul « Médé [1] ».

Giono vivait de ses livres. Il chantait son pays à sa façon, lui seul qui connaissait ce qu'il avait en réserve

---

1. Ouvrier agricole saisonnier dans le roman *Un de Baumugnes.*

dans sa tête de fleuves, de montagnes, de ciels, de personnages. Mon ambition à moi se limitait à donner un peu de cette joie, à petites cuillères, comme une potion, à tous ceux qui voulaient toucher à pleines mains la laine des moutons et retrouver le chemin du plateau de Grémone. Je gagnais ma vie en leur offrant des vacances, que je voulais les plus belles, et des milliers de francs de joie pour quatorze francs par jour...

Les paysans faisaient de l'argent en travaillant leurs terres, les notaires en les vendant ou en les partageant, les huissiers, quelquefois, en les saisissant. Seuls les candidats au retour à la terre, qui n'étaient ni subventionnés, ni salariés, ni inscrits au fonds de chômage, ne gagnaient pas leurs carottes ou leurs navets. C'étaient des paysans sans terres cultivables, sans charrues, sans capitaux, sans routine, sans science. Avec pour seuls bagages la prétention, les illusions, le tabac, une cape de berger et des bouquins. C'étaient des intellectuels.

Entre autres phénomènes de cet acabit je ne devais pas oublier Igor et Peter — ni plus drôles ni plus crapuleux que d'autres —, deux barbus qui furent les premiers passagers sérieux de mon auberge toute neuve.

Nous étions en février 1937. De retour d'une course au village, je trouvai en entrant dans l'ancienne salle à manger des Roi, la cheminée illuminée par des flammes de deux mètres de haut, d'énormes godasses à ailes de mouche qui séchaient et sur les landiers de grosses chaussettes de laine qui fumaient en dégageant une odeur âcre de pied. Deux individus aux cheveux longs, aux ongles noirs étaient en train de se gratter la crasse d'entre les orteils avec la pointe d'un couteau; pêle-mêle étalés sur la table des guitares, des livres, du gros gris, des pipes, *Le Libertaire*, des trench-coats culottés et ennoblis par la bonne odeur des bivouacs enfumés et de la crotte de bique, des restes de pain et de fromage de chèvre (le mien bien entendu), des assiettes sales et des verres pleins, sans compter un affreux roquet qui se précipita pour me mordre.

Les deux barbus, vêtus de velours côtelé qui sentait le

chien mouillé, quittèrent comme à regret leur lecture
pour m'informer qu'ils passeraient la nuit à l'auberge.
Après quoi, ils reprirent leur lecture et se remirent à
gratter leur caca-pieds en se versant le gros rouge de la
combe que j'achetais à Arthur. Je pensai que la cheminée allait prendre feu, que ces deux types étaient sans
gêne, mais puisqu'ils se présentaient de la part de Giono
c'était une référence et je gardai mes réflexions pour
moi.

A la veillée, je parvins à leur faire dire qu'ils venaient
d'Eygalières où ils avaient fondé une communauté
destinée à faire « revivre » les Alpilles — comme si les
Alpilles avaient besoin d'eux pour ça!

Ils avaient acheté une vieille chèvre et se nourris-
saient de pois chiches. Le jour où ils n'eurent plus rien,
la chèvre qui avait rongé tous les argelas, tout le thym,
tout le romarin et toutes les tétarelles d'oliviers de
l'endroit, se suicida. Elle choisit la pendaison, se jeta du
haut d'un mur et sa corde, trop courte, l'étouffa avant
qu'elle ait eu le temps de faire « mééé ».

Ils la mirent dans le sel et vécurent ainsi, pendant un
mois, sur son dos et ses maigres gigots et côtelettes.
Lorsqu'elle fut rongée jusqu'aux os et que le dernier os
eut bouilli et rebouilli avec des orties et des pissenlits, ils
prirent la route pour se rendre chez le « Maître »
pensant que ce mage-mécène leur octroierait un mas et
un mode d'emploi pour jeunes disciples assoiffés de
pureté. Cette recommandation purement gratuite et peu
contrôlable ouvrit toutes grandes les portes de la maison
hospitalière de Geoffroy le notaire, d'un naturel bon et
généreux. Il suffisait de se dire lecteur de Giono et
« Front populaire » pour trouver chez lui le gîte et le
couvert.

Comme le stop hors les jours de marché était problématique entre Apt et le Puits-du-Noyer, Geoffroy prêta
deux bicyclettes à ces bons apôtres.

Le lendemain, le soleil brillait dans la combe. A
10 heures les passagers se levèrent, déjeunèrent avec
force bols de café au lait et tartines de miel prélevé de la

Qu'est-ce qu'une Auberge de la Jeunesse ?

C'est un gîte d'étape ou de séjour, où, pour une somme modique, les jeunes peuvent s'évader de la ville, de son atmosphère, de ses plaisirs malsains. — C'est le lieu où ils peuvent respirer l'air pur et goûter le charme de nos campagnes, d'où ils peuvent excursionner et connaître les merveilles touristiques de notre pays, où ils trouvent en la personne du " Père aubergiste " et des autres " usagers " des camarades. L'auberge n'est pas seulement un hôtel à bon marché, c'est surtout un foyer culturel où jeunes gens et jeunes filles apportant leur élan et leur enthousiasme, travaillent à l'édification d'un monde nouveau, plus sain, plus robuste, plus franc et plus humain. Grâce aux congés payés, le mouvement prend un essor considérable Jeunes gens, jeunes filles, si vous n'êtes pas adhérents, venez à Regain et vous remplirez en arrivant votre bulletin d'adhésion (10 fr. par an).

Qu'est-ce que REGAIN ?

" Regain " inspiré de Giono, est l'auberge de la jeunesse de St-Saturnin-les-Apt.

Particularités :

C'est un vieux mas provençal, dans un vallon ensoleillé, en plein bois, oliviers et lavandes (alt. 400m) Sa situation privilégiée permet le séjour toute l'année : tièdes journées d'hiver, délicieuses journées de printemps dans les cerisiers en fleurs, longs mois d'été propices au naturisme, aux veilles sous le ciel étoilé, aux grandes excursions - charmantes journées d'automne - L'usager trouvera à " Regain " une véritable cuisine provençale, avec ses meubles anciens, des dortoirs clairs et confortables, cuisine saine et abondante. Il trouvera journaux, bibliothèque, T.S.F., pick-up, terrain de sports et de camping - hébergement : 4 fr. : pension complète : 14 fr.

pointe de leur coutelas dans le grand seau de dix kilos qu'Arthur m'avait remis directement du producteur au consommateur, omettant de passer par la « manufacture » du village. Sans remerciements et sans proposer de payer quoi que ce soit, laissant leurs bols sur la table, les matelas neufs crottés de la boue des chemins, une paire de chaussettes sales et trouées sous le lit, ils s'en allèrent sur leurs vélos, reposés et repus. Je les remerciai de leur visite. Ils répondirent qu'ils repasseraient au retour, à moins que Giono ne les hébergeât à Manosque avant de les caser dans le mas qu'il ne manquerait pas de leur procurer *(sic)*.

Je ne revis plus les deux acolytes, pas plus que Geoffroy, ses deux bicyclettes...

L'auberge, prête depuis la Noël, n'avait reçu jusqu'ici — mis à part les barbus — que des amis, des membres de la famille, des employés du Sud-Electrique venus planter les poteaux, des chercheurs de ruines, des chasseurs de *limaces* [1], des correspondants du *Petit Provençal* et des villageois se rendant à leurs terres de la combe pour oliver.

Pour Mardi gras à l'occasion d'une visite à mes parents, j'allai passer quelques soirées à Antibes. A l'auberge de tante Nanette, je fis connaissance avec des Monégasques, Lorenzo et Natacha, des Niçois et Michèle, une Parisienne, une grande blonde, charmante, journaliste et, comme de bien entendu, admiratrice de Giono.

C'est tante Nanette qui m'avait mis le pied à l'étrier dans le mouvement des auberges avec, il est vrai, tout un concours de circonstances. A l'époque je vivais à Antibes. J'avais vingt-deux ans, je partageais mon temps entre les manifestations antifascistes, les randonnées solitaires dans l'arrière-pays de la Tinée, mon cabanon à Grasse, ma passion naissante du cinéma et mes petits boulots. Tantôt dans une étude de notaire, ou employé à l'enregistrement chez un percepteur, confrère de mon

---

1. Escargots.

père, tantôt jardinier. Au quartier de la Salis, j'avais loué une prairie et défriché de quoi entreprendre une culture d'anémones que je vendais à la criée sur le marché aux fleurs; dans un terrain à bâtir, j'avais obtenu l'autorisation de cultiver des petits pois que je revendais chez les militants du Front populaire. Bien sûr, la marchande de journaux, si féroce dans les meetings, les trouvait toujours trop chers ou trop durs. Bref, rien d'assez sérieux pour me procurer ce que mes parents appelaient une « situation d'avenir ».

Un jour, par désœuvrement, sur le coup de 6 heures du soir, n'ayant pas croisé rue de la République la petite vendeuse de parfums que j'attendais avec l'espoir d'un sourire, j'entrai dans la salle du peuple entendre une causerie de propagande sur les auberges de la jeunesse. L'orateur, qui n'était autre qu'un dénommé Marc Augier, représentait le Centre laïque, l'une des deux organisations d'auberges. Je fus séduit par la chaleur de son discours, enchanté, intrigué. Ce jour-là il me semblait avoir trouvé ce qui manquait à ma vie, autre chose, un monde dans lequel j'allais pouvoir me fondre, trouver joie, évasion, amitié et idéal. Marc Augier m'avait ouvert la porte d'un mouvement, et le soir même celle de l'auberge la plus proche, « la Jabotte » à Antibes, tenue par tante Nanette.

En entrant dans cette petite villa du cap d'Antibes, j'allais de surprise en surprise, mais je me sentis chez moi. J'étais conquis par la camaraderie réelle entre filles et garçons, moi le timide, le piètre séducteur, tout étonné que de charmantes jeunes filles me tutoient; familiarités que je n'avais jusqu'alors connues qu'avec les putains.

Je revins souvent à « la Jabotte ». J'appris à mieux connaître cette tante Nanette qui organisait des quinzaines culturelles, à la fois animatrice, meneuse de jeux, confidente, éducatrice. Un personnage qui aurait tenu de la directrice du « Couvent des oiseaux », de la dame d'œuvre progressiste et de la patronne de quelque Maison Tellier, lorsqu'elle déambulait vers le marché ou sur la plage de la Groupe escortée de son petit troupeau de filles en short et soutien-gorge, cheveux au vent, constamment regroupées sous son aile protectrice.

De mauvaises langues chuchotaient que Michèle était une amie intime de la mère-aubergiste, cette tante qui aurait joué à ses heures le rôle de l'oncle, mais baste, comme dirait Arthur... D'autant que c'étaient sans doute là purs ragots.

Elle m'avait regardé un peu à la façon dont on jauge les curiosités. Elle parut enthousiasmée à l'idée d'un séjour dans mon auberge lors de son retour sur Paris. Regain, au nom évocateur, devait séduire la blonde Parisienne plus que mon physique, hélas, trop jeune pour jouer au Panturle, trop collégien pour jouer au séducteur. Une pointe de snobisme était sans doute à l'origine de ce désir soudain de découvrir la Haute-Provence! Toujours est-il qu'elle avait fixé le jour de son arrivée au jeudi midi de la semaine suivante.

J'avais allumé du feu dans la cheminée, préparé des côtelettes d'agneau sur le gril, fait des recommandations à Arsène, trait la chèvre, mis une nappe propre sur la table. J'avais coupé derrière la maison une branche d'amandier en fleur que j'avais mise dans un *douïre* ¹ à olive sur la cheminée. J'avais passé une serpillière sur les malons rouges de la cuisine, balayé le dortoir des filles peint à la chaux vive en bleu pâle avec des sous-bassements lie-de-vin, mis le faux rideau à carreaux bleus et blancs à la petite fenêtre qui donnait sur la glycine et j'étais parti en courant dans la combe pour attendre à l'arrêt du car, là où j'avais posé un écriteau, cette voyageuse dont j'avais gardé une image assez floue mais que ma solitude avait dû enjoliver. Chemin faisant, je me répétais ce que je lui dirais. Je la tutoierais bien sûr, lui proposerais de porter son sac, sans insister cependant car, en auberge, les filles sont contre les préjugés bourgeois. Peut-être était-elle végétarienne? Chez tante Nanette tout le monde l'était, y

1. Jarre où l'on conserve l'huile.

compris les chats, cela ne prouvait donc rien. Elle mangerait une côtelette, des frites, et du miel en dessert. Dans les 450 francs du repas, le vin n'était pas compris, mais on verrait, si elle était « brave » et si elle aidait un peu au ménage, on lui offrirait celui d'Arthur. L'après-midi on irait jusqu'au village pour la visite et les commissions, tout fier de montrer la première passagère de cet hôtel pour renards. Et quelle pasagère! Ce n'était pas du tout-venant, une Parisienne, c'était distingué... et qui venait de la Côte, c'était flatteur. On irait boire l'apéritif à Saint-Hubert et on rentrerait par la montagne. Le soir, à la veillée, on mettrait des fagots énormes; pour une première passagère, ne pouvait-on risquer de mettre le feu à la cheminée? On parlerait du pays, je connaissais déjà le plateau, le Ventoux, le Lubéron, on parlerait des récoltes — je savais que les ressources étaient les truffes, la lavande, le charbon de bois, les olives, les amandes et les bigarreaux pour la confiture, une récolte d'avenir, à ce qu'il paraissait.

Le car était en retard ce jour-là. Toine le chauffeur avait dû boire quelques « pastagas » au café du Commerce, au Villars ou chez la grand-mère Sapin qui était toujours prête à boire la goutte, celle qu'elle versait dans son verre et celle qui lui pendait au bout du nez.

Lorsque enfin j'aperçus la guimbarde du Vialard, au loin, sur la petite route blanche et poussiéreuse des Gros-Cléments, j'avais eu le temps d'imaginer une excursion à Travignon, une autre à Auribeau, une troisième à Romanet et, évidemment, le printemps naissant, j'avais inventé une tendre idylle et peut-être un premier baiser sous les amandiers en fleur dans le soleil couchant.

Le car arriva. Il n'en descendit personne.

Clovis, lui, était devenu un familier de Regain. Un matin qu'il était venu se faire « payer à boire » et que pendant qu'il débitait ses contes, son troupeau mangeait

tranquillement la luzerne du Soumille, il me dit soudain :
« *Voulès un cadèu?* »

Je pensai : qu'est-ce que cela peut bien être, un cadeau du Clovis? Je savais que le Clovis n'avait rien, le pauvre, que sa gibecière, son bâton de berger, sa cape rapiécée et une maison vendue à fonds perdu et bien perdu, depuis que le Vialard lui avait dit un jour : « Cette maison, tu pourrais la manger, vends-la-moi; je t'en ferai une rente; et comme la rente tu pourrais la boire, je te garde l'argent. » Ce qui eut pour résultat que le Clovis, esclave de ce maître comme un chien, ne possédait plus ni maison, ni argent, ni vêtements, ni tabac, ni argent de poche. Avait-il seulement encore des poches?

J'avais « regret » et lui payais à boire, c'était devenu un dû avec l'habitude, comme la cigarette du dimanche. Absorbé dans ses méditations, le Clovis reprit :
« *Alor, voulès un cadéu?* »

Un cadeau, traduisis-je, car cette fois-ci j'avais bien compris.

« Oui j'en veux un, bien sûr. Après tout, je me disais, qu'est-ce que je risque?... Si c'est un bibelot trop laid, je le casserai par accident, si c'est de la tisane, je la mettrai dans ma pharmacie avec la barbe de maïs, la teinture d'iode, les grains de Vals et l'élixir vermifuge Chiarini; si c'est une moussière, elle me servira pour traire la Nénette, enfin je verrai bien... — Apportez toujours, on verra...

« *Ah, es un bèu cadèu!* reprit le Clovis... *me garcès pas de vous, et il s'en fut — Té, té, té... Brr... Brr... Bi, bi, bi... arrapo lou! arrapo lou!* » dans le creux du chemin en faisant tomber les pierres du talus, en démolissant tous les murs de pierres sèches et en laissant les chèvres grignoter les jeunes pousses, en bon troupeau qui se respecte.

Le lendemain matin, le Clovis revint avec un jeune chien, boule beige turbulente et laineuse.

Il le posa sur la table, lourdaud, pataud.
« *Vaqui lou cadèu!*
— Ah! merci, vous êtes bien brave, dis-je, tout en

pensant, merde qu'est-ce que je vais en faire? J'avais tout supposé comme cadeau, sauf un chien. Plus question de le casser comme un chien de faïence... Il faudrait l'élever, s'y habituer, ou le donner, à moins qu'il ne se perde. Ce qui importait, c'était de faire bonne contenance, remercier le Clovis et avoir l'air ravi.

« Il est joli... merci, merci bien.

Mais l'autre, qui avait eu droit à une double ration de vin et à deux cigarettes, ne partait toujours pas. Je ne savais plus que dire, et le Clovis rompit le silence — façon de parler, avec les mouches qui tournaient autour de la suspension.

« *Alor, coume me pagas?*

— Combien je vous paie? mais vous m'aviez dit que vous me donniez un cadeau!

— *Macarèu!* un cadeau! un chien de race... qu'il a du sang comme ça! qu'il est vif et qu'il sera bon pour le troupeau, que sa mère elle est bonne et que son père il est bon, il s'en parlara! *me fau de sou*, oui, monsieur François, il me faut de l'argent, *le cadèu*, je le vends. »

Je me rendis compte, ce matin-là, que, tout natif de la vallée de l'Ouvèze que j'étais, j'avais, au cours de mon adolescence, perdu contact avec la langue provençale et le Clovis venait de me remettre en mémoire que « cadèu », désigne un « petit chien ».

Heureusement mon père, venu pour quelque temps, donna un billet de cinquante francs au Clovis qui lui voua une reconnaissance éternelle. Parlant de lui, il disait au village :

« *Is un moussu* », c'est un Monsieur et pour lui, c'était le *summum* du compliment, car son patron, c'était une bête. Entre eux il y avait un monde : le sien.

LA MORT DE ZODIUS

Pâques 1937... la grande ruée vers Regain. Depuis six mois que j'avais préparé les alvéoles, j'étais fier de sentir les premiers bourdonnements de la ruche. Marie-Jeanne, la mère aubergiste du Terron, qui tenait à Séguret la plus ancienne auberge de Provence, était arrivée la première. Elle étrenna le livre d'or.

« Je souhaite à tous d'entrevoir Regain, un soir, comme nous le fîmes Gi et moi, fatiguées de la route, un peu écœurées d'être si loin du monde connu — en cette heure où la magie trouble du crépuscule inquiète — un peu anxieux de ce qu'on va trouver au bout de l'étape...

« Vous serez déjà rassurés à découvrir la maison tapie dans la pénombre, à pénétrer dans la cour par le porche rustique, à voir les jarres sur la rampe de l'escalier extérieur — tout a l'air si naturellement à sa place — puis vous entrerez dans la maison. Et vous tomberez en même temps que le sac, votre tristesse nostalgique. François vous tendra la main et vous regardera en face avec un sourire un peu timide. Vous lui direz : « Bonjour François! »

« Le lendemain vous irez vous laver au Puits-du-Noyer; vous soufflerez le feu avec le soufflet qui grince... Peut-être verserez-vous l'huile dans le mortier pour faire l'aïoli. Et si vous sortez la chèvre, ne l'attachez pas à l'olivier, car la mâtine en brouterait les branches basses...

« François a toujours peur qu'on ne soit pas content.

Quand il a le temps entre ses courses, des commissions au jardin, du jardin au clapier, du clapier à la remise à bois, il raconte des histoires. S'il n'en a pas dit son compte dans la journée, ça l'étouffe et il ne peut dormir, alors, il raconte les dernières à travers la porte du dortoir. Et, à demi endormi, on l'entend s'esclaffer comme un fou, tout seul de l'autre côté. On rit un peu sans avoir compris et il est content.

« ... François, le père-aubergiste, qui a choisi de tout quitter pour la vérité de sa maison au fond du val.

« François qui tire l'eau du puits et qui souffle le feu.

« François qui attache la chèvre au figuier et va chercher les œufs des poules dans le nid, qui s'en vient de l'office les mains pleines de miel, d'olives et de boîtes de conserve, qu'on taquine toujours et qui s'en amuse; qui se laisse appeler « vautour rapace » alors qu'il n'est qu'un « cigalon imprévoyant ».

« François le bon génie de la maison qui distribue les couvertures et règle la lampe qui file. »

MARIE-JEANNE

A son tour Lorenzo, le Monégasque, a griffonné sur l'album aux souvenirs.

« Comme avec un plein de passagers, l'auberge met à la voile. Elle part dans le soir, par-delà la vigne, sous le ciel duveteux avec un balancement de toute la combe et la porte roule sur nous dix.

« Le soir nous repétrit tous, belle pâte de vie, autour de la cuisine, dans une même frange d'odeurs. On se compte pour la belle aventure, et on se pèse un peu, là flanc à flanc près de la cheminée.

« ... Je me suis réveillé dans la simplicité du matin au Puits-du-Noyer, et j'ai refait les gestes antiques du feu qu'on rallume et du café qu'on passe; les amis arrivent ivres de la nuit et se tassent autour de l'âtre.

« *Des chevrettes au creux de l'étable, des vignes neuves piquetées de larmes vertes, le grincement du puits et les raclements sur le pavé des dortoirs de souliers mal lacés. Les figures enfantines de ces grands jeunes gens dans le bol du matin. D'un coup la vie d'auberge et l'envie folle de vivre.*

« ... *Nous étions dans les buissons sur le flanc de la colline à tirer de grosses branches sèches quand François me dit : « Il me semble qu'il y a des sacs dans le chemin. Nous dégringolons sur la gravaille entraînant des branches derrière nous, avant de remonter en chercher encore. Dans ses pantalons de ski, François grimpe devant. Plus on gravit, plus Regain s'aplatit; à mi-côte on n'aperçoit plus de fenêtre et le mas flotte sur les vignes. Un peu plus haut, il se carapace de tuiles et la bousculade des divers morceaux devient aiguë sous la nuée de fumée grise de la haute cheminée. Soudain, il n'y a plus rien dans le chemin. C'est vrai que d'ici on n'en voit plus beaucoup, juste un petit coin entre le gros chêne et les oliviers.*

« *Nous avons eu largement le temps de rentrer le bois avant qu'Olga et Madeleine n'abordent ce bout de sentier creusé entre les vignes comme une rigole; le traître, il vous coupe les jambes tel un coup de vin, juste sur le tendu de l'effort quand le muscle se mollit rien qu'à voir la maison si proche. Toute en mousse de cheveux, Madeleine traîne ses espadrilles en mâchant une pousse de cerisier. Olga, son pull autour des reins, passe volontiers le sac, et moite de volupté joue des omoplates sous son Lacoste qui lui colle à la peau du dos.* »

LORENZO

Un soir, brusquement, je lâchai d'un coup l'idée qui me tenaillait depuis des jours. Moi je suis fait ainsi, quand j'éclate, c'est avec brutalité. Nous étions réunis autour de la table dans cette attente du souper, qui traîne désœuvrée dans l'auberge. Plus une seule abeille dans la glycine, pas encore d'étoiles, l'heure verte à Regain, où la maison couchée en rond couve sa cuisine chaude. Henri tisonne sous le chaudron des brindilles de chêne qui fuient le feu et qu'il ramène sans arrêt. Mirabel bouquine, son menton sur le genou, l'histoire de la Commune dans *Malet et Isaac*, un livre qui devait servir à Yvette pour préparer son bac et qui traîne depuis des jours sur le pétrin.

« Dimanche on pourrait manger le petit bouc, le Zodius. »

Pour couper court à toute protestation, j'ajoute :

« D'ailleurs, il aurait fallu le vendre, et le boucher, lui... »

Depuis longtemps, moi aussi je recule devant l'idée. Sans continuer, je m'en vais dans la cuisine remuer des boîtes comme ça pour rien. Natacha et Yvonne mettent le couvert.

« C'est presque cuit », annonce Madeleine qui remue les choux dans le chaudron. Ses cheveux fous brillent au velours de la cheminée. Elle écrase à petits coups de fourchette une pomme de terre au fond de la louche. Mais tout cela c'est pour ne pas parler; chacun le sait bien, même moi, qui reviens malheureux, en quête d'un soutien.

« Ça fera de la viande pour tout le monde, autrement on serait obligé d'en acheter; dimanche on sera quarante avec ceux de Marseille. » Tous ont répondu : bien sûr! Je me frotte le coude, les bras croisés sur ma chemise à carreaux et les regarde l'un après l'autre. Le souper commence et la soirée s'organise en rond autour du feu. Ce fut tout, ce soir-là. L'idée toute petite de ce qui se tramait nous resta dans un coin de la tête.

On ne sort plus les chevreaux parce qu'Arthur grogne qu'ils commencent à brouter. Sa vigne, celle qui bascule devant la maison sur les oliviers, se met à bourgeonner. C'est sucré, laiteux comme une friandise, sur le cep encore fermé de l'hiver. Avec le goût de destruction qu'ils ont sucé à leur mère, les cabris ont dédaigné les pointes d'asperge folle au pied du mur, et sont allés droit sur la vigne. Ils ne sortent plus. On ne va plus les voir depuis qu'on sait, même Yvan qui les portait dans ses bras jusqu'au triangle d'herbe rase, et qui touchait du doigt les petites boules de chair d'où perceraient les cornes. Sous la voûte à droite, dans leur gîte ils se pressent dans un coin chaud. Quand la porte est grande ouverte, l'ombre continue d'y régner grise, laineuse, égratignée de brindilles sèches d'olivier. Martèlements sourds, amortis de fumier, leur présence bougonne cogne contre la porte. Rien n'est changé, Regain coule sa vie de bonne auberge rustique. J'ai tiré un nombre exagéré de seaux d'eau; l'un est resté au fond du puits, la corde est trop courte maintenant et s'arrête par un moignon, un gros nœud gourd et chevelu qui sent ce monde épais et froid des profondeurs. La vie continue à l'écart du crime qui se prépare, se précise; on ne résisterait pas d'y penser sans cesse.

Hier au soir le renard donnait à petits cris de la gueule, là-bas dans le creux au pied de Travignon, un chant d'amour ou de chasse. La vieille chatte si laide cherche un coin pour faire ses petits.

Cette année les chevreaux sont blancs tous les trois; ils ont le poil ras et les jambes raides. Derrière le rideau de cyprès, dans un carré d'herbe sèche, j'ai ancré les deux chèvres. Rapidement elles trient d'un nœud de ronces les pointes tendres, tout contre le poulailler. Accroupi derrière une planche qui masque un trou, je perçois le bruit d'un chevreau qui se frotte, Yvan le guette derrière le tronc douloureux d'un olivier, écailleux, tuméfié, largement attaché à la terre par ses muscles gris, et je devine la combe dans le soleil avec ses boules de lavande sèche, ses ruches, et le bouquet de lilas devant la ferme sur le sentier de Travignon. J'ai presque l'odeur de la laine, du lait et de l'écorce d'olivier, c'est l'odeur du petit Zodius à un mètre de moi, arrêté dans un saut, planté de ses pieds raides dans les cailloux, avec un sexe blanc qui le désigne à la mort. Je ne veux pas savoir quand viendra dimanche, dans combien de jours, d'heures, on n'a conscience du temps qu'en minutes. Après tout, ce sont des bêtes; il vaut mieux ne plus y penser puisque c'est décidé. L'idée qu'on en a, c'est encore de l'imagination vaine. C'est entendu, on le mangera.

Les matins se sont suivis, décolorés à la crête de la colline, toujours mous et bleus dans le creux vers le bassin. Presque sans autres senteurs que celle de la terre sèche, stérile et vieille du manque de pluie. Samedi soir, je suis parti avec Zodius et un copain. J'ai pris le cabri d'un coup avec douceur pour qu'il ne crie pas; aurait-il crié que je n'aurais pas pu... Encore que... Nous en avons trop longtemps accepté l'idée. On s'en est emparé et on l'a fourré dans le sac. C'est dans l'ordre des choses. Si ça n'avait été nous, ç'aurait été le boucher.

J'ai descendu le chemin à travers les oliviers, la bête sur mon dos, chaude, jusque chez l'homme de Saint-Saturnin; il habite une maison basse avec une cour derrière où moisit un vieux charreton. L'homme a fait ça vite, proprement, sans y penser. Depuis le temps... Pour la peine, on lui a laissé la peau; à présent on en donne vingt francs d'une peau de chevreau. Il a eu droit à des flonflons, le petit Zodius. La T.S.F. a braillé le temps d'un tango, d'une cigarette, d'un verre de vin. La musique et le vin il n'y a rien de tel, ça aide depuis qu'on tue sur la terre. Elle n'a peut-être été faite que pour ça, la musique.

J'ai repris ma route, un cageot sur l'épaule. Il est tombé une goutte claire, presque chaude au bout de mon doigt. Une tache de honte.

Mais ce n'était rien à côté du sentiment qui m'a étreint quand Yvette a plongé ses bras nus et ses mains piquetées de taches de rousseur sous le sac, un dégoût à regretter ces vacances, à vomir Regain. Je ne désirais pas me rappeler Yvette ainsi. Nous sommes trois à ne plus vouloir nous souvenir. Mais c'est plus fort que nous. Avec le couteau d'Yvan, celui des tartines, sous son air de bon poignard boy-scout, elle a ouvert le crâne. Elle tapait du poing sur le manche; c'est dur une tête, même une tête de petit chevreau. Sur la toile cirée, tout glissait, le sang poissait. Elle a récité son cours de

sciences naturelles, l'encéphale, le cervelet, là où la vie
se cache, où il y a l'amour de l'air, du soleil, où
s'inscrivent les cabrioles, le tas de tuiles, les pointes
d'asperges... L'ongle d'une jeune femme, bien limé,
pointu, c'est parfait pour évider une tête, alors, Yvette a
continué du doigt. Les cheveux lui coulaient sur les
joues, elle les a remontés d'un revers de la main, il est
resté un petit caillot sur la frisette. Lorenzo et moi, on
est sorti. Pourtant elle a sans doute raison, au moins elle
est logique; la veille au soir dans une discussion
politique elle nous a dit : « Pour moi tous les moyens sont
bons pour arriver au but. » Son bac est dans un mois. Au
fond, si on accepte la mort pour manger, pourquoi pas
pour étudier? A quoi bon se voiler la face, un peu comme
ceux qui refusent de voir certaines photos de Madrid
dans les journaux. Le fait est qu'on s'est promené ce soir
de Pâques sous les étoiles, celles qui tiennent dans cet
ovale du ciel, du Luberon à Lure entre les collines.

REBECCA

Au printemps 1937, je reçus une lettre d'Hélène Laguerre, inspectrice des Auberges. Elle me demandait de bien vouloir recevoir une jeune femme dans l'embarras, qu'elle me décrivait courageuse, forte, dévouée, pleine de bonne volonté et désireuse de rompre avec la ville et son cortège de servitudes. Elle devait me seconder dans ma tâche de père-aubergiste, et pourrait tout à loisir attendre l'heure où sonnerait la réalisation de ses aspirations campagnardes et libératrices.

Elle avait, paraît-il, fait ses preuves (mais on ne sut pas lesquelles) chez Giono lui-même, juste avant un stage chez Mme Léa qui tenait à Manosque l'auberge « Comme chez soi » — sous-entendu, lorsqu'on mange chichement une cuisine de restaurant bon marché sur une table douteuse. Au dire d'Hélène Laguerre cette Rebecca devait être pour Regain une vraie « mascotte ». Elle coulerait la lessive aux cendres, laverait les carreaux rouges de la cuisine, tiendrait des volailles, pourrait élever un cochon avec les restes, tisser des habits et cuire du bon pain dans le four ancestral des Roi qu'on restaurerait pour l'occasion.

Rebecca fit irruption un dimanche après-midi du « joli mois de mai », le mois le plus affreux dans ce secteur de Haute-Provence où il pleut, où le vent d'est souffle avec un bruit de grondement de tonnerre effleurant les crêtes et balayant les montagnes jusqu'aux grands prés échevelés de Campjansau, où il fait froid et où les premières cerises tombent ou gèlent avant d'être mûres.

Par extraordinaire, il faisait soleil ce dimanche-là, un vrai temps d'octobre. J'étais sur l'aire avec Arthur — dont le départ devenait de plus en plus problématique —, quelques habitués dont Vinicio, Bertrandet, « Avignon » et Sosthène, dits « les Elégants »; on y discutait politique avec la famille Geoffroy, en visite à l'Auberge dont elle était un peu la marraine.

On avait ri quand belle-maman, Mme Geoffroy et Mlle Léonie, une vieille tante qui boitait affreusement, s'étaient écroulées sous le cognassier; le banc sur lequel elles venaient de poser leur auguste derrière n'avait pas résisté et les lames de parquet de la fabrication du père Morenas avaient craqué net.

Ces dames eurent à peine le temps de se relever que Paul Fabre, le patron du Café du Commerce qui faisait taxi entre deux belotes, deux siestes et deux passages du car P.L.M., arrivait dans sa B14 flambant neuve; il échappa de justesse a la vision de leurs dessous troublants de pilou.

Une voyageuse descendit. Très maquillée, elle portait talons hauts, chapeau, voilette, sac en crocodile, bas de soie et manteau de fourrure, Marie-Claire et un tompouce.

Le notaire s'empara aussitôt de ses deux énormes valises et les monta dans sa chambre, un dortoir réquisitionné séance tenante à cet effet. Un peu hébété, je bredouillai :

« Ah oui, ah très bien, ah c'est vous. »

Je débarrassai Paul Fabre d'un pot de fleurs en papier peint qu'il tenait en main et d'une cage à serins qu'il sortit du coffre arrière du taxi.

Une heure après, Rebecca s'était adaptée à sa nouvelle vie. Elle avait refait son maquillage, passé une jupe culotte à la dernière mode, et malgré ses ongles soignés et très longs, m'avait aidé à essuyer les verres des visiteurs. C'est à peu près tout le ménage qu'elle fit durant ses deux semaines de séjour à Regain.

Ce n'était pas une Bettina qu'on m'avait envoyée, mais une Pompadour.

Son domaine se limita au mûrier, à son transatlantique et aux œuvres d'Aragon et Malraux. Eternelle incomprise, cette cérébrale trouvait toujours un garçon assez charmant, et viril, à qui raconter ses déboires : ... « Je ne la comprenais pas, je l'exploitais, en fils à papa que j'étais. Jamais du reste dans la société bourgeoise, elle ne trouverait son bonheur. » Elle était partisan de l'amour libre, et le dimanche il venait d'Apt toute une floraison de petits jeunes gens. Elle organisait des surprises-parties le soir, on dansait dans la grande remise au son du phonographe, éclairée par des bougies! Bref je me sentais devenir un peu plus chaque jour « Monsieur Léa » et un peu moins le jeune père-aubergiste du C.L.A.J.

Un beau soir, je lui donnai congé, me fis traiter d'ingrat, de sale petit bourgeois, de Père la pudeur et Rebecca se réfugia chez Arthur qui lui ouvrit son cœur, son cellier et ses draps. Dès cette nuit, il ne parla plus de départ. Pourtant, Rebecca s'en fut au bras d'un cinéaste, mais n'anticipons pas...

Sur ces entrefaites, je vis arriver Marc Augier chevauchant une énorme moto. Je fus impressionné par ce personnage important et imposant du Centre des auberges, mais le rédacteur du *Cri des auberges*, homme simple et franc, me mit tout de suite à l'aise par son tutoiement.

Tout en savourant un lapin sauté au vin blanc, parfumé de thym et de sarriette, entre deux verres du « gros rouge 36 » dont s'abreuvait désormais toute la population de la vallée (du postier Jolivet au curé de la paroisse devenue elle aussi Front populaire depuis que le député socialiste avait fait repeindre la porte de l'église), Augier fit part d'une bonne nouvelle.

Mme Grumbaum-Ballin, la présidente des Auberges, avait, par relations, déniché cinq cent mille francs au

ministère des Loisirs pour tourner un film de propagande sur les auberges de jeunesse, confié au réalisateur
Jean-Benoît Lévy, un court métrage sur la vie communautaire en montagne « Altitude 3200 » dont un critique
avait dit dans un journal de cinéma : « Pas nécessaire de
monter si haut pour faire pousser les navets. » Décidément ce retour à la nature n'inspirait guère les cinéastes. « Belle Jeunesse » tiré d'un livre de Marcelle Vioux
n'atteignait pas non plus des sommets...

Une histoire d'autostop et de vieilles Ford à la Mack
Sennett qui en soi aurait pu être drôle, avait conduit
déjà, moyennant trois cent mille francs une ribambelle
de jeunes gens dans une foule d'auberges de montagne
et de la Côte. Comme il fallait bien incorporer dans le
film l'inévitable séquence sur le retour à la terre, Augier
avait pensé à Regain. Une façon adroite de me faire
plaisir. Ravi de l'aubaine, je partis derrière Marc sur sa
moto, à la découverte de la ruine idéale, par des petits
chemins. Nous faufilant à travers les romarins et les
pins d'Alep, nous visitâmes les Tavanes, Vaucarlenque,
Ruffi, Jeoffroy-Vieux et même la maison de M. Hugues
qui fut jugée trop blanche. Finalement, pour les commodités de la prise de vue et des jeunes figurants qui ne se
déplaçaient qu'en autobus, Augier jeta son dévolu sur la
maison du Graillon, juste au bord de la Nationale 543.

Ce fut on ne peut plus simple. On tourna quelques
plans de la maison en ruine. Les équipes de jeunes
pionniers, qui venaient de déjeuner à l'hôtel de Lourma-
rin débroussaillèrent avec des coupe-buissons, des serpes et des haches, l'entrée d'un poulailler désaffecté.
Pour une autre scène la même équipe enleva les tuiles
du seul hangar encore couvert et les fit passer à d'autres
pour couvrir un autre hangar. Le résultat fut qu'une
heure plus tard, on avait enlevé la dernière partie de la
toiture sous laquelle il ne pleuvait pas.

On gâcha pour le troisième plan l'inévitable mortier
avec du ciment factice, et le flash final se fit entendre
sur une magnifique chaîne d'amitié dans un pré plein
de marguerites. Sur ce, le Graillon arriva et se fâcha,

criant que ce pré représentait tout son fourrage pour
l'hiver, ce qui n'eut pas l'heur de plaire aux cinéastes.
Comment ce paysan pouvait-il ne pas être flatté de voir
son pré servir de champ de prise de vue et rester
insensible aux panoramiques, plongées et contre-plon-
gées? On s'était vautré dans son herbe, on avait enlevé
ses tuiles, mais il le fallait bien pour donner au film sa
couleur locale. Ah, ces paysans, même pas capables
d'apprécier la poésie du retour à la terre!...

Le lendemain, du hameau reconstruit, restauré, habité, d'où s'élevaient des cris joyeux et des chansons,
sortait un troupeau bien entretenu, respirant la bonne
paille et le bien-être, escorté d'un authentique berger
provençal parlant patois, portant la cape à rayures
blanches et brunes, un large chapeau à la Frédéric
Mistral et un grand fouet. Ce quatrième plan était
tourné au Puits-du-Noyer où l'on avait embauché le
Clovis qui passait avec son troupeau — Dire qu'il se
trouvera des grincheux pour prétendre que les ruines ne
sont pas vite restaurées...

Ainsi nos paysans de cinéma, portés par l'allégresse
de leur expérience réussie, cueillaient-ils les olives dans
des vergers d'oliviers abandonnés aux coquelicots écarlates. Les jeunes vedettes en chapeaux de paille côte
d'Azur, manches retroussées, shorts et espadrilles,
tenaient les grands chevalets à de charmantes filles
coiffées en Comtadines, qui portaient des corbeilles sous
le bras. Ces scènes bucoliques, accompagnées de chants
de cigales, d'harmonicas, de guitares et des refrains de
la Route jolie, la chanson du film, tenaient de la carte
postale touristique et des chœurs des Magnanarelles de
Mireille.

Le clou de la séquence fut le « plan américain » en
contre-plongée de deux amoureux tendrement enlacés
qui se bécotaient en mangeant des olives à l'arbre.
C'était le fin du fin. Lui cueillait l'olive noire sur la
branche et elle, souriante et béate de plaisir, mordait à
belles dents dans le fruit comme dans une datte fourrée.
C'est beau le cinéma. On peut, même les années de gel,

manger des olives sur les arbres au mois de juin... en les achetant auparavant chez Mlle Blanche, l'épicière du village.

Mon père, discrètement et timidement, essaya de dire aux cinéastes que les olives se récoltaient en décembre, qu'on avait l'onglée en les cueillant, et que ces fruits, même pour ceux qui les aimaient, n'étaient comestibles qu'après un séjour prolongé dans la saumure, qu'en juin les oliviers étaient en fleur, que dans les vergers entretenus il n'y avait pas de coquelicots... L'assistant lui répondit d'un ton péremptoire et sans réplique, qu'il connaissait son métier et qu'il n'avait que faire de l'avis des péquenauds.

Les soirées, heureusement, furent plus drôles. On poussait la table de noyer contre le mur, je m'asseyais sur le pétrin et racontais les histoires que je connaissais sur le pays, notamment celle du miracle de Saint-Saturnin ou celle du Grand d'Espagne que m'avait contée Lorenzo à Pâques. Pierre Tafi jouait de la flûte et chantait avec Micheline et Poum « les deux compagnons », une chanson allemande qu'il venait d'harmoniser. On décida sur-le-champ de la mimer, et j'allai chercher dans le débarras sous l'escalier des tresses de raphia pour simuler les longs cheveux de la belle. On utilisa les costumes de l'après-midi, les coiffes de Comtadines du film et les chapeaux de paille.

Plus grave, Poum fit entendre la chanson qui faisait fureur dans les clubs d'usagers de la région parisienne, car les auberges avaient déjà leur dernier succès tout comme Vincent Scotto ou Tino Rossi.

« Je vais par le monde emportant ma joie et mes chansons pour bagages...
Et si je rencontre la mort en chemin... »

Il expliqua que c'était un ami qui avant de partir pour la guerre d'Espagne lui avait confié cette chanson.

Lors de ces soirées mémorables, flûtes, guitares, chansons, mimes, histoires et poèmes donnèrent à la vieille cuisine des Roi un petit air de cabaret montmartrois. Séquences idéales pour un film de propagande qui, elles, ne furent jamais filmées, les cinéastes ayant regagné l'hôtel du Louvre après leur journée de travail.

Pourtant, plus que le film qui fut un demi-navet projeté dans le commerce avec un Fernandel quelconque, ces soirées de Regain contribuèrent à répandre la renommée de « cette auberge où l'ambiance était chaude et fraternelle ». Je m'étais lié d'amitié avec Augier. La légende naissante de Regain se mit en marche avec la chanson du film que ce dernier venait de composer dans la Combe-aux-Geais.

O frère de labeur
Prisonnier des villes
Rejette loin de toi
Livres et marteaux
Car la révolte gronde
Et ton corps nu appelle
Un monde nouveau.

La grande route est là
Qui t'attend, t'appelle
Sans argent, sac au dos
Voyage avec elle
Vers les horizons clairs
Et les monts et les plaines
Vers l'auberge de joie
Elle t'entraîne...

O frères nous reconstruirons cette ville
En granit de justice et de vérité
Aujourd'hui nous sommes cent

Demain nous serons mille
En ce monde nouveau
De fraternité.

Vous partirez à deux...

Je compris que certainement, ce ne serait pas avec Rebecca, mais cette fille sensuelle m'avait donné l'envie d'avoir à mes côtés la femme qui commençait à manquer à mes vingt-deux ans.

L'inauguration officielle de Regain eut lieu le 22 août.

Contrairement à tous les projets grandioses, il n'y eut pas de ministre, de sous-préfet, ni de discours, mon expérience jugée sans doute trop anarchisante et fantaisiste pour être prise au sérieux par les puissants de l'heure.

On avait cependant décoré l'aire du haut, celle d'Arthur, avec des guirlandes de buis et de papier peint, accroché des lanternes vénitiennes et installé un haut-parleur qui, trop aigu et survolté, nasillait dès le matin *Ma blonde entends-tu dans la ville siffler les fabriques et les trains, La jeune garde, L'Internationale, Le chant du départ, Les gars de la marine, Princesse à vos ordres* et *Tant qu'il y aura des étoiles*...

Regain avait été pavoisé, un grand étendard rouge flottait au poteau que le Sud-Electrique avait planté la veille et un drapeau tricolore sur le portail. Pour la circonstance les affiches du parti socialiste « Les deux ans, c'est la guerre » avaient été ressorties des archives. Près du portrait de Frédéric Mistral offert par l'oncle Jouve, présidait celui de Léon Blum. Débarrassée de son fumier de brebis, la bergerie avait été transformée en réfectoire-salle de fêtes; enfin, j'arborais ma chemise bleue et ma cravate rouge, uniforme des jeunesses socialistes, souvenir de Juan-les-Pins pour être bien dans la note.

C'est Suzanne Justaval, qui avait décidé de cette inauguration au cours d'un camp culturel dont elle avait la responsabilité, à l'auberge de Fontaine-de-Vaucluse. Une manifestation qui venait s'intercaler dans

CENTRE LAÏQUE DES AUBERGES ◀ DE LA JEUNESSE ▶

REGAIN

◀ AU PUITS DU GEAI ▶

SAINT-SATURNIN D'APT

(VAUCLUSE)

Imp. Lanet, Apt — Pitot, Suc⁰⁰

son programme entre la visite d'une fabrique de confitures, une enquête rurale sur le marché de Cavaillon et une quinzaine culturelle!

Dès leur arrivée, les cyclistes s'écroulaient sous le mûrier, le seul arbre digne de ce nom dont les racines tiraient leur fraîcheur de la proximité du puits, et mon père les abreuvait de grands seaux d'eau coupée d'antésite.

Aidé de mes parents je faisais les honneurs, cherchais de la teinture d'iode pour ceux qui avaient dérapé dans le chemin, surveillais le cassoulet qui cuisait à la flamme de la cheminée dans le chaudron des cochons, prêté ce jour-là par la famille Roi; j'alimentais le feu de sarments, tirais le vin et disposais les assiettes jaunes sur des tables bancales que mon père avait fabriquées avec les moyens du bord. Pendant ce temps Germinale Eskanasa tenait une conférence sur l'opportunité de donner le droit de vote aux femmes. Les socialistes et les communistes étaient d'accord sur le principe, mais les anarchistes, dont Bertrandet un végétarien qui mangeait du curé, étaient contre. Pour l'heure, il se préparait un repas individuel composé de feuilles de betterave, de flocons d'avoine, d'amandes concassées; le tout bien malaxé et arrosé d'un grand verre d'eau froide qu'il charriait dans un bidon depuis la Fontaine-de-Vaucluse. Avec son short blanc de cérémonie, ses espadrilles, ses longs cheveux, ses lunettes d'écaille et son torse nu, levant les bras au ciel comme un druide, docte et solennel, il apportait la contradiction.

« Non, camarades, non! Si nous donnons le droit de vote aux femmes, nous serons victimes de l'Eglise! Trop de femmes vont encore à la messe et les curés les obligeront à voter pour la réaction, le roi et le fascisme! Non, camarades, exterminons d'abord les curés d'où vient tout le mal de notre époque, transformons les églises en bergeries, libérons-nous des préjugés, bannissons les saints du calendrier... Faites comme moi qui date toutes mes lettres en utilisant le calendrier de la Révolution. Aujourd'hui, camarades, ne sommes-nous pas le 22 thermidor de l'an II du Front populaire! »

Un trotskyste apporta le point de vue bolchevique-léniniste. Une fille catholique, brebis égarée dans cette bergerie, essaya de défendre les curés et la liberté de pensée... Les libres penseurs lui firent savoir qu'elle était dans une auberge du C.L.A.J. et qu'elle n'avait qu'à rejoindre celles de Marc Sangnier, si Regain n'était pas de son goût.

Le repas fut compliqué à servir. Tout ce peuple des auberges était affamé. Mon père se levait sans cesse pour porter à boire. Ces super-prolétaires de meetings, ceux qui avaient choisi la révolution permanente, qui étaient contre la pause de Léon Blum, ceux qui voulaient fusiller Daladier le fusilleur, restaient le cul sur leur chaise et se faisaient servir bourgeoisement par ma mère.

On plaisanta, Boby et Mag, les deux rescapés de Travignon, avaient amené avec eux leur cabot ainsi que des parents de Paris qui avaient sauté sur l'occasion pour venir en vacances grignoter les maigres ressources de ces « heureux cousins de la campagne ».

Jolivet d'Apt un peu gris, levant à la fois le poing et le coude, entonna *l'Internationale* qu'on reprit debout tous en chœur. Mayaux de Nice, avec des trémolos dans la voix, chanta à la manière de Bérard, la « Grève des mères » :

> *Refuse de peupler la terre*
> *Arrête ta fécondité*
> *Au bourreau crie*
> *Ta vo-lonté*

Un Marseillais exécuta *la Chanson du Cabanon*, le succès d'Andrée Turcy :

> *Les gensss du Nord avec des airs d'envie*
> *Demandent ce que c'est qu'un cabanon*
> *Un cabanon c'est toute notre vie...*

puis « *Boudieu què faï caù l'estié* » (Mon dieu, qu'il fait chaud l'été).

Le père Morenas se fâcha parce que des jeunes un peu saouls avaient ri pendant sa *Pensée d'automne :*

> *S'il vous plaît mon amour, reprenons le chemin*
> *Où tous deux au printemps et la main dans la main*
> *Nous suivions le caprice odorant des allées.*

Paul Train trouvant que l'on devenait par trop bourgeois, entonna *la Jeune Garde,* reprise au refrain par l'assistance délirante :

> *Prenez garde, prenez garde*
> *Tous les sabreurs, les bourgeois, les gavés*

(et tous d'ajouter) : ... et les curés.

> *Nous ne voulons plus de guerre*
> *Car nous aimons l'humanité*
> *Tous les hommes sont nos frères*
> *Tant pis si notre sang arrose*
> *Les pavés sur notre chemin...*

Un autre enchaîna avec l'*Appel du Komintern :*

> *Au pas cadencé, à l'assaut avancez*
> *Il faut gagner le monde ... prolétaires debout!*

qui laissa la place aux *Partisans :*

> *Par-delà les fusillades, la liberté nous attend*

et à *la Varsovienne :*

> *Mais en bataille qu'enfin l'homme affronte*
> *La sombre mort et les noirs bataillons*
> *Haussez le drapeau teint de notre sang*

Marche en avant, travailleur, prolétaire,
Marche en avant conquérant de la terre.

Tout le répertoire des auberges défila « le drapeau rouge » en tête

Osez, osez le défier!
Il flotte fièrement, il bouge
Hissez le drapeau teint de notre sang...

en passant par *l'Appel du grand Lénine* :

Marchons au pas, marchons au pas
Camarades vers notre front
. . . .
Range-toi dans le front de tous les ouvriers
Avec tes frères étrangers.
. . . .

Pendant ce temps, les prolétaires, les vrais, non les fils à papa du lycée Henri-II ou IV, coupaient la lavande sur les plateaux, travaillaient à la batteuse, ou cuisaient les fruits confits dans les usines surchauffées, et n'avaient pas le temps de chanter les louanges des petits ajistes qui, « par les monts et par les plaines », jouaient à la révolution.

L'Adèle qu'on avait embauchée comme extra s'affairait à la vaisselle. Marie-Jeanne de Cavaillon qui l'aidait ne put trouver un militant pour tirer un seau d'eau au puits...

Le menuisier de Rustrel avait prêté son jeu de massacre qui, soit dit en passant, avait déjà servi à toutes les fêtes du Front populaire du canton... Il n'eut pas grand succès non plus! Le divertissement semblait quelque peu grotesque et dépassé. La ficelle était trop grosse. Evidemment, faire tomber la tête d'Hitler, cela prêtait à rire, mais chacun savait que beaucoup de pauvres gens, des petits, des ratés, des sans rien (comme disait une chanson de Marianne Oswald) ne seraient pas de trop à cogner fort et longtemps pour jeter à bas le tyran.

Le cantonnier Eymieux, d'une dizaine de balles à vingt sous, fit tomber toutes les têtes dans le même panier de crabes : Hitler, Mussolini, Doriot, Franco, Laval... et le colonel de La Rocque!

Sur le tard, la montagnière se leva, violente, glaciale, emportant dans un tourbillon les guirlandes, le haut-parleur, le jeu de massacre, les branches mortes du feu de camp, les drapeaux, les fanions et les petits cabinets en planches mal jointes qu'avait confectionnés mon père en même temps que le poème destiné à recevoir le ministre des Loisirs.

Journée pénible, décevante, vide : vaisselles monstres, phrases creuses, flonflons et gueulantes, beaucoup de bruit pour pas grand-chose.

Le lendemain matin, la corvée d'inauguration accomplie, je trouvai sur l'aire au milieu des caisses de bière et de limonade, un rouleau de papier hygiénique entortillé autour du cognassier, des débris de serpentins, des pages de livres éparses, et le poème polycopié du père Morenas où il était question de genêts d'or et de lavande bleue, de Messidor et de la République auguste.

La bourrasque passée dans la nuit avait marqué la fin des grosses chaleurs. L'automne, cette année-là, fut précoce. Il devait durer jusqu'en janvier.

SANDRA

S ANDRA était arrivée un après-midi de septembre.
En tout autre lieu qu'en Monts-de-Vaucluse on eût
écrit qu'il pleuvait à torrents dans les ubacs de Rustrel,
tout proches, où à chaque pluie coulent des ruisseaux
rouges, jaunes ou verts, suivant qu'ils descendent du val
des Santons, de la Fédo-Morté ou de Barriès; mais dans
la Combe-aux-Geais, il pouvait pleuvoir durant des mois,
nuit et jour, jamais ne naissait de torrent comme on l'eût
dit pour la Doua, le Rimaillon ou l'Aiguebrun. Donc, il
ne pleuvait pas à torrents ce jour-là, sur le vieux
Puits-du-Noyer, mais plutôt comme si l'on avait jeté des
seaux devant la porte sous la glycine, une vraie pluie de
cinéma.

Les rescapés de l'été, agglutinés autour de la cheminée, m'écoutaient « faire des contes » comme on dit dans
le pays lorsqu'on raconte une histoire vraie, étant
entendu que les « histoires », elles, ne sont que des
blagues! Il y avait là, en dehors de mes parents, un
métallurgiste de La Ciotat nommé Vinicio, tout d'une
pièce, à la tête carrée, taillé en Hercule, franc, loyal,
travailleur, mais à qui échappaient par trop les finesses
et les subtilités sentimentales, Irène, une malade aux
yeux fixés déjà sur un autre monde, détachée de la vie de
l'Auberge au point d'en oublier de manger, de se laver,
de répondre, Rebecca, fille sensuelle et fainéante à
l'âme de boniche plus proche de *Ponson du Terrail* que

d'André Gide, et des *Roses blanches* que de Mozart, mais qui se gargarisait d'Aragon ou de Prévert parce que c'était de bon ton. De passage elle s'en allait rejoindre les deux barbus qui avaient quand même réussi à trouver quelques poires pour fonder une communauté près de Perpignan. Yvonne, fille simple, spontanée, généreuse même, équilibrée, avait connu une enfance sans affection; élevée par une marâtre, elle s'était éduquée par elle-même; à force de volonté elle avait obtenu, non sans mérite, un emploi subalterne aux Chemins de fer de l'Etat. Enfin, elle respirait à pleins poumons, à pleine poitrine — ce qui n'avait pas été, d'ailleurs, sans plaire à Sosthène; Yvonne se refusait à se poser de grands problèmes sachant pertinemment son incapacité à les résoudre. Sagesse paysanne qu'elle tirait de son origine normande, et qui éclatait sur ses bonnes joues de pomme rouge; elle croquait à pleines dents dans les tranches de melons espagniens [1], dans les grenades qu'on apportait de la ville ou dans les rayons de cire qu'Arthur offrait au dessert avec le vin nouveau de ses clairettes, et d'où s'échappait, en ruban doré, le bon miel de lavande, de sarriette, de romarin, de fleurs d'amandier, de cerisier et de champ de sainfoin qui rapiéçaient la plaine royale vers Saint-Maurin. Dans les pots de la belle-sœur d'Arthur, ce miel devenait le remède-miracle contre les rhumatismes, les gouttes civiles et militaires, les maux de foie, d'intestins, et la broncho-pneumonie. Yvonne mordait dans la vie avec fougue, pour vivre beaucoup et vite, mais elle savait aussi cueillir l'heure présente sur les pentes des collines avec les muscats de Hambourg, les figues de M. Hugues, ou les amandes de Mlle Blanche, comme on cueille une fleur des champs, car elle n'ignorait pas que les fleurs des champs se fanent tôt...

On lisait, on bavardait, on jouait aux cartes sur un fond de disques : *Sont les filles de La Rochelle, Au joli bois*

---

1. Melons à écorce verte qui se conservent tout l'hiver et que les Parisiens prennent pour des pastèques.

de Gilles et Julien, *Niça la Belle, lou tinte dou moulin, Le Chant des ouvriers,* des 78 tours, achetés par les jeunes ou le comité de soutien, la *Sérénade* de Schubert et son *Ave Maria* chantés par Martha Eggerth, *Paysage* de Reynaldo Hahn, et *Le Congrès s'amuse* que j'avais apportés de Juan-les-Pins.

Soudain un coup de klaxon retentit. Trois voyageurs se précipitèrent dans les flaques d'eau de la cour et s'engouffrèrent dans la salle à manger en reclaquant la porte derrière eux. Je me levai aussitôt pour l'entrebâiller à nouveau à cause du mauvais tirage de la cheminée. Les arrivants, tombant comme des chiens mouillés dans un jeu de quilles, se présentèrent : Rogette, ingénieur au Congo belge, Nanouk, sa femme, et Mlle Sandra, une fille énigmatique aux yeux bleus, au visage nordique encadré de grandes anglaises tombant jusqu'aux épaules, vêtue d'un tailleur sport de bonne coupe, portant bas de soie et hauts talons. A voir leurs valises, leur tenue et leur V8, je fus éberlué. Je parlai de la pluie pour rompre un silence qui risquait de devenir pesant, sentant confusément que les trois nouveaux venus étaient jugés par les autres aussi insolites dans cette salle à manger que si eux-mêmes avaient été transportés brusquement au thé de madame la sous-préfète d'Apt; je tentai de briser la glace.

« Alors, dis-je, essayant de paraître intéressé, vous venez de loin?

— De Cannes.

— Comme ça vous venez de Cannes, et vous comptez coucher ici? (Histoire de savoir s'ils étaient là pour un quart d'heure ou pour un mois).

— Nous passerons la nuit.

— Où sont les chambres? Nous voudrions faire un brin de toilette avant de passer à table. A quelle heure est le repas? »

Madame ouvrit la bouche pour savoir si on pouvait lui servir une tasse de thé dans sa chambre et Mlle Sandra demanda si elle pouvait se chauffer auprès du feu et faire sécher ses bas.

Trois semaines plus tard, Rogette, Nanouk et Sandra étaient toujours là...

La première soirée avait été délicate, Rogette et sa femme avaient été, à plusieurs reprises, sur le point de se replier sur l'hôtel Saint-Hubert. Peu à peu, au gré des concessions de chacun la vie commune était devenue supportable. On avait donné des serviettes pour tout le monde, on buvait le thé à cinq heures, Irène se lavait, je me rasais chaque jour, on avait mis une nappe sur la table de noyer, la soupe dans une soupière et on apportait, du village, du vin cacheté que l'on posait sur des dessous de bouteille. Nanouk et Sandra, comme les autres, se lavaient au bassin chez le père Corbillard, lessivaient au soleil et s'étaient habituées aux petits lits de pensionnat de l'auberge. Rogette qui s'était découvert une passion pour la spéléologie, dénombrait les avens du plateau et passait des journées à dégager des orifices problématiques. Quelquefois, à force de creuser, il arrivait à se faire lui-même de petits avens dans lesquels il était tout fier de descendre son corps longiligne. Le trio, habitué au tutoiement, et aux corvées plus symboliques que réelles de vaisselle, fut autorisé à solliciter, moyennant quinze francs et une photo, une carte d'usager au Centre laïque des auberges de jeunesse, qui leur donnerait droit, outre celui de faire étape dans les quatre cents auberges du réseau, de recevoir chaque mois *Le Cri des auberges* et la prose d'Augier.

Dès le premier soir, Sandra fut séduite par Regain et dès lors je compris que cette fille étrange laisserait une empreinte dans ma vie. Sandra, revenue du village où elle avait bu un trop grand nombre de pastis, restait des heures entières assise contre l'horloge, à même les carreaux, à me regarder fixement et, gêné, je détournais mon regard de ses grands yeux bleus qui m'intimidaient; je la revois blottie par terre contre le montant de la cheminée, Arsène ou la « Vieille » sur les genoux, écrivant une partie de la nuit des chansons ou ces contes de fées pour enfants dont elle faisait profession; Sandra, fille-fée qui m'inspirait respect, vénération, crainte, admiration et peut-être un sentiment mal défini qui n'était qu'amour inconscient.

A l'ordinaire, les veillées de cette fin d'été nous retrouvaient autour de ramillades aux flammes claires; on éprouvait le besoin de faire juste assez de feu pour ne pas avoir froid, jouissant au maximum du plaisir de l'âtre parce que les grosses chaleurs sont terminées et que les premières gelées d'automne ne sont pas encore là. Par mesure d'économie on éteignait la grosse lampe à pétrole de la suspension des Roi qui éclairait la salle à manger de l'auberge rougeoyante. On laissait aux cuivres pendus aux murs et au soleil des aiguilles de l'horloge le soin de refléter les flammes blanches de l'olivier, légèrement bleutées, des yeuses ou celles plus légères encore des cades qui donnaient à toute la pièce un parfum d'encens. Mon père bourrait sa pipe, une énorme pipe qu'il s'était taillée dans des racines de Sainte-Lucie, de petits arbustes qui poussaient bien tranquillement dans la caillasse et qu'un beau jour les hommes ont obligé, par des greffes machiavéliques, à fournir des cerises confites destinées à tous les cakes d'Angleterre et de Navarre. Il caressait son chien Pataud; il semblait heureux. Sandra lisait ses poèmes :

UN REVE

La route,
Devant, derrière, loin
Et le vagabond qui marche au milieu.
Longtemps après,
Une maison
blanche, et la porte est ouverte
« Entrez », dit-on
Le vagabond laissa ses souliers sur le seuil
Et secoua la poussière de ses vêtements.
« Reposez-vous », dit l'homme aimable
Mais il n'y avait pas de siège dans la maison...

Mon père ne les appréciait guère, les estimant trop modernes. Je pensais à autre chose, peut-être aux yeux

fixes de Sandra, à sa robe bleue juponnée ou à ses
anglaises à la Greta Garbo dans *Anna Karénine*. Rebecca
trouvait ses poèmes très bien, par conformisme, Yvonne
et Vinicio n'y comprenaient rien et ma mère préférait
Lamartine. Cependant tout le monde, par politesse et
esprit de solidarité, applaudissait, félicitait Sandra et
réclamait autre chose avec l'espoir secret qu'il n'y
aurait plus rien.

Pour ne pas être en reste, mon père lisait ses
alexandrins.

Quand Pâques sonnera son joyeux carillon
Du haut du vieux clocher de l'antique Vaison,
Avril fera courir sur la mer ondulée
Des blés verts, frissonnant sous sa carese ailée
Les effluves troublants du printemps embaumé...

Du *joyeux carillon*, Vinicio s'en foutait, mon père
disait que c'était une brute parce qu'il ne pleurait pas en
écoutant Manon. Yvonne trouvait ça beau — elle était
sincère et les alexandrins n'avaient pas de secret pour
elle qui avait lu *la Légende des siècles*, de Jésus-Christ
jusqu'à Sedan! Sandra trouvait ça pompier, vieillot et
facile, mais le père Morenas lui était tellement sympathique. Ma mère aimait les poèmes de son mari, parce
qu'ils étaient de son mari et qu'elle aimait son mari.
Rebecca n'appréciait pas, par principe. Avec la guerre
d'Espagne ou juin 1936, il y avait d'autres sujets à
chanter que *l'Ouvèze, Minerve radieuse* et *les échos
Puymins*. Cependant, tout le monde applaudissait, par
politesse ou pour me faire plaisir.

A son tour, ma mère entonnait sa chanson préférée :
Envoi de fleurs de Paul Delmet. Je bâillais, j'étais gros
dormeur, pourtant je récitais moi aussi ma leçon : Un
poème de Maurice Rostand sur la *Paix* :

« Prenez garde ô mères de France si vous aimez vos fils un
peu... »

On y expliquait en douze strophes et en alexandrins :
« La Grande Guerre s'avance... » « Renault fait des
mitrailleuses et Citroën des fusils! »

A en croire Maurice Rostand, le mal venait de Louis
Renault et de André Citroën. Tout cela était beau, simple
et touchant. Peut-être qu'un jour, l'humanité enfin
libérée des industriels, l'heure de la paix universelle
sonnerait au cadran de l'histoire des peuples! Cet espoir
berçait, ce soir-là, les compagnons de la belle étoile et on
s'éveilla le lendemain matin au son de *l'Internationale*
que j'avais conservée, souvenir de l'époque où j'étais
secrétaire de la section des Jeunesses socialistes.

Cette période allait être marquée par une veillée
singulière. Il était passé ce jour-là une cartoman-
cienne-astrologue dénommée Yasmine, une fille qui
tenait de la tragédienne de théâtre ambulant, de la
pensionnaire névrosée de maison close et de l'intellectuelle hystérique d'extrême gauche. Je n'avais jamais eu
l'occasion de connaître celles d'extrême droite!

Yasmine tira les cartes. Invariablement le destin se
révélait noir. Tous ou presque furent marqués d'une
croix, même les libres penseurs. Elle prédit à Vinicio, à
Sandra, à Irène, à Rebecca et même à Yvonne, une fin
tragique, brutale, accidentelle, dans un délai ne dépassant pas une dizaine d'années.

Triste prophétie : Yvonne sera écrasée en Allemagne
sous les décombres d'un immeuble bombardé; Irène
mourra subitement en rentrant chez elle; Rebecca sera
fusillée à la libération pour collaboration, Vinicio Faïta
guillotiné en 1943 pour avoir tué un gendarme en
s'évadant de la prison de Nîmes — Quant à Sandra...

Pour moi seul, elle voyait une vie périlleuse mais
droite et lorsque, pour rire bien sûr, je lui demandai si je
connaîtrais un jour le bonheur, elle me promit avec la
même assurance qu'elle avait eue pour les autres, que la
femme de ma vie serait blonde et viendrait du Nord à la

tombée de la nuit, très tard, beaucoup plus tard. Sandra me regarda, elle semblait dire qu'elle, peut-être, viendrait un soir, après des années et des années... à moins qu'elle ne m'attende dans la tombe. Etait-ce cet ultime rendez-vous auquel faisait allusion Yasmine?

Cette nuit-là, bien que personne ne voulût y croire, et qu'Yvonne, furieuse, traitât la fille de cinglée, de folle et de caraqua, on ne dormit pas d'un sommeil de mort, du bon repos d'un tombeau, mais d'un sommeil de vivants, agité de soubresauts et de cauchemars.

Sandra partit un matin d'octobre, brusquement. Je ne compris jamais ce départ précipité. La veille, nous étions allés voir Marie-Jeanne de Séguret; Sandra voulait la connaître. Au retour dans l'auto, elle s'était appuyée sur mon épaule et m'avait pris la main. J'en avais été si bouleversé que je ne pus manger le soir.

Le lendemain matin, après un baiser sur le front ou sur la joue, Sandra monta dans la voiture et m'adressa un au revoir de son petit mouchoir de dentelle. J'avais envie de crier, de lui dire de rester seule avec moi, mais les mots s'arrêtèrent dans ma gorge. C'était vraiment trop brutal. Je ne comprenais pas. Je ne devais jamais comprendre du reste. Avais-je aimé Sandra? M'avait-elle aimé? Reviendrait-elle à Regain? Bientôt? L'année suivante ou jamais? Comment savoir ce qu'il y avait dans le cœur et dans les manuscrits de cette étrange voyageuse qui disparut un matin doux et ensoleillé.

Ce dimanche, l'auberge ronronnait comme une chatte qui flairant l'hiver recherche la chaleur de la cheminée. La combe était à son apogée, symphonie des rouges et des gris, gris des oliviers, gris du ciel. La lumière était surnaturelle, les arbres immobiles, les Portes soudain plus près. L'éclairage donnait à tout le vallon une dimension de théâtre. Au ras des collines, de gros nuages noirs qui venaient du golfe de Gênes, sautaient la combe de leur galop d'enfer. Au-dessus du mas, le long du chemin de crête, le vent qui grondait comme une cataracte prenait le pelage des collines à rebrousse-poil et époussetait furieusement la végétation qui s'agitait

sur la ligne d'horizon comme au cinéma lorsqu'on
projette des films muets à la vitesse du parlant. Dans la
salle à manger, tante Nanette, « Avignon », Arlette d'Aix
et Levan Kim, l'assistant de Pagnol jouaient à la belote;
la pluie se mit à tomber, une pluie fine, de ces pluies
d'automne si peu pressées, qui prennent tout leur
temps, qui ont tout l'hiver devant elles. On activa le feu.
Deux arrivants se séchèrent. On fit du café. Levan Kim
qui venait de tourner *Merlusse*, lança une idée : Et si on
allait à Manosque voir le Maître? Il proposa cette visite à
Giono un peu comme s'il avait dit : « On va visiter
l'abbaye de Sénanque? ». Je ne connaissais pas encore
le poète, n'ayant jamais eu de raison valable pour aller
lui faire perdre son temps, mais puisque l'initiative
venait des autres, pourquoi ne pas me joindre au
groupe? On arriva à Manosque sous une pluie battante.
On fit l'ascension du mont d'Or, qui domine le fleuve. On
sonna, le cœur anxieux, à la petite maison bourgeoise
dont la porte est abritée par un soustet et, ô bénédiction,
le Maître, qui était là, consentit à nous recevoir dans son
bureau. Nous fûmes tous conquis par l'accueil simple,
affectueux, cordial. L'homme était un grand monsieur
aux yeux bleus. Timide, je le regardais tel un personnage
de roman, ou un héros de cinéma. Je ne songeais plus à
son œuvre mais me sentais impressionné par l'homme,
un être si différent des autres, de ceux de tous les jours.
Un peu comme si j'étais allé voir Jean Angelo la vedette
du Monte-Cristo d'Henri Fescourt, Léon Mathot, héros
du Monte-Cristo d'Henri Pouctal ou René Navarre, le
comédien des Fantômas de Feuillade. On discuta du
film *Regain* et des puristes qui s'insurgeaient contre les
ajouts de Pagnol, notamment la séquence des gendarmes, mais Giono avoua s'en être bien amusé lui-même.
On parla de Fernandel, acteur de talent, et de sa création bouleversante dans *Angèle*, avant d'en venir aux
auberges. Lorsque « Avignon » lui demanda ce qu'il pensait des clubs d'usagers qui, partis de la région parisienne tendaient à envahir toute la France, tissant une
toile d'araignée, de « l'esprit ajiste », des stages d'anima-

tion, de la politique des loisirs, du rôle culturel des auberges, Giono répondit que leur finalité devait être des plus simples; elles étaient des gîtes d'étapes pour jeunes solitaires désireux de voyager, de connaître du pays, de découvrir des granges semblables à celles qu'il trouvait dans sa jeunesse vers Luz-la-Croix-Haute, lorsqu'il arpentait le haut pays avec son sac, son bâton et sa joie.

La conversation bifurqua sur les journalistes et leurs reportages fantaisistes; une enquête de *Ric et Rac* laissait entendre que le « Mage des bergers » allait transporter ses pénates, sa bibliothèque et ses brebis à Monaco : « Non merci! s'exclama-t-il, la Côte, c'est du sirop d'orgeat! »

Puis on en revint au cinéma.

« Ah! tourner un film sans paroles, réaliser une grande œuvre lyrique sur le plateau, accompagnée de symphonies de Beethoven! Mais pour faire du cinéma, il faut de l'argent... Un jour peut-être... Je tournerai mes films. Je serai mon maître. »

Je songeais à Abel Gance, à son *Napoléon*, son *J'accuse* que je venais de revoir. Une association Gance-Giono! Quel souffle, quelle épopée, quelle eau vive!

Il se faisait tard, nos visiteurs enthousiasmés se décidèrent à prendre congé. Vraiment quel chic type! Il m'offrit son dernier ouvrage : *Bataille dans la montagne* et le dédicaça : « A François de Regain, pour qu'il montre à la jeunesse quel piège abominable est l'héroïsme, qu'il soit de droite ou de gauche. »

Au retour, dans l'auto de Kim, je songeais aux dernières lettres de Sandra.

« *J'ai reçu ma carte d'auberge, cependant ne crois pas que je sois une ajiste. L'an prochain, sans faute, je reviendrai au temps des figues et des amandes, mais pas en « vrai de vrai » avec un sac sur le dos, un petit calot à pompons, de gros souliers, des bas de laine et une culotte de golf, non je ne serai jamais une ajiste, je n'arriverai jamais à marcher dans le rang...* »

Pendant que les autres débattaient de sujets sans

*importance, je me représentais ces Verduns d'Espagne ou
d'ailleurs, ces appels du Komintern, tout le sang qui
devait, pour amener la paix et la fraternité universelle, arroser les pavés sur les chemins. Il y avait un an
déjà que le jeune militant de Juan-les-Pins était arrivé au
pays des hommes libres. Comme le cheminot de* Regain
*n'allais-je pas moi aussi jeter bas insignes et fanions pour
essayer comme le demandait Sandra « d'être un homme
tout simplement... »*

Après tout, n'avait-elle pas raison lorsqu'elle m'écrivait : « Garde-toi des partis politiques. Quand on a
comme toi la chance de vivre en face des montagnes,
corps à corps avec la terre, on est quelque chose
d'infiniment plus important qu'un partisan. »
Giono avait promis d'assister à la castagnade du
11 novembre; il ne vint pas. La veillée fut joyeuse. Tous
les samedis une équipe d'habitués se retrouvait à
l'auberge du père François. Ma mère, tombée grave-
ment malade, était repartie sur la côte. Le taxi de Paul
Fabre était venu la chercher, un soir de pluie et l'avait
transportée *in extremis* à la clinique. Je me trouvais livré
à moi-même, « en face de mes montagnes », relisant les
lettres de Sandra, essayant d'y trouver un espoir
d'amour. M'aimait-elle? Ou aimait-elle seulement mon
pays, ma vie, mon auberge?

« Petit père François, bonjour
*« On t'aime bien. On t'aime avec tes chèvres, ta maison,
ton jardin, ta montagne et tout ce qui t'entoure. J'ai quitté
Rogette et Nanouk à Paris sur une grande place. Il est très
triste et dommage de se quitter et c'est le mal des auberges.
Le mal et le bien. Je pense à la belle lavande de chez toi,
aux figues, aux raisins, au miel, à tous ces fruits, miracle
de la terre à cailloux.*
*« J'aime les choses, les gens, les paysages inchangés,
éternels.*
Je te souhaite de vivre mille années et d'être heureux.

Amicalement. Sandra »

Je marchais entre ciel et terre, perdu dans la lande et dans mes pensées. Je m'arrêtai pour manger et m'assis à l'abri d'un talus contre une haie d'aubépines au bord d'un pré à l'herbe rase. Je fermai les yeux. J'entendis la voix de Sandra et le grondement de la mer du Nord. Je cheminais dans le vent furieux qui balayait les ajoncs, les genêts et les prunelliers rabougris. Depuis des heures déjà, j'errais sur la steppe qui s'étendait plate à perte de vue... « Il y a un pied de lavande au jardin du sculpteur, elle ne sent rien que l'air et le vent gris. »

Mais la lavande n'avait pas d'odeur ce jour-là. J'ouvris les yeux et repris ma marche.

> « *La route*
> *Devant, derrière, loin*
> *Et le vagabond qui marche au milieu*
> *Longtemps après...* »

J'aperçus une maison. C'était une église qui semblait vieille, très vieille. Une croix de bois énorme plantée là, démesurée, semblait dater du temps de Jésus. Derrière un pauvre mur décrépi, envahi par les ronces, se cachait un petit cimetière, disproportionné lui aussi à côté de la croix, mort et enterré sous les épines, croisillons de bois vermoulus peuplés d'herbes folles, de lilas fané, de houx, de chiendents, d'immortelles.

Je m'éveillai d'un rêve qui me poursuivait depuis une heure, le ventre vide, ivre de vent et de fatigue, vagabond incorrigible. Non, je ne trouverais pas la mer du Nord ou l'Océan derrière l'église, ce n'était pas leur grondement que j'entendais, mais seulement le vent d'est dans les spectres de forêts rabougries. Ce n'était pas la maison de Sandra qui se profilait au loin un peu plus bas, mais le hameau des Abeilles! Seule était réelle la statue du curé, homme de bien légendaire, guérisseur de malades, qui se dressait sur son socle, seule vivante dans ce pays de mort. Là-bas le Ventoux immuable, témoin familier de ma vie, guettait, tapi par-delà le grand plateau de Perrache désert, par-delà les innombrables combes qui descendent parallèles vers la plaine, la Cannaud aux rochers fabuleux, la Clare, la Fiole, la Grave, le Ventoux enneigé, gris fer, impassible, veillait imperturbablement sur la misère de cette terre déshéritée et lugubre.

Le Ventoux et ses landes inconnues, n'était-ce pas un peu un autre monde, vers le nord, vers les nuages? Sandra là-haut, sur la terre à cailloux de ses rêves, ne serait-elle jamais à mes côtés? Je marcherais plusieurs jours, trouverais un beau refuge, puis lui écrirais de venir pour y élever des chèvres ou composer des vers, y cultiver la lavande ou le jasmin que j'avais vu pousser par miracle au pied de cette chapelle perdue sur le plateau d'Albion.

Je pris le car du Figuière le soir à l'hôtel Saint-Hubert de Saint-Saturnin; on y accédait par l'arrière, vestige de l'époque des omnibus à chevaux. A la Tuilière, on laissa une institutrice, aux Trois-Combes un garde-chasse, à Javon un sac de pain. A Saint-Jean, on but le dernier pastis de la ligne Apt-Sault. Le Figuière connaissait la route par cœur; à cause des pastis et des « on remet ça », la guimbarde, devenue folle, tanguait dangereusement, glissait, dérapait, frôlait les fossés et les ravins. Elle atteignit néanmoins la petite ville endormie, déserte, balayée de mistral et inhospitalière. Les hôtels clos, les restaurants fermés, je dus faire trois fois le tour de Sault avant de trouver un gîte pour le reste de la nuit.

Au petit matin, j'étais au Ventouret. Autour d'une église en ruine, un hameau abandonné fait de maisons éparpillées sur la montagne, semées à la volée, où il n'a pas poussé de ville, mais seulement des pierres blanches, des pruniers sauvages et des orties. Je traversai les reboisements de la Frache, descendis sur la maison forestière du Rat, puis par le Rocassou et les Granges-Rouges j'atteignis la Gabelle, agglomération de granges habitées par une horde de bergers et de

charbonniers méfiants et quelques chiens noirs, har-
gneux et mal nourris, en bordure d'une départementale
vouée au désespoir et à la solitude, depuis que plus bas,
une nationale toute neuve reliait également Sault à
Carpentras par les gorges de la Nesque. Plus au nord à
l'intérieur des terres, j'approchai enfin des Abeilles.

Dans la rue principale, les portes envahies par les
orties étaient closes et les volets fermés, le lavoir désert,
les écuries vides, les pigeonniers sans pigeon et les
ruches sans essaim. Un café, son enseigne et sa tonnelle
étaient encore veillés par les deux anges gardiens de la
Providence, compagnie contre le vol et l'incendie. Hélas
la « Providence » n'avait pas assuré contre la guerre. Je
connaissais l'histoire de la commune par M. Adrien,
l'instituteur de Saint-Saturnin, le même qui, alors jeune
débutant frais émoulu de l'école normale, y avait fait la
dernière classe en 1922. L'instituteur avait rabattu son
pupitre parce que le cafetier ne vendait plus sa limonade, et ne mettait plus deux sous dans son piano
mécanique faux et poussiéreux. Le café, même les jours
de fête, n'était plus ni « concert » ni « chantant », à cause
du malheur qui s'était abattu sur ce village maudit;
l'harmonium de l'église s'était tu en même temps que
l'Angélus et la cloche qui sonnait les vêpres, les
mariages ou le glas. L'école vide ne résonnait plus des :
732 : Charles Martel..., 1214 : Bouvines, 1515 : Mari-
gnan, 2 fois 1 = 2, 2 fois 3 = 6, 2 fois 4 = 8, de la ronde
du Muguet, avec ses « au piquet » et ses bras croisés.

Si le café ne vibrait plus des cris des joueurs de cartes
ou de loto, des histoires de chasse ou de foire, l'église,
elle, ne sentait plus l'encens, le cierge brûlé, l'eau bénite
ni le bon Dieu.

La raison de cet abandon était écrite en lettres de
deuil, irréfutable, gravée dans la pierre; elle tenait en
onze lignes, onze noms, disposés par ordre alphabétique
sur le monument aux morts, onze morts à Verdun, au
Chemin-des-Dames, au Fort-de-Vaux, à la cote 378. Sur
les tombes abandonnées, au milieu des herbes odorantes
et des couronnes de perles violettes aux inscriptions

d'argent édentées, on peut les voir encore dans leurs médaillons rococo, avec leur béret de chasseur alpin ou d'artilleur, leur fourragère à l'épaule, leur moustache blonde et leurs yeux bleu horizon, résignés, images muettes, mais combien éloquentes, morts au second degré, morts disparus du souvenir des vivants puisqu'il n'est plus âme qui vive pour rappeler leur sourire, leurs colères, leurs goûts, leur âge, leurs passions, leurs talents, personne pour les entendre rire ou chanter, pour leur parler de la récolte, pour leur dire que cette année il y a des grives, que le vin en bas a du degré, que pour l'eau il n'y a aucun espoir, car dans le Ventoux il n'y aura plus d'eau dans cinquante ans. L'un d'eux est mort à vingt-deux ans le 15 septembre 1914, l'autre son frère, le 18 novembre 1918... Quel sombre pressentiment devait hanter ce dernier, mort au champ d'honneur, au départ de sa dernière permission.

Après la guerre il ne restait que les femmes, les enfants, les vieillards, les infirmes. Comme les héros, ils étaient fatigués. Là-bas dans la plaine il y avait des trains, le gaz, l'électricité, des cinémas, de belles vitrines, des fêtes avec de grands manèges, des cirques, du théâtre. Le bon peuple des villes, vainqueur, chantait la *Madelon de la victoire* avec Maurice Chevalier et Mistinguett, et se payait du bon temps sur le dos du Boche.

Alors, ils sont partis, délaissant leurs citernes, leurs mauvais chemins, leurs maigres récoltes, les tombes, la croix de bois, l'église et la statue de bronze de leur curé...

Du Jas-Forest, je dévalai sur Verdolier, un petit village classique, anonyme, accroupi dans une cuvette de verdure pelée, entourée de ruines, de bosquets de pins, de petits carrés de prés, de vignes, ou de terres labourées. Oublié du reste du monde, Verdolier avait conservé trois foyers autour d'une fontaine, (suprême richesse au pays de l'eau rare), d'un clocheton banal au toit rouge vif, planté comme dans un jeu de construction et d'une placette ornée d'un magnifique ormeau. Au cœur du village s'élevait une grande maison grise et lézardée à deux étages, l'école, construite à l'époque d'Emile Combe pour les trente familles qui vivaient dans l'amas de ruines qui reliait l'église au cimetière. Etait-ce à cause de la fontaine, de l'électricité, de l'école ouverte, du chemin vicinal qui montait insensiblement par cette vallée rapiécée de petits carrés de terre pauvre, mais que des générations avaient débarrassés de leurs cailloux, je trouvai à Verdolier un abord cordial et direct.

Le premier habitant à qui je m'adressai me fit entrer dans une grande cuisine. On but le café et on parla.

« Ça tombe bien, dit M. Truphémus, j'ai la maison de mon frère en bas du village, je pourrais vous l'affermer. Elle est brave, il y a des gouttières, bien sûr il faudrait y mettre des fenêtres, un peu de plâtre, mais pour la première année on s'arrangerait, je ne vous en demanderais pas trop. »

Après vingt minutes de considération sur le coût de la vie, les impôts, le prix des journées de maçons, les assurances, il fut convenu que pour que ça vaille la peine, il faudrait donner cent francs la première année et deux cents par la suite. J'acceptai. C'était une aubaine, Verdolier se trouvait justement sur la route du Ventoux, le long du sentier reliant Brantes à Regain que je me proposais de baptiser la « Route de la Joie ».

Dans le mois qui suivit, je remontai dix fois à Verdolier, à pied, à bicyclette, en autobus, traînant dans la nuit depuis Sault, des casseroles, une poêle, un gril, des assiettes, un balai. Je passai les murs à la chaux vive dans laquelle je mélangeai l'ocre jaune et rouge d'Apt, repeignis les volets, descendis du grenier des fléaux, des paniers, des faucilles à blé, des mortiers de bois, des lanternes de charrettes, des chaises branlantes. J'astiquai et encaustiquai un ancien bahut en cerisier, mis une toile cirée à carreaux jaunes et bleus sur la vieille table de noyer, un rideau autour de la cheminée, une

carte Michelin 81, une carte d'état-major de Sault,
quelques indications sur les chemins d'accès au Ventoux, un livre d'or avec un porte-plume et un encrier.

Et je fus le plus heureux des hommes. Je pouvais
offrir à mes enfants un nouveau jouet. Sandra inventait
des abris aux oiseaux, j'ouvrais des refuges aux hommes, jalons sur cette route de la joie. Les jeunes
pourraient rallumer du feu dans l'antique cheminée,
moudre du café dans le vieux moulin, monter dans les
forêts de la Frache toute proche, arpenter les flancs du
Ventoux et jouer aux paysans de Verdolier, pour un jour
de vacances, sans le souci de faire manger les chevaux,
de traire les chèvres, de rentrer le foin parce qu'il va
pleuvoir, les pommes de terre parce qu'il va geler, avec
pour seules compagnes les mouches, qui rappelleraient
aux citadins que le paradis n'est pas tout à fait de ce
monde.

« QUE LA ROUTE EST JOLIE »

Jacques Laurent marqua Regain de son séjour pendant cet hiver 1938, où il entreprit de décorer le dortoir des garçons, de grandes fresques délavées sur fond bleu pâle illustrant des chansons d'auberge. Longues soirées de février... Jacques lisait *l'Espoir* de Malraux, *la Condition humaine, les Grands Cimetières sous la lune, le Grand Meaulnes* et moi beaucoup plus terre à terre je dévorais *l'Assommoir, Lourdes* et *Germinal*. Autrefois un marchand de livres avait vendu à tempérament la collection entière à l'oncle de Grenoble, qui avait opté pour le rouge, de Zola, plus flatteur dans sa bibliothèque que le vert de Shakespeare. Mon père avait lu Zola toute sa vie, je lisais Zola, et puisque ces énormes livres rouges illustrés de gravures réalistes et vieillottes semblaient reliés pour durer des siècles, les descendants des Morénas étaient voués à Zola pour l'éternité.

Une neige abondante couvrait le plateau de Vevouil à Simiane, coiffant les hauteurs du Grand-Terme, de Jeoffroy-Vieux, Sarraud, Berre, le Saint-Pierre et le château de Bois. Jacques et moi nous nous lancions dans de longues courses à ski pour rendre visite à Raoul, l'instituteur de Sarraud. L'école aux confins de trois communes, avait été construite pour trois élèves, mais en réalité, elle ne fonctionnait que pour deux et demi : deux la fréquentaient assidûment, studieux et bavards, âgés de six et huit ans; l'autre silencieux et simplet, aux longs cheveux blonds bouclés, en complet de première communion étriqué, le « Marquis » selon le mot de Raoul, ressemblait à Harpo Marx, c'était la demi-portion. Il avait un faible pour la chasse et faisait l'école « lavandière », les buissons étant rares sur le plateau. Il ne parlait que pour signaler au maître les grives qui se posaient sur l'arbre de la cour ou le lièvre qui traversait le ribas.

« M'sieur, y a une machote! Tous les oiseaux étaient pour lui, des machotes (hiboux).

— M'sieur j'ai vu « une lièvre »!

Raoul qui, lui aussi, préférait les tableaux de chasse aux tableaux noirs prenait son fusil et partait sur les colles. Il en oubliait parfois ses élèves qui copiaient des lignes sans lever la tête et terminaient leur phrase sur le bureau si le papier faisait défaut. Quand le Marquis avait fourni un bon tuyau, il était pour la peine dispensé de balayer la salle de classe, les escaliers, et de faire le ménage chez Raoul.

Savant à sa manière, le Marquis était un cancre dans l'esprit de l'inspecteur primaire. Interrogé devant une carte de France, il ne savait que répéter : « Tout ça, c'est des noms »... Et lorsqu'on lui demandait : « As-tu vu des montagnes? » il disait non, parce que lui, il habitait « sur plaine ». Tant de brio n'empêchait nullement Monsieur son père d'être fier de son rejeton et d'affirmer que s'il était instruit, il ferait une belle « rue » — entendez, une belle carrière en provençal. Il lui suffirait de posséder sur le plateau lavandier, mille hectares de cailloux, un peu de terre rougeâtre au milieu pour tenir les cailloux, des bras de fer pour tenir la charrue, une voix de ténor pour hurler des « dia » des « hue Coquet » des *Putan dé salope* » et le Marquis ne pourrait même plus compter sa fortune, mis à part le fait qu'il ne sut jamais compter jusqu'à cent.

Avec Raoul, on allait souvent veiller chez les Guigou, des voisins, à plusieurs kilomètres du hameau. La veillée s'agençait telle une pièce de théâtre toujours selon le même scénario : on buvait d'abord le café et la gnôle, on parlait du temps, puis de la lavande, de la chasse et de la visite du facteur, la distraction favorite de l'hiver pour les gens de là-haut qui ne s'abonnent au journal que pour voir du monde. On le fait entrer, le facteur, on réchauffe ses pieds pleins de neige, on lui paie la goutte, le pastis ou le café suivant les saisons, on le soigne, le dorlote, le remercie de s'être hasardé par les mauvais chemins. Bien sûr le journal c'est un peu pour la chronique, pour les enterrements, les accidents, histoire aussi de savoir quand on jouera *Roger la Honte* au théâtre de la promenade, ou *Monte-Cristo* au cinéma du curé. Mais c'est surtout un excellent prétexte pour faire venir le facteur, lui qui est payé pour ça; d'autant que, s'il ne montait les nouvelles que tous les deux jours, ce serait une injustice aussi énorme que si eux faisaient quand même leurs cent mille francs d'essence de lavande en ne labourant que la moitié de leurs champs.

Passées les considérations sur le facteur, les yeux larmoyants de sommeil et de fumée, les « visites » commençaient à risquer un « si on allait se coucher »!

« Oh, vous avez bien le temps. Il se fait des nuits à présent... Et pour les retenir, on débouchait une bouteille de vin blanc.

— Il faut vous marier, monsieur Raoul! Vous avez un bon métier, disait Mme Guigou chaque fois qu'elle nous voyait à la Brasque.

— Ah, rétorquait le père, les fonctionnaires c'est brave, parce que tous les mois il vous arrive de l'argent frais. C'est comme une rivière, ça coule pas fort, peut-être, mais c'est régulier... Tandis que pour nous autres, l'argent, il se gagne bien, mais depuis la guerre de 1914, on peut plus le garder. Alors on remue les billets de cent francs, mais ils vous glissent entre les doigts. Bientôt, ce sera comme en Allemagne, il en faudra des sacs à provisions pour aller chercher un kilo de pain! Ah! on était plus heureux avant la guerre!

— Notre fille, Mireille, ce serait un bon parti, monsieur Raoul, mais ici, les partis ça ne court pas les rues... Il y a bien l'Albert, celui de la Pourachière qui est venu

la demander; oh, il a du « bien » et il est « pénible [1] ».
Mais la petite, elle préférerait un fonctionnaire, un
Monsieur de la ville qui ait un nœud papillon, des
guêtres et qui danse bien. »

Raoul qui avait compris l'invitation à la valse proposa
à Mireille une place dans le car Azzoro que Regain avait
loué pour aller à la Nuitée des auberges de Marseille,
car la fille avait des yeux fripons et elle était gentille.

Après la veillée, nous redescendions dans la nuit
jusqu'à Regain. La neige scintillait sous la lune. Dans les
bosquets entre les pins sylvestres, il faisait noir et on
parlait de fantôme, d'esprit, de l'au-delà. On passait à
l'aiguier de Gayaux voûté par les siècles. A l'ombre du
Cluvier, tout près de la croix plantée au bord de l'ancien
chemin de Saint-Saturnin à Saint-Christol, j'expliquai à
Jacques que depuis l'époque de la lèpre, chaque passant
marquait de son talon une croix dans le sol. On tombait
sur Romanet mais on tournait bien avant la ferme du
Pierre, sur les hauts, là où subsiste le village des
pestiférés, groupes de bories entourées d'énormes murs
de pierres sèches. Sous les grands rochers des Por-
tes-de-la-Nuit, dans l'étroit goulet, on eût dit que
d'étranges citadelles ruinées et déchiquetées veillaient
sur ce passage de brigands, digne des films de Tom Mix
et des poursuites de diligences.

Si Regain possédait déjà un refuge dans le Ventoux,
j'avais pour ambition de créer, d'ici la fin de cette
année 1938, un deuxième relais dans le Luberon.

Ce projet nécessitait quelques centaines de francs
pour la location et l'aménagement, on discuta donc d'un
moyen de se procurer de l'argent, au repas de deux
heures, car à midi, *peuchère*, on était encore chez la
Pellissane l'épicière, chez la « Badoche », la bouchère ou
chez M. Hugues, celui du gros cul, du caporal ordinaire,

---

1. Travailleur.

des gauloises et du *Petit Provençal*. Robert proposa : « Si l'on montait un spectacle? » L'idée fut accueillie avec des approbations enthousiastes, la proposition obtint la majorité moins une voix, celle de Bertrandet, bien entendu. Préparer un spectacle était plus folichon que de faire la vaisselle, que l'on entassa près du puits.

On dépêcha Jean, « le motard », au village pour faire publier et poser une affiche, pendant qu'on répétait des danses, des chants, des mimes, et même des sketches sous le mûrier tout proche. Ce serait une revue, avec une intrigue, du vrai théâtre! On improvisa un scénario, on distribua les rôles et les costumes récupérés au grenier des Roi. Le soir même, on jouait.

Le public n'était pas difficile. Il en avait pour son argent — le spectacle était gratuit —, on fit cependant la quête après *les Millions d'Arlequin*, le numéro de Robert, à la voix chaude de baryton.

Le souffleur n'avait pas grand-chose à dire, le texte étant réduit à sa plus simple expression : *La Famille Bastidon, Départ de Magali, Feu de camp, En avant pourcourant le monde*, Entracte, etc. C'est Vévé qui assumait ce rôle ingrat et obscur, lui qui n'était guère aidé par sa myopie et les vagues lueurs d'une bougie. Il y eut des trous évidemment... mais ils étaient vite comblés, l'imagination des acteurs suppléant aux défaillances du dialogue. L'effet était parfois inattendu.

« Ah! disait Robert, qui jouait les vedettes, porté par son succès *des Millions* et son physique de jeune premier à la Robert Taylor, ce soir la lune brille sur le Luberon, la nuit est belle, nous allons sous les grands rochers fabuleux des portes de la nuit, de la belle nuit provençale, de la nuit des temps, des temps nouveaux, des auberges, des moutons, des bergers, des étoiles (lorsqu'il était parti, il ne savait plus comment terminer sa phrase), de ce pays de Saint-Saturnin, avec son clocher, avec ses moulins, avec son château... (il devait annoncer un feu de camp) oui, pour goûter cette nuit avec ses senteurs de lavande imprégnée de rosée, de jasmin, de fleurs d'oranger (non, disait le souffleur, il n'y a pas d'oranger), de fleurs d'olivier, de fleurs de mûrier, de fleurs de figuier... (le feu, disait Vévé).

Astuce, un Parisien qui tirait son surnom de la finesse coutumière de ses propos, lui cria de la coulisse : « le feu ». « Oui, le feu... reprit l'autre, le feu... (rêveur...) le feu... (au fait quel feu?)... grandiloquent, le feu! (se remémorant soudain son histoire de feu de camp) Ah, oui... le feu de camp... eh bien, mes amis, nous allons allumer un feu de camp, un feu sur la colline, un feu comme ceux de la St-Jean et nous ferons une chaîne, une chaîne d'amour, une chaîne d'amitié... Nous verrons monter la flamme, vive, légère, et tous ensemble, nous chanterons les chansons des auberges, de nos aïeux, de notre terroir, de la Provence, de Mistral, et nous clamerons la « coupo-santo » et ferons la farandole sous les ailes du moulin. »

Moi qui n'avais rien entendu, trouvant l'acte un peu longuet, j'arrivai sur scène entraînant un petit groupe de campeurs sac au dos, en chantant *Une fleur au chapeau* et m'écriai :

— Le soleil se lève sur le Luberon, si nous partions pour le signal de Berre? Nous profiterons d'une belle journée. Ah, marcher dans la montagne avec des amis! Les amis des auberges, jusqu'au soleil couchant sur les Dentelles de Montmirail...
et le Chœur reprenait :

> *Dans la paix des champs*
> *Toutes nos voix mêlées*
> *Chantent l'amitié.*

Le lendemain, on fut à Villars, puis à Gargas, Rustrel, Saignon, enfin on se hasarda à jouer à Roussillon, cité de l'élite intellectuelle vauclusienne, siège de « Remous », un mouvement littéraire présidé par la comtesse Carteronne. Le spectacle était au point, le titre trouvé, le thème arrêté et l'anecdote connue de tous les acteurs; on avait donc pu faire imprimer des programmes à cinquante centimes et annoncer : *Que la route est jolie!*

ACTE PREMIER

M. et Mme Bastidon assis sur le pas de leur porte discutent de l'avenir de leur fille Magali. Une visite à l'auberge du Regain s'impose.

ACTE II

La vie de l'auberge, visite, présentation. Feu de camp. Magali est conquise et part dans les auberges.

ACTE III

Dans une auberge de la côte d'Azur, elle rencontre un jeune avocat. Elle pourra vivre à la ville et avoir de belles toilettes.

ACTE IV

Le jeune avocat lit Giono et décide de faire du retour à la terre. Il convainc Magali d'abandonner ses rêves de citadine et de retourner à la terre avant que de l'avoir quittée.

ACTE V

Magali possède des terres qu'un vieil oncle lui a laissées à Romanet. Le jeune homme courageux ira les travailler. Ils seront heureux (mariage de Magali) et ils auront beaucoup d'enfants (censuré).

L'entrée, dès lors, fut portée à 0 fr. 95, vu qu'on acquittait des taxes sur les spectacles à partir d'un franc. On espérait que la vente des programmes arrondirait la recette et mettrait du beurre dans les courgettes. Mais lorsque les filles ouvreuses proposèrent un programme à la première spectatrice, celle-ci répondit :
« Merci, je lirai sur celui du voisin. »

Au cours de la revue, oubliant parfois Magali, chacun donnait libre cours à ses talents. C'était le théâtre libre. Astuce parvenait à placer ses jeux de mots de patronage :

« Marie-Jeanne, la mère-aubergiste de Séguret nous a envoyé un Tchèque.

— Quel Tchèque?

— Le Tchèque sans provision. Il était en blanc.

— Va le chercher.

— Il s'est barré... »

Je racontais l'histoire du cabinet plein de mouches et du patron flegmatique de l'hôtel qui répondait aux clients grincheux :

« Patientez monsieur, il est midi moins cinq, à midi elles seront toutes dans la salle à manger! » Je savais que les histoires de caca amusent toujours.

Dans cette tournée, l'originalité résidait dans le renouvellement chaque soir, du public, mais aussi des acteurs au gré des arrivées et des départs à l'auberge. Tel jour on affichait une danseuse étoile, tel jour un ténor d'opérette, tel autre jour un virtuose du violon ou du saxophone. Un soir, c'était Max qui interprétait :

> *Je chante, je chante soir et matin*
> *Je chante sur mon chemin.*

Max avait une fâcheuse tendance à postillonner; aussi y avait-il toujours à table une place vide auprès de lui, qui invariablement échouait à un nouveau; au théâtre c'était pire, il ne postillonnait plus, il crachotait.

Un autre soir c'était Bébert de Tarascon qui entonnait *Li estello* et la *Sérénade de don Juan*, ou Reboulin de Nîmes, essoufflé et rouge comme un coq, qui s'égosillait dans les aigus des *Pêcheurs de perles* :

> *Je crois entendre encore...*
> *Sa voix tendre et sonore...*

Hélas, usée par le pastis et les cigarettes, elle ne l'était plus guère! Il parvenait pourtant grâce à sa voix de tête, que les mauvaises langues disaient d'eunuque, à sortir son contre-ut, à deux doigts de l'apoplexie.

Robert, toujours aussi cabotin, jeune premier permanent, brillant séducteur de Magali, lui promettait ses millions, ce qui nous valait de gros sous au moment de la quête. Le plateau, quelquefois, se trouvait complété par un extra, Hervé orphelin et enfant de l'Assistance, employé à la mairie, qui chantait avec conviction *les Roses blanches* en prenant l'accent du titi parisien.

> *C'est aujourd'hui dimanche*
> *Tiens ma jolie maman*
> *Voici des roses blanches*
> *Toi qui les aimes tant...*

Le sentiment, ça payait toujours. Dans cette ambiance de repas de noce ou de première communion, les protagonistes ne se faisaient pas prier, et le public se montrait bon enfant. Pourtant Vévé, le régisseur, arrêtait le spectacle à minuit, Magali mariée ou non.

La soirée de Roussillon fut réellement une apothéose. Elie Rouge, président du Syndicat d'initiative, délégué du Touring-Club de France et de la Ligue anti-alcoolique, avait convié de jeunes poètes de choc en vacances, une centenaire, le félibre Caïzac qui fit force poèmes, et le maire, ce vieux fossile, natif de Carniol en Basses-Alpes.

On offrit des fleurs à Magali qu'incarnait Arlette après Germinale et Berthe; on entonna la *coupo-santo* et Elie Rouge monta sur scène, baisa la main de la jeune première et embrassa Robert. Il faillit cependant se fâcher et devenir sang et or lorsque Astuce se risqua à critiquer la plume d'Henri Béraud :

« Si l'on attaque les journalistes, je sors! s'exclama-t-il dans un style très Comédie-Française car outre *Le Petit Marseillais*, il assurait en extra la chronique des chiens écrasés au *Nouvelliste* de Grenoble et à *L'Eclair* de Montpellier. Il ne manquait à Roussillon qu'un correspondant du *Canard Enchaîné* pour relever cette phrase historique jetée avec une négligence affectée : « Votre festival fut remarquable. L'institutrice l'a fort apprécié et madame la Marquise l'a trouvé de haute tenue morale. »

Après le théâtre, on versa dans la spéléologie — en amateur — ce qui permit d'alterner le drame et la comédie, l'anecdote improvisée et la réalité.

On descendait sous la terre avec la même désinvolture que l'on montait sur les planches.

J'avais proposé d'aller explorer un aven dans la montagne, à deux grosses heures de marche et 1 100 mètres d'altitude, renommé dans le village pour ses stalactiques et mites, car l'entrée avait été de tout temps visitée, saccagée, chacun voulant emporter en souvenir de son exploit, un morceau de pierre scintillante pour orner sa cheminée. Lorsque j'eus trouvé sept victimes, je pris un paquet de bougies, deux lampes Trondler, des cordes de charrettes et arborai mon béret blanc, celui des grands jours et des expéditions mémorables.

« Préparez le souper! cria-t-on de loin à l'équipe de cuisine : Antoinette, Georges, Germinale.

— Quoi? »

Parole inintelligible de l'équipe de cuisine, le groupe étant déjà sur les hauteurs de la colline.

« Faites du pain perdu, criai-je à tout hasard, moi qui savais la huche pleine. Nous rentrerons tard! »

Nous rentrâmes tôt, mais le lendemain seulement.

Le pain rassis et perdu, après avoir été retrouvé, fut perdu une seconde fois... Mais baste, le drame n'est pas là.

Au bout de trois heures de descente dans les ténèbres, cascadant d'émerveillement en émerveillement, ruisselant de transpiration, grelottant de froids, crottés, déchirés, boueux, nous parvînmes à un puits plus profond aux parois en surplomb. On hésita. C'était peut-être le fond? Peut-être aussi allait-on trouver le lit d'une rivière souterraine, la Sorgue légendaire? Les gens du pays ne disaient-ils pas que, certains jours, après des pluies abondantes sur le plateau, on entendait gronder un torrent au fond du gouffre!

On descendit assez facilement les vingt mètres du puits à la corde lisse. Après avoir visité des salles aux stalactites merveilleuses, minces comme le petit doigt et longues de plusieurs mètres, admiré des vasques où l'eau limpide suintait goutte à goutte, et constaté que l'aven continuait certainement mais qu'il était impossible de pousser plus avant l'exploration, il fallut rebrousser chemin. On se heurta aux difficultés de la remontée. La fatigue se faisait déjà sentir, à défaut de la faim, l'aïoli de midi pesant encore sur tous les estomacs.

Une fille du Nord, Mathilde s'engagea la première et grimpa à la corde par la seule force des bras. Elle n'était pas alpiniste, n'ayant connu juqu'alors que la poésie des terrils. Elle n'était pas en haut qu'elle s'arrêta s'agrippant désespérément à la corde, le souffle court, oppressé, haletant. En bas, les autres se taisaient, la gorge serrée, anxieux, attendant comme au cirque lorsque le numéro devient dangereux. Au fond de ce trou, les projecteurs n'étaient que de maigres lampes. Il n'y eut pas de roulement de tambour. Dans le silence le plus complet, la fille à bout de forces lâcha prise, tomba sur un rocher, rebondit un peu plus bas avec un bruit sourd. On la crut morte.

Lorsque nous fûmes hors du trou, la lune heureusement nous acueillit. Il était temps car les bougies aussi bien que les lampes étaient à bout de course. Il avait fallu remonter Mathilde, sanguinolente, paquet inerte, la hisser, la traîner, la pousser, la diriger à travers les aspérités du roc pour éviter qu'elle ne se blesse davantage. Elle était revenue à elle, puis retombée sans connaissance. On ne savait pas au juste ce dont elle souffrait. Elle avait apparemment une jambe cassée, des contusions, des écorchures.

Cette fois, l'aïoli était loin. On avait faim, soif, froid, sommeil. Il fallait prendre une décision. On s'en fut appeler chez le Soumille : porte de bois, sommeil de plomb. Personne ne broncha malgré nos appels, discrets d'abord puis plus pressants. Ni les chiens qui geignaient dans le poussier, ni le cheval qui grommela entre ses dents des sons incompréhensibles même en langage cheval, parce qu'il avait la bouche pleine de foin, ni les poules qui elles avaient pourtant déjà fait une bonne nuit, ni les chèvres effarouchées qui s'entremêlèrent dans leurs chaînes...

L'alambic encore chaud de la veille nous offrait bien l'hospitalité et son odeur entêtante de paille de lavande, mais ce n'était pas une solution. Sans doute n'y avait-il personne! Le Soumille était peut-être descendu au village à la fête de la Saint-Étienne pour le concours de boules? Il eut le bénéfice du doute...

Alors on improvisa une civière avec des branches, des bouts de fils de fer, des loques, on étendit la fille fiévreuse et grelottante et « fouette cocher », le cortège se mit en route, la civière devant, les autres faisant deuil derrière, chantant pour se donner du courage des chants de route ou des complaintes :

Nous étions vingt ou trente brigands dans une bande
. . . .
C'est dans la pipe qu'on met l'tabac
. . . .

mais ni le cœur ni l'estomac n'y étaient. Nous trébuchions sur les cailloux du chemin, déguenillés, traînant la savate, la chemise pendant sur les pantalons déchirés, les grands chapeaux à la main, peloton bouffon et macabre.

La lune trouvant le chemin trop long s'en fut se coucher. Un gars du Nord sortit de sa poche un harmonica et joua quelques mesures, avant qu'un Marseillais ne le ramène à la décence :

« Tais-toi. Tu vois pas que *peuchère*, elle est peut-être morte! Tout à l'heure, elle était froide! »

Tout le monde rit y compris la morte qui trouva la force de dire :

« T'inquiète pas Pierre et joue nous *le P'tit quinquin.* »

Une heure plus tard, on arrivait cahin-caha, riant, grognant en vue des Gavaniols, une grosse ferme fortifiée, ramassée sur sa cour intérieure, fermée comme Regain par un grand portail. Les murs semblaient énormes, inaccessibles, sans fenêtre ou presque. Toute la vie, bêtes et gens, donnait sur le carré de la cour. Le soir, le portail séparait le mas du reste du monde, des sangliers, des renards et, il y a plus de cent ans, des brigands et des maraudeurs. Seul un hangar à paille extramuros donnait sur l'aire à fouler le blé. On y étendit Mathilde comme la Sainte Vierge dans la crèche. Joseph son ami et fiancé demeura à ses côtés pendant que les autres, décidés à entamer un dialogue, même de sourds, commençaient à appeler.

« Monsieur Dominicio! Monsieur Dominicio! »

Ils criaient fort, sachant le vieux dur d'oreille.

Au bout d'un quart d'heure, moins peut-être — le temps leur parut long — une fenêtre s'ouvrit. Même l'été les gens de la montagne dorment fenêtres closes à cause des mouches.

Silence.

Explications laborieuses de ma part et plaidoirie éloquente de Fernand, étudiant en droit, surnommé « l'avocat » parce que beau parleur.

Re-silence.

La fenêtre se referme. Un temps. Une bougie s'allume dans le noir et sa flamme dansante projette des ombres dans la chambre. Deux personnages s'habillent pour jouer leur rôle. L'un, le vieux Dominicio devait rester dans la coulisse, muet comme les traîtres, prêt à faire un mauvais coup. L'autre, sa femme, ouvrait le portail quelques minutes plus tard, et demandait à ces étranges visiteurs qui réclamaient du pain et un peu d'eau, où était la demoiselle. Voyant Mathilde sur sa litière de paille, elle se laissa attendrir et rentra chez elle chercher un peu de nourriture, non sans avoir refermé brusquement le grand portail au nez des six garçons qui, mis en confiance, s'apprêtaient à suivre cette vieille Taven dans son antre de sorcière.

Elle ressortit un long moment plus tard, non pas avec des plantes miraculeuses mais avec un quignon de pain rassis, une cruche d'eau et un morceau de lard fumé. Joseph veilla près de Mathilde dans la crèche. Nous autres redescendîmes à l'auberge, au pas de course, car il faisait grand jour; nous arrivâmes pour le café. En avalant le pain perdu (et retrouvé), des tartines de miel, de la confiture tous fruits et des bols de café au lait, on raconta l'équipée à ceux qui avaient passé la nuit à attendre, anxieux, auprès de la cheminée s'apprêtant sur l'heure à partir à la gendarmerie. Le danger passé, les rescapés pleurèrent de joie, d'énervement, pour rire, pour rien, riant d'avoir pleuré, pleurant d'avoir ri et s'en furent dormir enfin pour oublier le cauchemar.

On envoya Georges au village prévenir le docteur Santoni, bon apôtre, qui, sans se plaindre des mauvais chemins ni demander un sou, put ramener Mathilde à l'auberge, pansée, recousue et plâtrée. Tandis qu'on accueillait la blessée à grands cris de joie, il leur raconta une autre version de l'histoire, celle du vieux Dominicio :

« J'étais derrière mon portail, monsieur Santoni, parce que leur histoire, c'était peut-être des contes et avec les étrangers il faut se défendre. J'avais mes fusils chargés comme pour le sanglier, et le premier qui passait le portail, monsieur François ou pas, pan! je tirais, et à bout portant, ça je vous le dis. Ils étaient sept, j'avais sept chevrotines de prêtes et les sept, je les descendais comme des lapins. »

Et le vieil ivrogne avait ajouté :

« Moi, j'aurais été le père Soumille, je l'aurais bouché le trou, avec eux dedans. Et je serais allé chercher les gendarmes. Oui, monsieur Santoni s'ils avaient passé le portail derrière ma femme, je tirais mes chevrotines pour leur apprendre à déranger les honnêtes gens la nuit. »

Cette visite à l'aven fut la dernière de la saison. Le lendemain je ramenais de Campjansau un fagot de bois mort sur mes épaules nues. En posant le fagot sous la glycine, je vis une vipère qui doucement s'en échappait et profitait de la surprise générale pour se glisser dans l'égout. J'eus un frisson à l'idée que j'avais transporté cette passagère clandestine sur mon dos; j'ai toujours eu une répulsion insurmontable pour les serpents.

La nuit suivante, je fis un cauchemar. Je rêvai de mort. Je revis Irène, qui me dévisageait de ses yeux étranges et me disait : « Ta mère est morte », puis je m'éveillais et ce n'était plus elle qui me fixait mais le chat Arsène, couché sur ma gorge et qui m'étouffait. Sans cesser de rêver, je me rendormis, revis Irène, la vipère et Sandra qui tombait dans le puits de l'aven.

Une semaine plus tard, après une agonie atroce, ma mère mourait dans mes bras, à la clinique des Sources, en Avignon. C'était le 26 août, anniversaire de sa naissance. Il faisait froid, il pleuvait. Le vent soufflait dans les grands platanes de la clinique. L'été était fini.

A part Astuce, Georges et Arlette, l'assistance s'était renouvelée pendant mon absence. Les nouveaux n'étaient pas au courant du drame qui s'était joué dans mon cœur. Le premier repas fut mort. Personne ne se connaissait. Personne ne connaissait le père-aubergiste, sinon de réputation. Personne ne connaissait sa mère.

Peu à peu on chanta, on rit de nouveau et Astuce fit ses jeux de mots habituels. Je me donnais à mon auberge, menais les jeunes en promenade, préparais les repas, arrosais les courgettes, allais traire les chèvres. La nuit, je reprenais le deuil. Je redevenais un fils. Je savais que les vacances touchaient à leur fin. Cette pensée me donnait le courage de supporter la vie communautaire déjà pénible en fin de saison, horrible après ce malheur. J'aurais voulu demeurer seul avec mon chagrin, au moins quelques jours...

« *Il y a si peu de chose à dire pour consoler de la mort de quelqu'un de très proche, d'une maman surtout. Et j'ai l'impression que tu as besoin pourtant qu'on t'en dise des mots, pour que tu pleures un peu mieux, un peu plus à ton aise.*

« *... Il faut porter sa vie sur l'épaule, plus haut que son cœur, calmement.* »

ARLETTE

A RLETTE fut la dernière passagère de cet été-là, blonde, les cheveux coupés à la Jeanne d'Arc, les joues roses, des yeux bleu pervenche. Elle portait invariablement des espadrilles, un pantalon de toile marine, un chandail à rayures bleu fané assorti à ses yeux de Bretonne habitués à regarder au loin.

D'elle, je savais fort peu de chose sinon qu'elle était la militante qui n'accepte aucun compromis. Elle avait rompu avec le parti communiste parce qu'il s'embourgeoisait, que la Russie semblait bouder la politique de l'avortement libre, que les militants chantaient *la Marseillaise*, que le parti venait de revendiquer Jeanne d'Arc, que Maurice Thorez avait tendu la main aux curés et que son *Fils de Peuple* était du mauvais Saint-Granier, bref parce que les cocos devenaient cucus. En conséquence, elle avait rejoint la IVe internationale de Fred Zeller, refuge des « ultras », ceux qui préconisaient l'action directe, toujours prêts à descendre dans la rue « le grand soir ».

J'étais trop pacifiste pour approuver les théories de ces activistes dont les slogans favoris étaient « pour un œil les deux yeux », « pour une dent toute la gueule », mais Arlette avait les yeux bleus, de bonnes joues et de jolies fesses, je n'allais pas chinoiser sur des nuances...

Astuce, lui, était resté pour entreprendre l'ascension du Ventoux et m'aider à baliser « La Route de la Joie » qui, partant de l'Auberge de Séguret, gagnait Vaison, Mollans, remontait par les Gorges de Toulourenc et, de Brantes, traversait le Ventoux, les monts de Vaucluse, la vallée d'Apt et le Luberon.

Le plus passionnant du travail était la recherche d'un sentier en corniche dans le versant nord du Ventoux, aussi une expédition de plusieurs jours fut décidée. On prépara la peinture, les serpes, les cartes d'état-major, les duvets, les gourdes pour l'antésite, les bougies pour la visite des grottes et les allumettes soufrées qui s'allumaient partout.

Il me fallait fermer l'auberge, et je décidai d'emmener les chèvres au bouc. Pour les lapins j'avais pensé appliquer une théorie qui devait être infaillible. Je connaissais leurs goûts alimentaires. Je préparai donc du son pour le premier jour, le meilleur, des topinambours pour le deuxième, du thym pour le troisième et un cade à ronger pour les jours suivants, à supposer que notre absence se prolongeât.

Les mauvaises langues insinuèrent que la méthode était au point mais qu'au bout d'une semaine, les lapins auraient mangé le manche d'un râteau oublié dans le clapier...

On ne mit pas la clef sous le paillasson, on ne la laissa pas sur la porte non plus : il n'y avait pas de clef, les Roi habitant cette maison depuis le XVIᵉ siècle; de génération en génération ils ne l'avaient plus quittée. Même pendant les enterrements, il restait toujours un domestique ou un infirme dans la salle de séjour.

A cause des chèvres, on prit la direction de Romanet, à travers l'oliveraie de Mlle Blanche et les *bancas* * livrés au fenouil et à ces hautes herbes qui sentent si mauvais. Les chèvres se faisaient tirer non seulement l'oreille mais tout le reste. Je m'escrimais sur les chaînes jusqu'à les étrangler. La Blanquette en devint toute rouge et on crut qu'elle allait trépasser tant elle s'étouffait, se laissant traîner dans la poussière et les gravillons.

* Banquette de terre.

Astuce leur donnait du bâton, mais elles étaient si têtues que les coups ne les influençaient nullement.

Il restait trois fermes habitées à Romanet. Celle de Pierre et de sa sœur Eugénie, celle du Léonce et de la Noémie, enfin celle du bouc. Ce dernier occupait la plus belle, la maison du haut, seul à cause de l'odeur. En septembre, à la saison des amours-chèvres — les caprins étant plus sensibles à la poésie enivrante de l'automne, qu'à celle du printemps — il jouissait d'un véritable harem.

« L'expédition Ventoux » abordait le petit plateau de Romanet, les chèvres, reniflant l'odeur du bouc — une odeur de sainteté, car il était blanc et vénérable — prirent aussitôt les devants pour se présenter les premières à l'hôtel des sacrifices. Méphisto, le bouc, sembla séduit par la Blanquette parce qu'il préférait les blanches et qu'elle était encore innocente. Il but son pipi, signe de raffinement et de déférence. Blanquette devint ainsi la favorite.

Nous arrivâmes essoufflés à la ferme, transpirant sous le poids de nos sacs et le chaud soleil de cette fin d'été. Le Léonce qui aiguisait une grande faux à l'ombre d'une magnifique yeuse, nous interpella le premier, mi-bon enfant, mi-commerçant, car il était patenté, faisant commerce des charmes de son bouc. La différence avec la Lanterne flamboyante d'Apt, c'était que le beau sexe, à Romanet, devait payer pour connaître les joies de l'amour.

« Alors, on est un peu du quartier? s'enquit Léonce.

— On est un peu du quartier. »

Le vieux malin enchaîna le chien noir qui commençait à déchirer le pantalon d'Arlette.

« Vous entrerez bien boire quelque chose; *macarèu*, vous « avez » chargé! »

Et tandis qu'il laissait sa faux et se dirigeait vers le portail, j'expliquai :

« C'est que, on part pour le Ventoux, alors j'ai pensé qu'en passant, comme ça, on pourrait vous laisser les chèvres. C'est peut-être un peu tôt, mais on paiera ce qu'il faut... et puis, elles ont encore du lait, surtout la Nénette... Ici, elles seront au bon air, ça leur fera du bien. »

Le Léonce était brave, il fit asseoir les « visites » dans la petite cuisine sombre dont les murs étaient couleur caca de mouche et leur paya la sibèque, de belles herbes d'absinthe toutes vertes macérées dans un grand bocal d'eau-de-vie.

Je refusai par intérêt, Arlette par peur de s'empoisonner, Astuce par solidarité.

« Allez, ça ne peut pas faire de mal, ce sont des plantes pharmaceutiques, c'est naturel. Et puis, ça tue les microbes, ajouta-t-il en nous servant. Tenez, les eaux de citerne, c'est pas bien propre, il faut jamais les boire pures. On en sort toujours quelque rat crevé ou quelque hérisson avec le seau. On a beau la battre, les bêtes qui pourrissent, ça pourrait faire mal, surtout l'été. Il faut y mettre un peu de sibèque, du « Carthagène * » ou de l'alcool de menthe Ricolès. (Il disait Ricolès car, sans ses lunettes, il prenait le « q » pour un « o ».)

On parla des événements en buvant, ou en faisant comme si, Arlette avait jeté son verre dans une « misère » qui pendait dans la cheminée.

« Quand même cet Hitler, on ne peut pas tout lui donner! Il a voulu l'Autriche, on lui a donné l'Autriche; il a voulu les Sudètes, on lui a donné les Sudètes; il a voulu l'Anschluss, on lui a donné l'Anschluss... »

Le soleil atteignait maintenant le Rocher de Quatre heures, on reprit les sacs et la route. On passa aux Gavaniols sans faire halte car il fallait avancer, aux Lays où l'on fit « bonjour » de loin et à la Liguière où l'on but de l'antésite. Si la cabine téléphonique de Savouillon faisait penser à des commodités, les cabinets de la Liguière, eux, ressemblaient à une diligence. Et pour cause, ils avaient été aménagés dans la carcasse du dernier omnibus à chevaux qui avait desservi la ligne de Sault.

---

* Liqueur.

Mais la nuit tombait vite et surprit notre trio à l'entrée de Saint-Jean-de-Durfort, hameau semi-ruiné à 900 m d'altitude et en voie d'abandon. Nous entrâmes dans le café qui faisait épicerie. Arlette suivant son habitude acheta du thon. En vacances elle se révélait la femme la plus économique qui soit; elle buvait de l'eau et consommait une boîte de thon aux vingt-cinq kilomètres. Par contre, durant l'année scolaire, elle se rattrapait, dévorant pour sept cents francs de bouquins par mois quand elle en gagnait neuf cents. Il était tard, et on décida de se coucher pour partir de bonne heure le lendemain. Le Pathé-Rural de Sault était venu jouer *Minuit, place Pigalle* en cinéma parlant mais en 17,5, le 35 mm étant l'apanage des riches de la ville. Les trente spectateurs, dont certains descendus spécialement de la Tour, du Champlong et de Sarraud, avaient pris place sur des chaises de paille à court dossier. Ils étaient agglutinés autour de tables de marbre sur lesquelles la patronne servit d'office le café dans de grands verres pointus avec un énorme fond et un seul morceau de sucre; son café n'empêchait pas de dormir, disons qu'il vous tenait éveillé.

Ce soir-là, à Paris, le Gaumont-Palace affichait *Regain* pour la plus grande joie du peuple de Pigalle, venu chercher sa part de rêve en suivant, entre Sault et Saint-Christol, les exploits de la Mamèche, du Rémouleur et de Panturle dans les villages abandonnés tels « des tas d'os brisés sur lesquels s'acharne le vent », quand le tout Saint-Jean s'enfiévrait pour les mirages du Moulin-Rouge : les femmes pour les manteaux de fourrure et les colliers de perles, les hommes, plus cochons, pour les bas noirs et les dessous troublants du French-Cancan. Les enfants, eux, s'étaient endormis après le Mickey traditionnel et le Pathé-Journal, vieux de six mois, dans lequel Albert Lebrun passait les troupes en revue à l'occasion du 14 juillet.

Il y avait un lit à deux places dans la chambre du

bistrot, plus un lit-cage. La patronne me glissa d'un petit air insinuateur : « Vous serez bien, là, pour dormir. »

Je lui laissai ses illusions, mais en camarade pur des auberges, je couchai avec Astuce dans le bon lit aux draps de chanvre brut, et Arlette occupa le lit-cage. Pourtant, avant de sombrer dans le sommeil, émoustillé par le French-Cancan, je pensai néanmoins que la vie manquait de logique et que c'était gâcher d'aussi bons draps et un tel lit, avec des draps duvets crasseux et un Astuce sentant des pieds, rotant le vin rouge et le banon, et ronflant par-dessus le marché. Dès cet instant, malgré toute l'amitié que je portais au jeune potache dévoué pour les sentiers et les balisages, Astuce devint un personnage de trop dans le sketch qui allait se jouer sur les flancs du Ventoux!

En effet, le lendemain soir, à Brantes, mon plan avait réussi : j'avais perdu Astuce dans la montagne et, raffinement suprême, avec le duvet d'Arlette!

A la nuit tombante, après avoir erré tout le jour dans les combes et sur les cimes, on était parti tous les trois du sommet en piquant sur la Font-Fiole et les escarpements du versant nord. On avait joué à qui arriverait le premier en bas, chacun devant trouver et expérimenter le meilleur sentier de descente. Arlette et moi, non sans peine et sans risques, accrochés sur des îlots de forêts rabougries et inaccessibles, à travers le flanc escarpé, les coulées d'avalanche, les éboulis tranchants de pierrailles, les fourrés de sapins séculaires, les reboisements, les falaises abruptes et les drailles, frôlant maintes fois la chute grave en posant nos pieds sur un sol mouvant et sans prise, nous atteignîmes les abords de Brantes vers les deux heures du matin.

Nous avions bien fait hou-hou plusieurs fois, vers la maison forestière ou dans le bas de la Faouletière mais en vain. Au début Astuce avait répondu puis n'avait plus donné signe de vie. Après tout, nous avions la conscience

tranquille, nous avions fait hou-hou. Bien sûr, l'autre
n'avait rien à manger là-haut, agrippé au-dessus de
quelque abîme, mais du moins n'aurait-il pas froid, il
avait deux duvets.

C'est ainsi qu'une idylle s'ébaucha entre moi et « la
fille au thon », un duvet pour deux, l'odeur du foin dans
la grange et notre complicité inconsciente.

Il y avait bien entre nous les grands principes de
camaraderie et le spectre d'Astuce accroché au flanc de
la montagne, mourant de faim, appelant peut-être au
secours. Mais si inconfortable que fût le duvet, lorsqu'on a vingt ans, une sympathie naissante, qu'il fait
froid sur le matin, il ne faut pas s'étonner que mon sac
de couchage ait été encore trop grand, tant notre
étreinte fut brutale, farouche, passionnée. Je serrai la
fille à l'étouffer. Nous n'échangeâmes pas un mot, pas
un baiser. Ce rapprochement presque grotesque eut
quelque chose de bestial. Deux corps en pleine jeunesse,
prêts à s'enflammer comme une allumette, ils ne prirent
pas feu pourtant, car les allumettes, ça se frotte. Nous,
nous étions muets et immobiles tels deux statues de bois
enlacées.

Au matin, « les bruits étaient purs et légers ». Arlette
fit sa toilette au Toulourenc. On remercia, un peu tard,
les propriétaires de la grange et on grimpa jusqu'au
village.

Il devait être onze heures lorsque nous trouvâmes
Astuce attablé au café, le visage hâve, le regard hagard,
les yeux cernés, devant un seau de confiture de cerises,
de la marque Pérotin — celle qui contient le plus de
mouches confites. Astuce trempa dans le glucose un
pain complet, but trois canons de rouge, rota, fit un jeu
de mots, s'esclaffa, lança une plaisanterie pas très fine à
Arlette un peu gênée, et abandonna la randonnée,
écœuré par la confiture, le Ventoux... et les femmes.

Il savait bien, lui, que dans ces histoires de duvet, on
laisse toujours des plumes!

Le retour fut un enchantement. Nous prîmes, pour
remonter au Ventoux, les longs chemins forestiers, qui

en lacet, à pas feutrés, s'élèvent insensiblement au-dessus de la vallée du Toulourenc. Au milieu des mélèzes soyeux subsistaient, çà et là, de gigantesques chênes séculaires, des arbres-troncs aux moignons cassés par les tempêtes et la foudre, d'énormes hêtres aux racines fabuleuses, aux écorces couvertes de mousse et de lichens prolifiques.

L'automne s'était déjà installé, limpide et chatoyant, à la cabane forestière du Contrat : sapins sombres, mélèzes vert pâle, érables roux, hêtres jaunis, pins sylvestres, pins noirs d'Autriche, frênes. Chaque essence avait ses nuances. Nous bûmes à la petite source qui suintait de la roche, rare point d'eau en cette montagne du grand silence.

Après le Contrat, j'emmenai Arlette sur mon domaine, là où j'aurais aimé mener Sandra l'année précédente s'il n'y avait pas eu « les autres », ceux à la grosse voiture, aux cigarettes Chesterfield à bout doré et au poste de T.S.F. dans le tableau de bord.

J'étais Vauclusien, Arlette ne pouvait l'ignorer car il ne se passait pas un repas sans que j'évoque mon enfance, les histoires de Séguret, Roaix, Vaison, Orange, Caderousse ou Sablet. J'aimais cette vallée de l'Ouvèze où j'étais né, le Luberon, les plateaux de Vaucluse, la vallée d'Apt, où j'avais choisi de vivre, mais mon lieu de prédilection était cette corniche sauvage accrochée au-dessus de la vallée, à la lisière des nuages, qui s'enfonçait et disparaissait presque dans le plus profond, le plus majestueux, le plus secret du Ventoux. Sur cette piste, qui contournait l'abîme à quinze cents mètres au-dessus du Toulourenc et de Brantes, je me sentais chez moi, à l'aise, avec mes pensées, mes souvenirs, mes projets.

Ce sentier n'était connu que de rares initiés, de solitaires, hommes ou sangliers, des renards, des putois, ou des vipères. Le paysage qui s'étirait en bas devenait grandiose, chaotique, immense. Du Gerbier-de-Jonc, des monts du Vivarais et des Cévennes à la frontière italienne en passant par les Baronnies, le Vercors, la

Meije, les Écrins, le Dévoluy et le mont Blanc, le
panorama immobile, figé semblait devoir demeurer
éternellement dans la même lumière bleutée. On ne
distinguait ni route, ni ville, ni poteau électrique, ni
usine, ni pont, ni aqueduc, rien qui laissât supposer que
ces montagnes, ces petites vallées vertes pussent être
habitées. Il fallait de bons yeux pour distinguer Brantes
de son rocher tant les pierres des maisons se confon-
daient avec celles de la montagne, Saint-Léger plus
petit, tel un nid de guêpes, et Montbrun, tache grise
uniforme.

Entre les éclaircies et les à-pics où le pied mal assuré
faisait dégringoler des pierres sur des centaines de
mètres, nous traversions des sous-bois sombres comme
des cathédrales. Le sentier était bordé de sapins candéla-
bres géants... derniers survivants des forêts naturelles,
de ces forêts dévastées par les hommes depuis les temps
les plus reculés et dont il ne subsistait que des îlots, là où
le sol vierge n'avait pu être atteint par les bûcherons.
Parfois, nous étions obligés de nous accroupir sous les
branches basses des grands hêtres qui ployaient jusqu'au sol. Nous rampions dans les feuilles mortes et les
odeurs de pourriture et de champignons qui s'exha-
laient de la terre. A chaque pas, nous heurtions les
pissacans, les bolets de Satan, grenat, orange, violacés,
aubergine, verdâtres, les lactaires à coliques, les pinens,
les grisets, les champignons bleus, les oreillettes, les
trompettes de la mort. Dans l'ombre, des arbres rongés
de lichens semblaient pétrifiés dans une dentelle bleuâ-
tre, et nous retenions notre souffle de peur de rompre le
charme et de voir disparaître à notre approche cette
forêt fantôme.

Plus loin, nous écrasions, dans de minuscules prai-
ries, des colchiques, des fleurs de safran. Aux branches
des sapins pendaient de belles pommes brillantes,
vernies comme des décorations d'arbre de Noël.

Je mâchonnais des brins d'herbes amères que je
recrachais bien vite, ou froissais dans mes doigts des
fleurs de lavande oubliées. Nous cherchâmes en vain le

trou souffleur du Ventoux, cette grotte du vent mentionnée dans un ancien guide et dont on avait perdu la trace. Il faisait nuit noire, lorsque nous passâmes le col pour gagner le versant est et entrer dans un autre Ventoux, celui des allées larges et spacieuses de la Frache. Comment nous nous retrouvâmes à Verdolier ce soir-là? Dieu seul le sait et un putois qui, pataud et maladroit, se faufila sans se presser dans le fourré.

Je connus ce soir-là un chapitre de plus de la vie d'Arlette, maintenant qu'entre les instants d'extase, accrochés sur notre belvédère sinueux, la fille énigmatique avait livré son passé.

Elle était orpheline, révoltée-née, élevée dans le ruisseau en compagnie des garnements, des clochards, des poux, des chiens errants. Elle avait poussé drue comme la mauvaise herbe, robuste, vigoureuse, mais sans souplesse. Un jour son grand-père, las de bourlinguer sur les mers, l'avait recueillie. Les seules paroles de douceur prononcées dans sa vie avaient été pour lui qu'elle avait aimé. Un jour le vieux marin était mort. Il lui avait dit : « Je vais partir, tu verras, ce n'est rien d'extraordinaire, c'est très simple et très naturel. Lorsque je serai mort, tu me fermeras les yeux. » Arlette retourna ensuite au ruisseau, aux poux, aux chiens perdus. Plus tard, elle fut prise en considération par la directrice d'une école du port, élevée, instruite, présentée à l'Ecole normale. Et sa tête carrée avec son front de chèvre têtue était sortie dans les bons numéros.

Pour elle, la vie se résumait à une lutte âpre, une bagarre sans merci contre la société rigide, elle aussi. Lorsque je la connus, elle n'avait jamais eu le temps d'aimer, de flirter, d'aller au bal, de choisir des toilettes ou de lire *Marie-Claire*. Elle dévorait les *Cahiers du bolchevisme* parce que c'était sa lutte qui continuait, par habitude. Elle me faisait penser au père Hugetard, le bûcheron, qui se louait l'hiver pour couper le bois, l'été pour la lavande : il n'échappait à aucune des basses besognes de la campagne, celles que peu d'ouvriers consentent à exécuter, comme la reconstruction des grands murs de pierres sèches, le curage des puits, le greffage des vignes. Il ne pouvait s'arrêter de travailler. Elle, ne pouvait s'empêcher de lutter, de se battre, pour elle, pour les autres, pour ceux qui n'avaient pas la tête assez carrée, pour ceux qui ne savaient pas dire non.

On eût dit que ces ultimes journées de septembre étaient les premières de sa vie. Elle avait absorbé des tonnes de bouquins, mais n'avait jamais cueilli de bruyère sur le plateau tout rose de Sarraud, ne savait pas que les olives vertes auraient pu devenir noires, qu'on fabriquait du sirop d'orgeat avec des amandes amères ou que les chèvres avaient du lait à cause des chevreaux qu'on leur enlevait trop tôt pour les mener à l'abattoir.

Au cours de son séjour, elle avait découvert le nom de mille plantes, de mille fleurs et savait à présent les différencier. Elle apprenait les vertus de l'hysope, de la sauge sclarée, du calament, de la prêle des champs ou counsoudo dont on fabriquait les frotadous et qui ramonait les intestins comme une cheminée.

Elle avait surtout appris à respirer une fleur au passage et à connaître les paysans autrement que dans les manifestes. Si elle avait beaucoup lu d'ouvrages philosophiques durant ses vacances, dans le Ventoux elle avait commencé à réfléchir.

La randonnée se prolongea jusqu'à Saint-André-de-Villesèche et le Comtadour en passant par Silance et les Agneaux, puis les événements se précipitèrent. Débarquant à Banon, un soir qui aurait pu être comme les autres, la réalité aveuglante nous cloua net, devant un gros platane. Un placard blanc, fraîchement collé attirait déjà un groupe de curieux, une affiche de mobilisation, portant « Rappel immédiat de certaines catégories de réservistes ». Les numéros 4, 5, 6 étaient invités à se rendre immédiatement et sans délai...

Le coup fut d'autant plus brutal que depuis un mois et la mort de ma mère, je n'avais plus ouvert un journal.

Dans *Le Petit Provençal*, l'événement faisait les gros titres : « La mobilisation n'est pas la guerre... », « Cédera-t-on devant la force? », « Nuages sur l'Europe ».

La population villageoise n'était pas révoltée. Contrairement à ce que pensait Arlette, elle était simplement atterrée, triste, résignée. On ne criait pas « à Berlin! » on pressentait que Berlin c'était loin, et que, même en quatre ans, on n'y parviendrait pas.

Les paysans de Banon ne manifestaient pas bruyamment leurs opinions, les grands courants politiques ne les avaient pas ébranlés. Au temps du Front populaire il y avait les deux clans des Blancs et des Rouges. On discutait ferme, quelquefois on en venait aux mains mais c'était pour se les serrer et il y avait les retrouvailles : lors des enterrements (même si les uns entraient à l'église et les autres non), sur le marché, chez le docteur, à la partie de pétanque ou à la société de chasse « La Vigilante ». Des affiches de mauvais augure assurément, mais tant que l'orage n'éclatait pas, il y avait de l'espoir. Cette mobilisation était vraiment trop subite. L'un d'eux, un petit vieux, prêchait l'optimisme : « Y font répétition... Y sont pas prêts, c'est pour lui faire peur à l'Hitler... le Daladier, il est malin, y fera pas la guerre, c'est une finesse... »

Le lendemain matin, nous sonnions chez Giono au terme d'une marche forcée d'une partie de la nuit; Arlette, sans espadrilles, presque sans culotte après la campagne du Ventoux, s'aidait d'un bâton de buis et se donnait du courage en chantant la *Varsovienne, Marchons au pas* et *l'Internationale*. Nous avions traversé le Luberon d'une traite, à pied, en auto-stop, en charrette. Ce n'était plus de la randonnée, mais de l'épopée. Napoléon, pardon Giono, dressait ses plans de bataille dans la montagne de Lure. Les paysans bas-alpins, selon ses prévisions, ne partiraient pas : en cas de mobilisation, il en connaissait dix-huit cents qui se rassembleraient au Comtadour!

— Les affiches ont été lacérées. Pour l'instant, vous pouvez regagner vos foyers. Laissez-moi votre numéro de téléphone; au déclenchement des hostilités, je vous rappelle immédiatement. Merci (rompez).

Arlette et moi, tout fiers d'être comptés parmi les hommes de confiance du plus grand pacifiste, partîmes le cœur léger, prêts à donner notre vie pour lui. Nous reprîmes la route pour porter le message du Maître aux disciples du département, Vévé de Carpentras, Justin Grégoris, Baussan d'Avignon, Léonie Biscarat, Marie-Jeanne Robert, Sidoni le vrai, Sidoni le faux, bref tous ceux qui seraient susceptibles de répondre à cette mobilisation partielle et qui ne refusaient pas l'obéissance à celui qui lèverait les légions d'insoumis. Arlette hasarda qu'on pourrait dresser une liste de suspects à fusiller, ceux qui, par faiblesse, désobéiraient et déserteraient en entrant dans l'armée du président Daladier.

Chemin faisant, nous échafaudions des projets aussi mirifiques que rocambolesques. Si les prolétaires de tous les pays ne parvenaient pas à arrêter la guerre, nous partirions tous deux, en cachette, sur un cargo au Canada ou aux États-Unis.

Nous passâmes par l'étang de la Bonde qui devait être le point le plus méridional de cette « route de la joie » que je me proposais de baliser, et couchâmes à Cucuron. On nous avait indiqué au village une dame respectable qui louait parfois des chambres, pour rendre service et réargenter son blason. Nous frappâmes au heurtoir d'une maison Renaissance, presque un château. La dame en question nous ouvrit, vêtue d'une grande robe de chambre chamarrée et de bigoudis, nous toisa des pieds (nus dans nos espadrilles effilochées) à la tête (sans couvre-chef) et dut nous prendre en pitié : Arlette avec son bâton, ses yeux bleus de poulbot, sa fougasse sous le bras, sa boîte de lait concentré Nestlé, ses vingt ans — les vingt ans, ça ouvre bien des portes — et moi avec mon sac sur le dos, mon air malheureux et mal rasé. Elle nous fit entrer dans le vestibule, nous questionna, et dut en conclure que nous étions pauvres mais bien élevés; elle eut sans doute confiance puisqu'elle ne nous demanda ni pièces d'identité, ni argent. Derrière elle, nous montâmes de larges escaliers aux tomettes rouges passées au vernis; à l'entresol et sur les paliers, des meubles de musée, commodes provençales de style, fauteuils Louis XV, des cuivres, des étains, des statues de marbre ou de bronze. Sur les murs, de grands tableaux très XVIIIe avec des batailles figurant des chevaux, des bergères... Enfin, au sortir des deux étages d'escaliers et de plusieurs couloirs, l'hôtesse ouvrit la porte de notre chambre — chambre nuptiale de roman, immense, jalonnée de tapis, d'armoires, de coiffeuses et d'un lit à baldaquin somptueux où l'on enfonçait dans la plume. Arlette posa le bâton, la fougasse, *Le Petit Provençal* et le lait concentré sucré sur une commode Louis XVI. Au mur un ancêtre revenant de la bataille de Fontenoy toisait d'un œil sévère le lait concentré. Nous nous couchâmes dans le duvet et, comme une marquise nous observait en souriant d'un air complice, je tirai les rideaux et j'oubliai le cauchemar de la guerre imminente, la mobilisation, la visite au Messie, les jours et les nuits de marche, les bivouacs sous les cèdres du Lubéron, les couchers de soleil sur le Vaccarès, les toilettes aux fontaines de villages, Astuce, les chèvres et les lapins qui devaient avoir faim, les chats et l'auberge abandonnée aux renards...

Le lendemain, Arlette ne parla plus de départ. C'était la guerre. Nous fûmes à Carpentras voir Vévé, le bon camarade pacifiste. Le pauvre était bouleversé, non par la guerre, non par la Tchécoslovaquie, non par Hitler ou Mussolini, non par les gendarmes de Carpentras qui auraient pu venir le chercher menottes aux mains mais par un drame intime dont le cœur venait de sa cafetière, pas la cafetière du commun des mortels : elle recelait de la dynamite. Ce matin-là précisément, la bombe éclata : Vévé était cocu! Le brave camarade s'était levé plus tôt que d'habitude pour préparer le petit déjeuner et, prenant la cafetière en main, il tomba sur une liasse de lettres, toute la correspondance amoureuse de sa femme! Morale de l'histoire, si vous êtes marié, ne vous hasardez jamais à faire le café le matin!

Nous fûmes voir Justin Grégoris, le militant syndical, il préparait une motion; Baussan, à la bourse du Travail,

le camarade responsable des auberges pour le département, il rédigeait un manifeste, ce jour de Munich.
Devant leš agences d'informations la foule s'attroupait.
Paris-Soir affichait de gros titres dans son édition
spéciale, l'Europe était entièrement suspendue à la
décision des quatre grands. Les Vauclusiens n'étaient
pas peu fiers de leur Taureau face au Führer. A vrai
dire, ils aimaient autant la formule 38 que celle de 14, ce
n'était plus les paysans de la Gabelle, de Travignon, de
Baumont d'Orange ou de Suzette qui s'en iraient voir le
Boche de près. On attendait, en spectateur, la fin de la
corrida. Le Taureau vit rouge, rua, se défendit, le
matador envoya des banderilles, mais le sang ne fut pas
versé! Le combat fut déclaré nul. La bête avait gagné la
première passe. La corrida des vendanges était repor-
tée, il n'y eut pas de mise à mort.

Dans la soirée, on apprenait que la paix était sauvée,
la joie de l'armistice épargnant le drame des combats.
Décidément on avait réalisé un satané progrès sur la
dernière guerre, l'économie de millions de vies humai-
nes, une génération de Français, d'Anglais, d'Allemands, de Russes peut-être; les Avignonnais tenaient
leur Joffre sans la bataille de la Marne.

Démobilisés par la force des choses, nous regagnâmes
notre foyer; je donnai à manger aux chats, aux lapins,
j'allumai du feu dans la cheminée humide et nous fîmes
la vaisselle oubliée par ceux qui étaient passés dans
l'intervalle, des hôtes qui avaient ouvert la cave et bu les
bouteilles de vin mousseux que mon père gardait
jalousement pour fêter, un jour, la venue de Sandra. Car
il espérait, le brave homme, qu'un jour, cette fille
raisonnable et exceptionnelle viendrait prendre son fils
par la main et le mènerait sur la voie du bonheur.

Nous fîmes les cent pas Arlette et moi dans la combe
entre le jardin du père Corbillard et le gravier de
M. Hugues. La guerre était finie. Il fallait renouer avec
la vie de tous les jours. Sombre perspective. Terminés,
les actes d'héroïsme, les collages d'affiches clandesti-
nes, les inscriptions à la craie sur les murs des

casernes, les pétitions, les rouges étendards. Arlette n'avait plus qu'à rejoindre son poste, celui du combat sans gloire qui consistait à dire : Beu-a : Ba, Beu-o : Bo, à faire aligner les bâtons et à passer de la « Marie-Rose » dans la tignasse des nouvelles générations du ruisseau.

La dernière nuit fut décisive. Sur le petit lit de camp du dortoir des filles où, n'y tenant plus, j'étais venu la rejoindre, elle donna sa parole. Elle promit d'être ma femme, de revenir bientôt et pour toujours. Emu, bouleversé, j'en pleurai de joie. C'était la première fois que j'entendais : « Je serai ta femme. » Elle, qui traînait derrière elle vingt ans de solitude, de hargne, de grogne, de revendications, de révolte et de coups de pieds au cul, songeait à la sécurité d'un toit, si modeste soit-il. Et Regain, avec son air de vraie maison, autre qu'un pensionnat de l'Assistance, qu'une colonie de vacances, qu'une prison ou qu'une maison de correction — il n'y avait que celle de tolérance qu'elle n'eût pas connue — s'apparentait à un rêve. Elle m'avait donné la main pendant plus d'une semaine sur les chemins de l'amitié, ne pourrait-elle m'épauler au long de la vie sur « la route droite que je voyais devant moi jusqu'au bout »? Je me montrais gentil, prévenant, lui portais le café au lit. La vie douce et paisible d'un mas de Provence la tentait et l'attendrissait. Moi je savais que l'hiver allait venir et je craignais la solitude. Je réalisais, comme me l'avait écrit Sandra, « que je ne me contenterais pas éternellement de morceaux d'amitié, de joie, ou d'amour ». Arlette était jolie, blonde et n'était-elle pas arrivée un soir? Je ne m'en souvenais pas, mais j'évitai de lui demander. L'enfance facile était loin, ma vie future s'annonçait rude. Je ne regrettais rien, mais j'avais choisi d'être père-aubergiste et non moine.

Cette nuit-là, je ne fermai l'œil. Au jour Arlette se dégagea de mes bras et échevelée, courut dans le vent, sans bagages, pour attraper le car au vol, en bas du village. Sa classe l'attendait. Elle écrirait. Je l'embrassai une dernière fois sur la bouche. Elle serra les dents, soudain dégoûtée. Elle ne se retourna pas. Je restai

pantelant, agitant mon mouchoir, une larme à l'œil.
Etais-je fiancé?

Trois jours plus tard, je recevais la plus belle lettre
d'amour de ma vie. C'était beau, émouvant.

« J'irai vers toi quand le Ventoux sera neigeux. Mon
ami, mon grand ami, je t'aime. Notre amour sera
éternel. »

Rien n'y manquait. Trop beau pour être vrai. Je
chantais derrière mes chèvres, aidais les voisins à
vendanger, écrivais des poèmes. J'avais même commencé une pièce de théâtre sur les auberges, en vers et en
cinq actes, dont je ne terminai que le prologue.

Sitôt « l'amour éternel » et « le Ventoux neigeux »,
je criai sur les toits que j'étais *fiancé*. Je tenais à ce
terme qui faisait sérieux. Mes parents l'avaient été
en leur temps, le meilleur de leur vie, où mon père avait
écrit ses plus beaux poèmes. Je voulais goûter à loisir
ce moment privilégié, écrire des lettres, noircir des
pages à l'intention de mes parents, mes amis, le boulanger, le Griset, Mlle Blanche, le Razoux, le postier
Jolivet, Geoffroy, qui ne serait au courant? L'idée me
ravissait.

J'allai voir mon père à Orange qui, à la lecture de la
lettre d'Arlette, pleura de joie. La cousine Amélie, au
cœur sensible, trouvant ça beau comme au théâtre,
s'épancha à son tour, car elle avait la larme facile.

Mon retour à la maison au volant d'une superbe
Bénova, cadeau de mon père, aurait mérité d'être
marqué de deux pierres blanches dans les annales de
Regain. D'un de ses voisins qui lui devait quinze cents
francs, il accepta en paiement pour « l'arranger », une
limousine énorme, spacieuse et démodée, parée de
fauteuils à accoudoirs, de coussins de feutre mangés par
les mites, de paillassons sur un plancher vermoulu, de
cendriers argentés et de vases en verroterie garnis de
fleurs artificielles. Cet intérieur tenait de la voiture de
noces et d'un compartiment de première classe au
chemin de fer du Buis. Malheureusement, le moteur
n'était pas à la hauteur. Les « chevaux du Dornier »

avaient du mal à entraîner cette carcasse somptueuse tout juste bons à rallier Orange et encore, pourvu que le mistral ne fût pas contraire.

Aussitôt, laissant libre cours à mon euphorie, j'écrivis à ma chère Arlette que je possédais maintenant une auto pour le ravitaillement et que j'irais l'attendre à la gare lorsqu'elle viendrait pour le mariage, à Noël.

La réponse fut glaciale.

« Si tu penses me faire plaisir avec ton histoire d'auto, tu te trompes. Ah, non! François, je ne t'imagine pas avec une auto! Ah, non! je ne veux pas que le sentier de Regain renifle le pétrole! Ah, non! je ne peux tolérer que ta guimbarde sente le roquefort. Je n'aime ni l'essence, ni le fromage. Vends cette mécanique sacrilège immédiatement, achète un âne. C'est la seule concession que je puisse faire au matérialisme sordide et aux vicissitudes terre à terre. Je t'embrasse bien fort. »

J'avais quand même gardé la Bénova. Je savais les femmes sensibles au luxe et au confort. Pourvu qu'Arlette goutât des coussins, elle oublierait l'âne.

Puisque j'allais fonder un foyer, je songeais à accroître mes revenus. Trois chèvres ne suffiraient plus, si j'avais un fils à nourrir. Il fallait augmenter le troupeau.

Saint-Jean-de-Sault était une capitale, celle des chèvres. Hormis l'école, le café-épicerie et les maisons en ruine, il n'était pas question d'y trouver autre chose. Il faut dire que le boulanger ne s'y risquait qu'une fois par semaine, comme le boucher-charcutier de Sault d'ailleurs — celui qui tenait le Pathé; il était boucher de bon matin et cinéaste à ses heures tardives. Le car, lui, venait deux fois la semaine : à cinq heures avant que les gens ne soient levés (surtout à la mauvaise saison) et le soir à neuf heures et demie quand le hameau était endormi. Le mistral, par contre, y faisait son apparition tous les jours et, par les temps d'hiver, il apportait la froidure du Ventoux « qui soufflait son haleine de glace ».

J'arrêtai ma Bénova soufflante et transpirante au bord d'un pré où un important troupeau de caprins semblait garder une vieille grand-mère. Au terme de

longs palabres, nous tombâmes d'accord sur une chèvre
un peu âgée qui « avait pas trop du lait » mais qui ne
serait pas chère.

« Couillon, si c'était la meilleure, je me la garderais...
mais, allez, elle a du lait...

— Elle n'est pas jeune!

— Si elle était jeune, je vous la donnerais pas pour
deux cents francs... Mais elle peut encore aller au bouc,
à condition de la mener de bonne heure.

— Ah oui, de bonne heure, et pourquoi?

— Pourquoi si vous la menez trop tard, le bouc, il a du
choix et il en veut plus. Il fait le difficile.

— Et vous croyez qu'elle a encore du lait?

— Elle fait encore son demi-litre, un petit demi-litre,
mais pour la saison, c'est joli...

— Mettons un quart, dis-je.

— Un bon quart, mais au printemps, elle fait son
litre, pas longtemps, mais elle le fait... Ah! si elle faisait
ses trois litres comme cette chamoisée, je vous la
vendrais pas, mais allez, vous ne faites pas une mauvaise affaire... »

J'allais payer et embarquer la chèvre dans ma
guimbarde, mais la grand-mère m'arrêta et me dit, en
provençal :

« Mais d'où vous êtes?

— De Saint-Saturnin.

— *Sias de Sant-Savournin! Qué monstre!* Vous pou-
viez pas le dire plus tôt?

Je pensais que la vieille allait me consentir un
meilleur prix et lui répliquai.

— Et pourquoi?

— Eh bien, trancha la vieille, il n'y a rien de fait, la
chèvre je ne vous la vends pas!

— ...

— Je vais vous dire. Cette chèvre, il faut la vendre
loin... C'est une chèvre à vendre loin... Pourquoi elle vaut
rien! Si je vous la vends à vous, vous me la rapporterez
demain! Elle a plus de dents, et au bouc elle y va, mais le
bouc il en veut pas, et des chevreaux elle en fait plus, et

du lait elle en a un quart, et encore, huit jours par an. Ah non, en toute honnêteté, je ne peux pas vous la vendre. Vous m'en feriez des reproches. Quand j'ai vu votre auto, j'ai cru que vous veniez d'Avignon ou d'Arles. J'ai dit, ça c'est un Monsieur qui vient pour le saucisson Magali. Oh, pour le saucisson, elle peut faire, parce que pour le saucisson, ils y mettent de tout, de l'âne, du mulet, du bœuf, un peu de cochon. »

Je remerciai la vieille, et lui dit qu'à l'occasion, je penserais à elle, si j'avais un bon tour à jouer à quelqu'un, mais que pour l'instant, je ne connaissais personne à qui vouloir du mal.

Un peu plus tard, je fis l'acquisition d'une chèvre à Aurel au quartier du Saint-Esprit, non qu'elle fût bonne laitière, ou de race, mais parce que ce jour-là, j'avais décidé d'acheter une chèvre, et, peut-être aussi, parce qu'Aurel, c'est loin de Saint-Saturnin.

C'était une superbe bête noire, au poil luisant, hautaine, garce et que je devais baptiser Arlette un mois plus tard, de par son fichu caractère.

Car les lettres de ma fiancée dévoilaient un tempérament exigeant.

« J'ai besoin de livres, de beaucoup de livres. J'aspire à la mer, la montagne, la neige, j'ai des envies de voyages. Je veux réaliser un tour du monde. Je ne suis pas faite pour une vie pot-au-feu. Ta Provence, je la connais. Après, il me faudra aller ailleurs, tu comprends *ailleurs*. J'ai besoin d'espace. J'étoufferais dans ta combe. Ne m'en veux pas, mon ami, je t'embrasse très fort comme dans cette dernière nuit de septembre. Je ne sais quand j'irai vers toi. Mais j'irai. Patiente. Arlette. »

Vexé, je lui avais répondu qu'elle ferait mieux de se chercher un petit vieux bien riche et que je ne pouvais plus lui garantir le bonheur. La neige? Ce serait le Ventoux. La mer? L'étang de la Bonde deux fois l'été, ou l'aiguier d'Auribeau. Son tour du monde? Un voyage à Monaco chez Lorenzo au Mardi gras, et encore s'il n'y avait pas les Nîmois et les Marseillais à l'Auberge. Quant aux livres, elle irait à la bibliothèque municipale d'Apt et lirait Pierre Benoit, Loti et Paul Bourget comme les autres.

Histoire de prendre mon mal en patience et de faire plaisir à Centener, un Marseillais habitué de Regain qui aimait danser, j'organisai un bal à la ville. Apt vivait alors sous le règne de Baudouin, homme bon, libéral, économe et intègre qui gérait les intérêts de la ville comme les siens. Il prêta pour un soir son Foyer des Campagnes à la bande des jeunes énergumènes venus m'aider à la propagande.

Une semaine entière ne fut pas de trop pour confectionner des panneaux immenses qui mentionnaient outre les insignes du C.L.A.J. et les statistiques de fréquentation, les itinéraires pédestres dans les alentours d'Apt et le réseau des auberges de la région : Regain, Le Terron, la Bastide rouge, la Bédecelle, Avignon, Villeneuve, Lacoste, Vitrolles, Banon, Barret-de-Lioure, Mollans, Roussillon et Saint-Etienne-les-Orgues sans compter Verdolier !

Autour de la salle s'étalait, en lettres énormes, une phrase de Giono :

« CE DONT ON TE PRIVE C'EST DE VENTS, DE PLUIES, DE NEIGES, DE MONTAGNES, D'OCEANS, DE FLEUVES, DE SOLEIL ET DE FLEURS, LES VRAIES RICHESSES DE L'HOMME. »

Philippe, à qui j'avais évoqué le sens de la parodie de l'acteur américain Eddie Cantor, n'avait rien trouvé de mieux que de l'imiter et de déambuler dans les rues de la ville tirant un âne affublé sur les flancs d'une pancarte provocante : « Je suis un âne... je n'irai pas ce soir au bal de Regain », vexant du coup les Aptésiens. Ce fut le four.

Pourtant, la Bénova avait été réquisitionnée pour la publicité. Sur les vitres, on y lisait :

> « Aujourd'hui nous sommes cent
> demain nous serons mille...
> Adhérez aux auberges pour quinze francs
> Partez à pied, à vélo, en skis ».

Mais ce battage n'était rien à côté des deux énormes
« VIVE LA VIE » peints en blanc sur le fond noir des deux
pare-boue avant de la voiture, une idée qui se voulait
originale et frappante!

C'était bien là une façon de parler... Je me sentis mal
à l'aise; et pour cause, le dossier du siège ne gardait la
position verticale que par l'entremise d'un râteau qui le
tenait coincé. Invariablement, lorsque le manche glissait, le chauffeur partait à la renverse, à la plus grande
joie de ses passagers. Je n'avais pas jugé bon de
m'assurer, j'étais démuni de freins et pratiquement de
phares et de klaxon, la batterie étant presque à plat. La
route devint glissante dans la plaine d'Apt, après
Bourgane; sachant mes pneus lisses et usés jusqu'à la
corde, soudain je paniquai : et si j'écrasais quelqu'un.
Tiens, la Fauvette, par exemple, lorsqu'elle traverse
sans regarder avec ses sacs pleins de sauge, de thym et
de laurier. La pauvre vieille courait les marchés,
ravaudant, rafistolant les paniers; elle avait l'habitude
d'échanger ses plantes aromatiques contre un bout de
viande. Un personnage tout d'une pièce; un jour qu'elle
empruntait le car, elle apostropha le chauffeur. « Ah,
mais je vous paie pas aujourd'hui. Je garde mon argent
pour mon pain, et ça c'est plus important! » Je me voyais
avec angoisse perdant les pédales, freinant, accélérant,
lui passant et repassant dix fois sur le cou et la Fauvette,
sur le dos, lisant dans ses derniers soubresauts d'agonie
CES VIVE LA VIE, VIVE LA VIE, VIVE LA VIE qui lui riaient au
nez. Ce serait terrible.

Je repris de la peinture pour effacer immédiatement
cette atroce vision. Il ne resta plus de mon cauchemar
que deux placards blancs rectangulaires, semblables à
ceux que les Ponts et Chaussées peignent sur les
platanes et qui me valurent les félicitations de la
maréchaussée.

Chère Bénova, chère Arlette! Sans le vouloir, l'auto
avait pris une place de choix dans ma vie quotidienne.

Je délaissai l'auto et partis à la recherche d'un relais dans le Lubéron. Il faisait presque nuit, lorsque je découvris au détour du sentier envahi de genêts, une maison toute blanche qui semblait reposer depuis un siècle, comme une morte, dans ce vallon silencieux. Ce n'était pas une ruine, un squelette de bâtisse, une grange, mais une bastide austère, bien proportionnée, au toit moussu, au porche en partie recouvert de lierre touffu, collée au rocher. Un platane immense, le plus beau que j'aie jamais vu, se dressait auprès d'elle. Il avait poussé, échevelé et branchu, au gré de sa fantaisie, humecté par une petite source. J'osais à peine poser les pieds sous ce grand platane, dont les feuilles mortes s'entassaient sur l'herbe d'un pré en contrebas, tant l'air du soir était calme et le vallon endormi. Je me remémorai une phrase du livre d'or. « C'est dans un vallon caché auprès des montagnes. Ne le cherchez pas sur la carte, il est peut-être aussi ailleurs. » La nuit descendit.

Le lendemain je revins à pied cette fois, pour revoir la maison dans son vallon cimetière, au cœur du Lubéron verdoyant.

« Ah! là-bas il y a de l'eau... disait M. Hugues. Je connais une source si fraîche! Et il en avait plein la bouche, tant ce mot coulait dans son gosier aride de piocheur de garrigue. Il en buvait... Il la voyait filer entre ses doigts, au pied des peupliers, dans le vallon humide où poussaient de la vraie menthe, des marguerites, des boutons d'or et des narcisses, images de livres d'enfant.

En venant des Monts de Vaucluse, on a l'impression de changer de pays. Quand on prend la route de Sivergues, l'ancien chemin muletier pavé remonte un ruisseau bordé de prêles énormes, de pommiers, de marronniers, de grands peupliers et de chênes. Cet exotisme m'incitait parfois, lorsque j'étais las de Campjanseau, de l'Aiguier-Neuf ou du Bois-de-Gayaux, à courir le Luberon. C'était ma maîtresse, ma montagne du dimanche aux bories aristocratiques en forme de

bélemnite, aux petits carrés de terre grise entourés de
remparts rectilignes, le pays de la pierre, de la belle
pierre taillée sous toutes ses formes en bassins et abris
sous roche, chapiteaux, oratoires, silos creusés et sarco-
phages, temples, meules, moulins et voussoirs.

Je traversai l'Aiguebrun. A la vue de ces belles fermes
de l'Escudellette, du Colombier, du Prat-de-blanc entouré de marronniers énormes, de vignes vierges, de
buis et de tilleuls, je rêvai d'une grande auberge d'été de
vacances, au beau milieu du pays vert, entourée de prés.
Je m'imaginais avec Arlette, institutrice à l'école des
giroflées! Un coin de verdure pour mes chèvres et mes
lapins... Quittant les Longs, ferme citadelle abritée par
la falaise, je grimpai jusqu'au Rocher, seule bastide
habitée sur les flancs du Luberon, au-delà de la route, en
direction des crêtes. Le père Girard me pria d'entrer.
Malgré la saison, la cuisine voûtée d'arêtes était, comme
celle de Romanet, envahie d'un vrombissement de
mouches attirées par la toile cirée mal lavée. J'expliquai
mon histoire d'auberge, de «Route de la Joie», de
sentiers pédestres et de balisage; j'en vins au but de ma
visite : savoir à qui appartenait la maison blanche figée
dans le vallon austère.

«Ah! le Paris-des-chèvres vous voulez dire, s'exclama
le père Girard, pour sûr c'est au Gontal. Oh, il vous
l'affermerait la maison, parce que lui n'est pas chasseur, et ses lavandes, elles sont toutes mortes. Ce qu'il a
planté, ça n'a jamais pris. C'est une malédiction. Ceux
qui sont venus y habiter, ils ont disparu pas comme les
autres... J'ai connu un vieux, on l'a trouvé pendu, un
autre a brûlé avec son troupeau dans une grange où il
avait mis le feu en donnant du foin à ses bêtes. Il y a un
sort sur cette maison. Oh, il vous l'affermerait pas cher
le Gontal, parce qu'il y a des «gouttières» et ça lui ferait
du bien d'être habitée, même que l'été.»

En redescendant, je fis halte chez le fameux Gontal.
Une semaine plus tard, on grillait des côtelettes dans la
cheminée de ce Paris-des-chèvres devenu les «Vraies
Richesses» en souvenir des vents, des pluies, des neiges

et des montagnes dont on privait les hommes. Un volet posé sur de grosses pierres faisait office de table. J'avais ocré les murs. Autour du linteau de la cheminée, que je ne concevais pas sans cet uniforme, pendait l'éternel rideau à carreaux blancs et rouges qu'on retrouvait à Verdolier, au Puits-du-Noyer et qu'on verrait sans doute un jour au futur relais de Brantes ou de Cabrières d'Aigues. Une décoration de fausses briques provençales peintes à la chaux autour du foyer, quatre punaises et une affiche du C.L.A.J. sur les murs, le tour était joué. Le père Girard avait fourni la paille. Avec cent francs de loyer et cent francs pour l'aménagement, le pays d'Apt pouvait s'enorgueillir de posséder une nouvelle auberge, et ce, au cœur du Luberon.

L'épicière d'Apt, qui était passée me voir en cherchant des champignons, disait aux filles :

« Vous les avez vues, les « Merveilles » de François, Ah, quand vous aurez vu les Merveilles de François! vous m'en direz des nouvelles! »

J'avais ouvert ce refuge en songeant toujours à Arlette. Je lui écrivais de là-haut des lettres d'amour, des montagnes de projets. Chaque fois, je ne pouvais m'empêcher de lui parler de la Noël. Viendrait-elle? Devais-je acheter un costume? Publier les bans, prévoir des faire-part? La Noël n'était plus qu'à trois semaines, déjà le houx était mûr dans la Combe du Saint-Pierre et le fond de la Combe-aux-Geais se couvrait de boules rouges. Félix et Marilou, des tenants du mariage en bonne et due forme, avaient ouvert une souscription pour le cadeau de noces. Des amis écrivaient et demandaient des explications : Devaient-ils prévoir un mariage dans leurs vacances de Noël à Regain? Est-ce que je me mariais à l'église? Comment était Arlette? « Arlette, c'est la plus sympathique de l'équipe du Nord », écrivait Marie-Jeanne. Arlette par-ci, Arlette par-là... au sein des clubs d'usagers, on ne parlait que d'Arlette. Max demandait s'il aurait encore le loisir de rouler la toile cirée pour manger sur la table de noyer, Louis s'il serait toujours admis à coucher dans la bibliothèque avec

Nathalie, Fernand de Toulon s'il continuerait à amener son clebs, Reboulin de Nîmes s'inquiétait pour son pastis et sa passion des croque-monsieur, « Avignon » voulait savoir s'il pourrait péter, Astuce s'il pourrait roter et Baussan demandait si j'adhérerais à la IVᵉ Internationale. Bref, tout le monde s'enquérait pour soi, pour sa petite tranquillité personnelle. Nul ne s'inquiétait trop de mon bonheur. Sandra seule n'écrivait pas. Tout à ma joie, j'avais un peu oublié la fille blonde, devenue maintenant une grande sœur. Peu à peu, ses lettres-messages, ses leçons de morale, sa philosophie, sa présence efficace mais lointaine, son amitié protectrice et son amour platonique l'avaient transformée en icône. Je disais de la même façon « ma mère serait heureuse » ou « Sandra serait heureuse de ceci ou de cela ». Je les confondais dans mes rêves, comme les bons génies de mon foyer.

Une semaine avant les fêtes, Arlette, de son écriture pointue m'écrivit sèchement :

« J'irai me marier si j'ai assez d'argent pour le voyage. »

La veille de Noël, je n'avais reçu aucune confirmation, ni lettre, ni télégramme, ni carte postale, ni coup de téléphone au café du Commerce. Rien.

On prépara le réveillon. L'après-midi, en ville, on entassa les provisions en vrac à l'arrière de l'auto qui regorgeait de victuailles : dindes, bûches de Noël, pains, bouteilles de vin blanc, de côtes-du-rhône, conserves, litres d'huile, bougies et fromage de Roquefort... Au retour, il faisait déjà nuit. La Bénova, si guillerette de se rendre utile, avait peine à contenir ses élans. Elle partit au grand galop dans le plat du chemin, en ligne droite entre les petits murs de pierres et arriva dans un saut fougueux au premier virage de la combe, traître, graveleux, dérapant. Un freinage brutal, un coup de volant à gauche, l'auto se cabra, monta sur le talus, hésita puis se renversa sur le dos,

les quatre fers en l'air, fumante, nageant dans un bain
d'huile. La dinde, les conserves, les pains et les bougies bousculés, emmêlés, enchevêtrés n'eurent pas
grand mal. La bûche et moi n'avions pas une égrati-
gnure. L'essence du réservoir s'était répandue dans le
chemin et le roquefort avait sauté par la portière... Il
ne manquait plus qu'Arlette. L'auto punie était tou-
chée à mort.

On descendit un drap de lit de l'auberge qu'on jeta
comme un linceul sur un buisson, avant le virage, pour
avertir de l'accident. Ceux qui arrivaient sac au dos, à
pied, par la route de Villars s'attendaient à trouver le
père-aubergiste enveloppé de pansements.

Félix et Marilou, un couple bourgeois très pot-au-feu
qui ne se déplaçait pas sans sa cocotte en fonte, faisaient
cuire la dinde dans le four du petit poêle, un frère
jumeau de celui que Charlot policier balance par la
fenêtre sur la tête du gros Nénesse.

Singulier duo que celui de Félix et Marilou, original à
force d'insignifiance. Tous deux étaient des purs, un
vrai ménage de prolétaires, lecteurs du *Rouge Soleil*.
Curieux mélange d'intrépide et d'esprit pantouflard, ils
s'habillaient de gris, comme la tombée de la nuit sur le
petit Lubéron, dans leurs costumes cyclistes, culotte de
golf et jupe-culotte tirés de la même pièce d'étoffe terne,
et partageaient deux points faibles, la cuisine riche et
leur petit confort. Guère argentés, ils partaient camper
à bicyclette, ce qui ne les empêchait nullement de
transbahuter leur marmite, une poêle en fer bien
culottée, une cafetière en terre et des litres en verre pour
le vin. A l'inverse d'Astuce, fils à papa du XIᵉ, habitué
aux truites meunières et aux bisques de homard, dont le
comble du « vachement prolo » consistait à manger de la
tomme de chèvre et un oignon sur une table de bistrot
ou de sortir un litre de gros bleu qui tache dans le salon
de Madame sa mère lors d'un cinq à sept sélect, Félix et
Marilou eux avaient des envies de cuisiner le dimanche,
des faims de petites friandises, de vin cacheté, d'amuse-
gueule feuilletés et de pousse-café, alors que toute la

semaine, ils mangeaient des bohémiennes et des soupes de pois chiches.

Ce soir de la Noël, on s'en fut à la messe de minuit par la montagne. La mort dans l'âme, j'avais guetté jusqu'à la dernière minute, ma lampe tempête à la main, l'arrivée de ma belle. Hélas! je dus me résigner à partir, chantant pour tromper mon chagrin et mon monde venu pour s'amuser et non pour compatir.

Après *la Pastorale* jouée dans la remise de l'hôtel, les jeunes du village costumés en Comtadins entrèrent dans l'église pour la messe, accompagnés de fifres et de tambourins :

> *Parten canten*
> *Parten canten*
> *Anen à Betelen...*

Le défilé ne manquait pas de pittoresque. L'agneau traîné dans un chariot de bois enrubanné, bêlait à la plus grande joie de l'assistance. Augustin, le Trombone, l'Idiot du village, les bonnes sœurs, les enfants de Marie, le Razoux, le Costet, le Dr Santoni, la Badoche, le Vialard, le village entier communiait dans l'allégresse et oubliait pour un soir ses chamailleries de clocher. Le carillon sonnait Magali. M. Hugues du Gravier entonna d'une voix chevrotante

> *Minuit chrétiens*
> *C'est l'heure solennelle*

puis son fils chanta en « caressant » la guitare

> *Tant qu'il y aura des étoiles*
> *Sous la voûte des cieux*
> *Il y aura dans la nuit sans voile*
> *Un bon Dieu pour les gueux.*

A leur tour, les orphelines de l'hôpital susurraient de leur voix fluette *« le petit Jésus ne s'endormait pas... ».*

Tout le monde bâillait, lorsqu'il y eut un incident regrettable. Le chien de Fernand, mauvais chrétien, avait levé la patte contre la statue de sainte Radegonde. Rappelé à l'ordre, il s'était fait expulser bruyamment par Mlle Blanche.

Le réveillon tirait en longueur, pénible; j'avais tenu à garder près de moi, en bout de table, le couvert mis pour la fiancée absente. Au milieu des plaisanteries des Marseillais, qui ne dépassaient jamais et atteignaient rarement l'esprit de *L'Os à Moelle*, je songeais à mon père, seul maintenant à Orange, à Sandra, dans sa maison au bord de la mer du Nord, à ma mère dans le cimetière balayé de mistral, près du théâtre antique... Cependant, je racontais des histoires de fous. A croire que la mienne n'était pas suffisante! Je disais à Astuce revenu de Paris :

« Qu'est-ce que j'ai dans la main? »

Et Astuce, ironique :

« Le mont Ventoux!

— Non, disais-je, faisant celui qui ne comprend pas, qu'est-ce que j'ai dans la main?

— Arlette! répondait Astuce. Il se taillait un succès énorme auprès de la plèbe ajiste, qui comme l'avait dit une Marseillaise, n'était là que pour bâfrer. »

Sur le matin, tandis que les autres poussaient la table boiteuse et dansaient la chamberlaine et le lambeth-walk à la clarté du feu de sarments, imitant Jouvet dans *Carnet de bal*, je leur lançai un : « Que la fête continue!... » et je sortis.

Le soleil brillait lorsqu'on s'occupa de la blessée, allongée dans le chemin. On la remit sur pattes. On lui fit boire un peu d'eau fraîche du puits, en guise de rhum, pour la remettre de ses émotions. Engourdie par le froid de la nuit, il lui fallut une bouilloire d'eau chaude pour lui redonner du cœur au ventre. Cahincaha, au prix de quelques soubresauts, elle consentit à démarrer. Mais elle avait perdu ses réflexes de voiture docile et bien portante. Ce fut une infirme pour le restant de ses jours, déjà comptés. Le lendemain, elle mena néanmoins la cohorte bruyante aux « Vraies Richesses » en dépit du jeu énorme de la direction. Voulait-on prendre un virage, qu'il fallait l'amorcer en tournant le volant à vide, un demi-tour pour rien, tantôt à droite, tantôt à gauche, avant de mordre pour de bon. Au gel de la nuit, le klaxon s'était grippé. Et pour finir, dans la plaine d'Apt, ce fut la panne sèche, le peu d'essence qui restait dans le réservoir avait été épuisé. Il soufflait un léger mistral, on ouvrit toutes grandes les quatre portières; la légère pente et le vent aidant, notre traction « à vent » atteignit le viaduc et le faubourg d'Apt.

On fit halte au Café du Commerce. Agnès, la petite bonne, arborait son grand tablier à festons, de la poudre de riz et servait le café sans se soucier de Paul Fabre, qui attablé à sa belote, lui donnait des directives. Agnès, selon l'habitude, me faisait ses confidences :

« Vous ne croyez pas, monsieur François, ils sont comiques! Comme s'il n'y avait pas d'autres cafés. Je ne sais pas ce qu'ils ont tous à venir ici, ils ne pourraient pas aller un peu ailleurs! Le patron qui crie! Les joueurs de belote! Le soir, monsieur François j'ai la tête comme une « coucourde ». Il y en a toujours un qui veut une limonade ou un pastis. Comme si on venait au café pour boire!... Et celui-là, qu'est-ce qu'il veut? »

Moi, j'étais bien vu, parce que j'étais sobre. Avec un café-crème, je passais une après-midi d'hiver à écrire des lettres. En entrant, je prenais mon cahier d'écolier, on me fournissait un porte-plume, l'encrier, je ne voulais même pas du sous-main, et pendant des heures, j'écrivais sans lever la tête. Ça, au moins, c'était un client sérieux.

Au café, on trinqua avec Jolivet qui chanta l'*Internationale* et *Au-devant de la vie* pour satisfaire les Marseillais. Je n'écoutais pas Agnès et ses doléances, Jolivet et son *Internationale*, Caizac, le félibre qui me lisait son dernier

poème. Je me disais que peut-être à l'auberge, ma
fiancée m'attendait.

Huit jours s'écoulèrent. Arrivées et départs, des types
sympathiques, des emmerdeurs, des anciens (l'auberge
comptait deux années maintenant), des nouveaux, ceux
qui ne savaient pas, qui ne pouvaient pas comprendre
les humeurs du « père », ses gaietés soudaines et ses
colères brutales, pour un rien, pour un vase déplacé, car
elle devait trouver le vase là, et pas ailleurs.

A l'heure du car, tous les jours, je fixais le chemin
jusqu'à la route. Je tirais exprès des seaux d'eau du
puits, pour me donner une contenance, ou y laisser
tomber une larme. Quand il y avait de l'eau, du bois, je
montais au-dessus du puits-du-haut, cueillir du thym,
de la sarriette, du persil; j'attachais les chèvres, mais
mon regard était toujours dirigé vers la route, le
courrier, le Razoux, vers l'autobus, vers tout ce qui
bougeait avec un sac, une valise, vers tout ce qui faisait
de la poussière et klaxonnait.

Le mercredi, Astuce eut sa vengeance : de connivence
avec Ficelle, un étudiant en pharmacie mordu de
montagne et d'alpinisme, Max et quelques autres, il
dépêcha une fille dans le chemin, me sachant occupé
avec le brave Félix à une vaisselle énorme dans la
patouille sourde et exiguë, véritable cachot isolé de la vie
nonchalante et palabrante de l'auberge en congé.
Astuce courut à l'arrière-cuisine et annonça victorieuse-
ment :

« Arlette est là! »

Comme on m'avait fait dix fois la farce, je continuai à
racler ma marmite dans l'eau grasse et presque froide :

« Tu m'emmerdes! »

L'autre insista tant et tant, affirmant qu'on appelait
dans le sentier, que je le crus. Je m'essuyai les mains à
mon tablier et courus jusqu'au portail le cœur battant.
J'écoutai... — « A.J., A.J., A.J. », et répondis au cri de
ralliement de l'arrivante, car la voix était bien féminine.

« Ce ne peut être qu'elle, affirma Astuce. Tout à
l'heure, avant le virage de l'accident, tu vois, entre les

deux poteaux, j'ai reconnu son pantalon bleu, son bâton et ses cheveux blonds. Ce ne peut être qu'Arlette... Elle aura trouvé des sous pour le voyage. »

Mais n'écoutant plus, j'étais parti en courant à sa rencontre.

Le soir, le repas fut froid. On ne fit pas de soupe. On se contenta de boudin froid, de salade de pissenlits, de pommes de terre de la veille.

Max se fit rappeler à l'ordre à cause de la toile cirée. Il n'insista pas pour l'enlever cette fois Arthur, qui arrivait avec sa piquette, se fit rappeler que l'auberge n'était pas un bistrot :

« Ne vous fâchez pas mon brave, la blessure pourrait se rouvrir et ce serait un malheur! » C'était une de ses phrases à l'emporte-pièce qu'il déclamait à tout bout de champ et de table.

Je lui claquai la porte au nez et partis marcher dans la nuit sous le ciel luisant d'étoiles, seul. En bas, les autres buvaient la « vinasse » et chantaient *J'ai ma combine*. Pour une fois, je n'étais plus l'amuseur, Arthur m'avait relayé; en la circonstance le répertoire des auberges fut renouvelé par les extraits du : *Cahier de chansons d'Arthur Roi 134ᵉ ligne.*

> ... *J'voulais voir vot' z'oizeau*
> *Vot z'oiseau quand il plane...*
> *J'ai un grand aéroplane*
> *Mais c'que j't'ai montré*
> *C'est mon oiseau de nuit*
> *Il est beaucoup plus p'tit...*

> ... *C'est la chemise du dernier rêve*
> *Il n'y a qu'le vent qui la soulève.*

Tout un programme, celui de l'Alcazar de Marseille.

Le 2 janvier, je pris une décision. Puisqu'elle ne venait pas à moi, j'irais à Saumur. Centener qui était encore là, se voulait de bon conseil :

« Pour le veston, je te prêterai le mien, mais il te faudrait un pantalon neuf.

« C'est bien beau d'en acheter un, mais je n'aurais plus d'argent pour le voyage, même en auto-stop. D'un côté, si je ne vais pas à Saumur, je n'ai pas besoin de pantalon.

— Si tu te maries, il t'en faudra bien un de convenable. Achète-le. Je te prêterai cent francs pour le voyage.

— Et si je téléphonais d'abord? Eh non! Ça me coûterait aussi cher que le pantalon, parce qu'il y aura les frais de l'avis et au moins deux communications.

— Eh bien, tu vendras une chèvre. »

Sur l'avis de Centener, on s'en fut à la poste, avant de faire des frais, parce qu'au village on était connu et considéré et les pièces au pantalon, dans les villages, c'est bien porté, même au cul.

Je ne me ruinai pas, je n'eus pas besoin de pantalon ni de voyage, une seule communication me suffit. Arlette raccrocha sitôt que le son de ma voix eut parcouru la distance Saint-Saturnin-Saumur.

« Tu es fou mon petit vieux, ne viens pas, je t'écrirai... »

Et sa voix se perdit entre Saumur et Saint-Saturnin dans le dédale des fils téléphoniques. Ce qui me laissa un doute. Elle m'avait peut-être embrassé? Oh, elle avait dû m'embrasser! Le baiser avait été censuré en route au central de Vichy ou d'Avignon. Elle m'avait peut-être dit autre chose... Quand même, en réfléchissant bien, ce n'était pas aimable. C'est le moins qu'en put dire Centener qui tenait non pas la chandelle, mais l'écouteur. Telle était ma vie, je devais tout partager avec l'auberge, mes joies, mes peines et mes amours.

« Le père-aubergiste est aux sports d'hiver. » Le mot écrit sur la porte du Puits-du-Noyer ne laissait aucun doute. Pour me changer les idées, j'étais parti sur le Ventoux.

Depuis le coup de téléphone à Saumur, une semaine s'était écoulée, longue, interminable. J'attendais à chaque courrier la lettre d'Arlette. Razoux, toujours aussi curieux, me disait avec un malin plaisir, de son petit air narquois :

« Il n'y a rien, monsieur François. Peut-être demain; avec les fêtes, le courrier a du retard », ayant fort bien compris quel genre de lettre j'attendais.

J'étais parti à pied, mon sac sur le dos, laissant un croûton de pain aux chats et du foin pour les chèvres. Les lapins, eux, rongeraient leur frein et des écorces de cade.

Sur le plateau, l'hiver était bien la saison étincelante. La chaîne des Alpes enneigées se détachait derrière la montagne de Lure. Il faisait bon marcher en direction du Ventoux qui, comme dans les lettres d'Arlette, se reculait à mesure que mes pas s'en approchaient : « J'irai vers toi quand le Ventoux sera neigeux! », m'avait-elle écrit au début d'octobre... Aujourd'hui, en ces premiers jours du véritable froid, le dôme était là en face, de l'autre côté de la vallée de la Nesque, par-delà le plateau de Perrache, scintillant, uniformément blanc, fier, provocant. La neige m'exaspérait.

Tant que le Ventoux fut torse nu, je gardai l'espoir. Les Parisiens venus à Noël avaient pris les cailloux blancs et lessivés par les pluies d'automne, pour de la neige, mais je ne m'y trompais pas, je savais bien que l'hiver du Ventoux ne commence qu'en janvier.

A la tombée de la nuit, je fis la halte traditionnelle à Saint-Jean-de-Durfort. La patronne-matrone, un peu méchante, me dit en plaisantant : « Alors, vous êtes seul aujourd'hui, monsieur François! Et la petite demoiselle, elle aime toujours le thon? Elle était mignonne, elle avait l'air bien brave mais difficile; dans mon épicerie, elle n'avait trouvé que le thon qui soit à son goût... elle était Bretonne, sans doute? » Je coupai court à la conversation, traversai la route et me taillai un morceau de pain de Beaucaire qui sentait la montagne et que je dévorai en chemin avec des figues sèches.

A Verdolier, les souvenirs de septembre m'envahirent dès mon arrivée, comme les puces du Jésus — un grand gars maigre et pâle, aux longs cheveux poisseux, portant un short de cuir culotté datant de quand saint Joseph était jeune homme, et une chemise à carreaux qu'il avait juré de ne pas laver jusqu'à l'été suivant — il les avait perdues sur ma crèche ses bestioles, le soir de Noël, au cours d'une randonnée au pays du serpent d'étoiles.

Il faisait encore nuit lorsque je repris mes skis sur l'épaule pour grimper à flanc de coteau jusqu'au Jas-Forest. Lorsque j'atteignis le cœur de mon refuge, au plus secret de ce Ventoux mystérieux et serein, le soleil se levait sur les Alpes, le Verdon, le plateau de Canjuers, l'étang de Vaccarès. Pourquoi n'était-elle pas à mes côtés aujourd'hui? Je me souvins de ce retour d'automne, dans la nuit noire, quand nous marchions sous les étoiles à pas de loup, fourbus, mais ravis : « J'irai vers toi quand le Ventoux sera neigeux et notre amour sera éternel. Nous partirons sur le plateau un matin, un clair matin d'hiver... »

L'hiver était là, le plateau aussi, enveloppé de brume, d'ombre, de lumière, de neige, d'espoir. D'espoir... tout n'était pas perdu. Le coup de téléphone avait été brutal, certes, mais le téléphone, ça ne prête pas à la délicatesse. C'est tranchant, ça manque de poésie, de nuances; une lettre, c'est tellement plus humain. Elle écrirait!...

Aujourd'hui peut-être? N'y tenant plus, j'abandonnai mes skis dans la cabane de la Frache (pour ne plus les retrouver d'ailleurs) et dévalai sur Verdolier; à la tombée de la nuit je me mis en route pour gagner Regain par Saint-Jean, Sarrault, Romanet, les Portes. Une folle escapade d'une cinquantaine de kilomètres. Je retraversai le plateau en mâchonnant des herbes folles, amères comme mes pensées, m'égratignant le visage, déchirant mon blouson, avec une seule idée en tête : la lettre. Trouverais-je, en bas, sur la table de la salle à manger froide et vide, un message d'elle?

Crotté, hagard, trébuchant, la peau tannée par le soleil et le froid, les yeux pleurant d'insomnie, d'air vif et de soleil, je dégringolai sur les derniers éboulis de

Romanet, mes gros souliers de ski à ailes de mouche ne touchant pas le sol, bondissant, tel une chèvre. Je passai les Portes en coup de vent, ne pris pas la peine de parler du beau temps à M. Hugues qui taillait sa vigne, évitai de justesse le père Corbillard qui coupait son plus beau chêne, touchai enfin du doigt l'auberge par-derrière. Je contournai la haie de cyprès, ouvris le portail du puits, n'entendis pas les chèvres qui bâillaient lamentablement dans l'étable sombre, devant le râtelier vide, oubliant même en cet instant mon deuil, les vacances de Noël, Astuce, l'auto, mon père, mon bulletin, Sandra, la guerre, Munich. Une seule chose comptait dans ma vie à cette heure : la lettre d'Arlette. Le reste allait pivoter autour de ce petit morceau de papier, le Ventoux, le Lubéron, ma vie, mon auberge.

Je poussai la porte. Je ne trouvai qu'un pli du percepteur, un catalogue de la Samaritaine et sur le livre d'or ouvert sur la table, un poème de Jorgi Reboul, le père-aubergiste d'Allauch :

> *Brave François le Maure*
> *qui t'affaires, qui médites,*
> *Frère que nous avons cherché tout aujourd'hui*
> *pour te parler cœur à cœur*
> *— le tien est peut-être en Bretagne?*
> *Nous avons trouvé la maison seule*
> *et le foyer endormi*
> *avec la cendre froide;*
> *mais les murailles habitées,*
> *attentives nous guettaient;*
> *mais du silence même*
> *se devinaient toutes les voix,*
> *et, dominante, était la tienne,*
> *et, dominant, tu étais là.*

Le lendemain, pourtant, la lettre arriva. Je la lus, devant Arthur qui venait offrir sa piquette. C'était court, sec, anguleux à l'image de son écriture, de son caractère :

« *Je pars pour la Nouvelle-Calédonie. J'emporte quelques livres et un buste de Beethoven. Je laisse ici mon
passé. Je n'emporte* rien. *Je me dépouille de ce qui
pourrait me peser, la littérature de Giono, tes lettres, ta
photo et mes souvenirs. Je n'ose parler de mon amour car
je n'ai jamais aimé. Je suis incapable de tendresse, je suis
trop insensible pour cela. Je n'ai jamais pleuré. Je ne
t'offre pas mon amitié. Elle nous pèserait à tous deux.
Adieu.* »

Je m'excusai auprès d'Arthur et montai dans ma
chambre. J'ouvris le dossier « Lettres d'amour », posai
cette lettre sur la liasse et refermai la chemise. J'allumai
du feu dans la petite cheminée de la bibliothèque, cette
pièce où j'avais passé la dernière soirée de septembre
avec elle, où j'avais fait du thé et des tartines grillées
pour Sandra, cette chambre où ma mère était tombée
malade. Je m'assis devant l'âtre, y jetai le dossier
« Lettres d'amour » et contrairement à ce que je pensais,
je ne pleurai pas.

LES PETITS BALLONS ROUGES

L E SOLEIL de janvier était encore chaud. Les abeilles butinaient dans les rameaux de romarin timidement fleuri; délaissant la chasse aux rêves fous à travers la lande, j'allai m'asseoir sur un rocher en forme de banc, au bord extrême du petit plateau de Romanet, où le tertre domine la Combe-aux-Geais, le plateau de Caseneuve avec son château fort cubique, Saignon et son rocher, les égratignures du vallon de la Brebis morte, des Santons, de Notre-Dame-des-Anges et des Cheminées-de-Fées.

J'avais découvert ce banc un soir de juillet, à l'heure bleue des collines, celle que j'aimais entre toutes; j'avais quitté l'auberge sur la pointe des pieds, craignant peut-être de dérégler la machine qui tissait ma joie, et j'étais monté, haletant, pris d'un désir subit de solitude et d'escalade comme les chèvres de Saint-Just dont j'avais bu le lait aromatisé et mousseux dans mes premiers biberons.

Couché dans sa combe, navire échoué sur le sable, rouillé et couvert d'algues, fatigué d'avoir trop bourlingué, le vieux mas s'entourait ce soir-là d'une flottille de tentes légères et colorées, à l'amarre sur le petit port de l'aire, seule surface tranquille et plate dans la houle des oliviers et du large des collines tourmentées.

Une fumée légère s'élevait de la cheminée. A l'abri des cyprès, des campeurs allumaient leur feu de camp et préparaient le ragoût odorant du repas. Astuce rentrait les chèvres à travers les vignes, bravant les remontrances d'Arthur, qui n'appréciait guère de les voir, tirant sur leur corde, grignoter les jeunes grappes à la sauvette. Dans le chemin de Campjansau, André descendait un tronc d'amandier mort (sûr qu'à la veillée, l'hiver venu, le vieux Figuière ne manquerait pas de m'en parler). Des gars bronzés de soleil s'ébrouaient dans le bassin, et reprenaient dans la paix du soir une chanson qu'ils venaient de composer l'après-midi, sous les oliviers, devant ma chambre :

Auberge blottie au creux du vallon
Résiste à la folie, à l'appel des canons.
Dans la paix du soir où chante la joie,
S'élève un cri d'espoir où vibre notre foi.

Un randonneur solitaire qui partait, un peu de terre de Roussillon dans son sac et des souvenirs plein la tête, croisa une fille qui arrivait, lasse de la dernière montée, celle qui coupe les jambes comme un verre de châteauneuf-du-pape. Deux êtres peut-être faits l'un pour l'autre. Ils s'étaient croisés, parlé quelques secondes :

« Tu arrives. Encore quelques pas et tu verras le toit, les amis, la glycine, le mûrier.

— C'est vrai ce qu'on dit, que Regain n'est pas une auberge comme les autres?

— Regain, c'est plus qu'une auberge. Allez, bon séjour.

— Bonne route. »

Sans doute jamais ne se reverraient-ils.

J'écoutais *la Symphonie pastorale* dont la musique assourdie montait jusqu'à moi, par bouffées, ponctuée d'éclats de voix. A la table bruyante, la grande famille des coureurs de sentiers réunie autour de la soupe au thym ou du saladier de pommes d'amour revivait sa journée.

J'éprouvais du plaisir à jeter un coup d'œil en arrière. J'avais lancé l'auberge d'une main heureuse comme on tourne la roue à la loterie sur les champs de foire. De me pencher sur le passé me donnait la force d'affronter l'avenir, je reprenais mon souffle, je respirais. Parti d'un bon pied, il me fallait monter davantage, voir plus grand. Tel Cyrano, je n'avais pas atteint des sommets, mais seul, soutenu par des amis fidèles et des parents compréhensifs, je n'avais pas aliéné un soupçon d'indépendance. Non, je ne savais pas faire le beau devant les députés, les sénateurs, les tout-puissants, les ministres. Le Centre des auberges m'octroyait des lits ou des couvertures pour m'encourager, — fort bien, pourquoi ne pas accepter — mais je ne mendiais rien et ne léchais pas pour autant les bottes d'Augier, pas plus que celles de Giono ou de Grumbaum-Ballin.

Sandra avait raison quand elle écrivait : « Garde ton indépendance, reste un homme libre. » Sandra, Arlette...

A travers la vie d'une année écoulée, le souvenir de Sandra traînait encore sur la combe. Elle m'avait envoyé une photo truquée représentant Regain, et dans le ciel, sur le toit, mon portrait en surimpression « e douminant, ères aqui ». En réalité, c'était son image à elle qui s'inscrivait à l'horizon, effacée, mais prête à réapparaître à mon appel.

C'était peut-être ses lettres qui m'avaient si facilement consolé d'Arlette.

Mon petit père François,
Qu'est-ce qu'on t'a encore fait pour que tu sois ainsi, triste et pantelant? Je n'aime pas te savoir découragé, et pourtant Dieu sait si j'en ai peur souvent, pour toi. Il faut des hommes de bronze, tranquilles et durs pour tenir le sol que tu as choisi.
Et François a beau jeter sa plus grosse voix après les chèvres, et croiser les bras au-dessus des montagnes, et vouloir que Regain vive, avec une force de têtu, il y a, à la place de son cœur, un morceau de bleu en forme de fleur,

et le milieu est tendre, tendre... et c'est toujours cette
place-là qui reçoit les coups.

Pourquoi appeler cafard une peine d'amour? Le cafard
est une tristesse sans raison, bien pire.

Vivre guérit si merveilleusement de toutes les peines.
Pourquoi te laisser toucher aussi fort, que tu ne goûtes
plus les richesses de tes montagnes? Tu ne sais pas à quel
point la vie est belle et facile chez toi.

Tu vas voir que tout sera propice à panser ta blessure
d'amour. Ce qui était dans ta gorge comme un caillou te
semblera bientôt amande fraîche, puis graine de froment
et il t'en restera un bon goût amer et humain.

... Et s'il passe une jolie fille, fais-la pleurer, elle t'aimera.

Elle ne semblait pas m'en vouloir de mes infidé-
lités. Je ne l'avais pas oubliée, mais pourquoi n'était-
elle pas revenue? Pourquoi n'étais-je pas allé la
retrouver? Était-ce l'appréhension d'une déception réciproque?

Sandra avait eu peur de détruire une image de Regain
qu'elle voulait éternelle, moi je n'étais pas parti de
crainte de ne pas retrouver la femme que j'avais connue,
telle que je me l'imaginais. Elle parlait d'un sculpteur et
je ne tenais pas à lui montrer comment on fait le
fromage de chèvre ou le nougat, je ne voulais pas donner
à celui que je pressentais non seulement l'ami mais
l'amant. Séparé de mon Regain, de l'auréole de la
Provence, privé de mes racines, je n'aurais plus été pour
Sandra que le cousin de campagne, dépaysé et timide
dans ses gros souliers.

J'avais eu envie de partir vers elle après l'histoire
d'Arlette. Hélas la Bénova rendit l'âme une nuit, au pied
des Dentelles-de-Montmirail, alors que j'étais parti chez
mon père, pour emprunter l'argent du voyage.

Un garagiste complaisant me l'échangea contre une
moto à courroie, affublée d'un grand guidon de course
1900. Il avait enlevé les numéros et ajouté des pédales
factices pour lui donner des airs de vélomoteur, à cause
du permis. En réalité, elle ne fut jamais qu'un engin

bâtard à pousser, comme un cerceau, en marchant sur la route.

Lors de notre séparation, j'évoquai nos souvenirs, les bons, les mauvais, les drôles... Autrefois, lorsque j'arrivais dans la grande bergerie, transformée en garage les soirs d'hiver, j'allais chercher, pour vidanger le radiateur, une grande casserole en terre, celle de la vaisselle, puis m'asseyais et prenais un bain de pied avec l'eau de l'auto encore bouillante. Il me faudrait désormais en faire chauffer pour me laver les pieds, en rentrant le soir.

Envolés les projets de voyages sur la Côte d'Azur chez Lorenzo et tante Nanette, fini aussi le départ vers la mer du Nord. Il fallait regagner l'auberge. Je franchis d'une seule traite la distance Orange-Regain sans aucun incident, sans panne d'essence, sans crevaison, sans débris dans le carburateur, sans gendarmes, sans halte. Les miracles n'ont lieu qu'une fois. La moto avait des ailes, un vrai bolide. Triomphant, ravi, les soucis du moment oubliés, j'entrai dans la salle à manger de Regain, surpris soudain de voir assis à la table des Roi un homme respectable en train de taper à la machine, entouré d'un monceau de dossiers, de livres, de blocs-notes, de carbones et de manuscrits.

Avant qu'il ne se fût dressé et présenté, j'avais repéré en un éclair, pêle-mêle, les valises énormes, un faux col en celluloïd, des tempes grisonnantes, un manteau beige clair et un chapeau en taupé sur la toile cirée à carreaux jaunes et verts, ma théière, mon thé, mes cigarettes et dans la cheminée mon bois qui brûlait. J'eus la vague impression que je dérangeais un ministre et que je n'entrais pas tout à fait chez moi.

« Hastier, dit-il, homme de lettres, philosophe et aviateur. »

Passé le premier quart d'heure, timidement assis au bout de la table, j'avais accepté, par déférence, une tasse de thé et une cigarette. Je savais le nouveau venu mandaté par Giono pour commenter aux gens de la terre son dernier ouvrage *Lettres aux paysans* et mettre immédiatement sur pied un vaste plan d'organisation pacifiste destiné à arrêter radicalement les guerres.

Hastier, séduit dès son arrivée par le calme du lieu, était fermement décidé à lancer un défi aux dictateurs bellicistes. Les oliviers de paix de la Combe-aux-Geais n'étaient-ils pas le point de départ symbolique de ce vaste mouvement qui ferait forcément tache d'huile?

Il ne restait dès lors qu'à rédiger des statuts, des messages, des tracts. On formerait un comité d'honneur, un secrétariat. Même l'insigne pour la propagande était retenu. Justin Grégoris devait esquisser une colombe à l'image de celles qui voleraient bientôt autour du vieux mas au destin providentiel.

A la fin du souper, Hastier l'aviateur exposa sa doctrine; j'acquiesçais de temps en temps en bâillant discrètement des « oui-oui, diable... sûrement... peut-être... » tandis que mes yeux larmoyants se fermaient malgré moi. En homme d'action, il voulait réaliser des actes d'éclat, révolutionner les théories pacifistes classiques et aller de l'avant! Révolue l'époque des poèmes à la Maurice Rostand, celle des papillons dans les pissotières, des meetings houleux du pacifisme bêlant! Il frapperait fort, là où il fallait, en l'occurrence à la porte de la première ferme qui se présenterait au bout du chemin, chez le père Corbillard. Il accepterait volontiers la tasse de café, le verre de vin blanc (pour la goutte, il se faisait des illusions). Il parlerait du lavandin qui s'était mal vendu, des olives rongées par le ver, de la vigne qui avait gelé, et après la lecture de quelques pages des « Lettres », en troubadour de l'armée du Salut, il soumettrait au vieux grigou sa liste de souscription. L'argent étant aussi le nerf de la paix, il fallait savoir le prendre où il était, dans le bas de laine du paysan.

Il partirait, traînant son charreton, héros du porte-à-porte, colporteur au stock constamment réapprovisionné par le poète, dont il distribuerait les œuvres gratuitement, autour de lui, comme des almanachs des postes.

Hastier s'exaltait, pérorait, jouait le tribun, le prophète, curieux mélange de berger de pastorale, de camelot, de candidat député et de comédien de sous-préfecture. Je pensais à un Max Dearly de la meilleure veine et regardais désespérément la pendule arrêtée.

Mais où l'orateur triompha littéralement devant son auditoire, ce fut au point le plus sublime de son exposé : l'histoire des petits ballons rouges. A cette époque, chacun des habitués de Regain eut sa version des ballons rouges, même le père-aubergiste n'y coupa pas.

Donc, avec l'argent recueilli, Hastier achèterait un avion d'occasion. Il se faisait fort d'obtenir des Galeries Lafayette un lot de ballons qu'il peindrait lui-même à l'effigie de la colombe, il y attacherait des paquets de sa prose avant de s'envoler jusqu'à la frontière, aux commandes de son aéroplane. Là, par vent d'ouest, il lâcherait ses messagers qui iraient porter ses épîtres aux peuples belliqueux, sous-entendu nos voisins...

Au bout d'un an de programme intensif, on organiserait à Paris une prodigieuse fête de la Paix. Les vainqueurs défileraient sous l'Arc de Triomphe. Un cortège accompagné de voix célestes de flûtes s'avancerait le long des Champs-Elysées en chantant des hymnes pacifiques, des enfants en tuniques blanches jetteraient des pétales de roses, et, au milieu des vivats et des foules en délire, le poète de Manosque saluant à la romaine, drapé d'une toge, le front ceint d'une couronne de feuilles d'olivier, s'avancerait sur un cheval blanc, un remake de Douglas Fairbanks dans le Voleur de Bagdad. Derrière, plus modeste, juché sur un âne gris, Hastier l'aviateur recueillerait sa part de succès, radieux et fier de son œuvre, apôtre des temps modernes.

Je laissai le cortège poursuivre son défilé sous les vols de colombes, protégé par les « anges de la route » et des gendarmes en gants blancs, et je me lançai dans un calcul d'une grande bassesse. C'est que si l'autre comptait sur l'argent du père Corbillard pour acheter des pétales de roses, je ne devais guère me bercer d'illusions quant au règlement des quatre francs d'hébergement. Les paysans lui paieraient bien à boire mais pour les sous, c'était une autre paire de bas de laine !

Vers les deux heures du matin, quand il n'y eut plus que de rares tisons dans la cheminée et que le chat Arsène se fut endormi, rêvant lui aussi d'une trêve bienheureuse avec son ennemi héréditaire, Mathieu un chien de grande randonnée, j'accompagnai l'aviateur au seuil de la bibliothèque-chambre réservée à Regain aux hôtes de marque.

Le lendemain, on fut au village à pied, par la montagne, à travers les yeuses et les sumacs, demander au maire-adjoint M. Empereur, un honnête homme, sage et pétri de bon sens, de présider le nouveau comité. Pour la circonstance, Hastier avait passé sur ses culottes de golf et son faux col en celluloïd, une ample cape de berger en cadis roux, de ces capes jadis fabriquées à Sault, que mentionne Daudet dans son *Retour du troupeau*; il s'était taillé dans le buis de la combe aux oliviers, le bâton de Pèlerin de la Paix. Pour compléter la panoplie, il tenait dans la main gauche un numéro de la *Patrie humaine* avec le message de Victor Margueritte et un exemplaire des *Lettres aux paysans*.

Monsieur Empereur, en brave homme qu'il était et devant tant de garanties, accepta de « chapeauter » une assemblée où figuraient déjà, sur papier couché, Hélène Laguerre, Lucien Jacques, Justin Grégoris, le préfet des Basses-Alpes, le maire de Villars, et autres collaborateurs des *Cahiers du Comtadour*. On solliciterait Geoffroy, l'oncle Ovide de Vaison, sénateur radical, Elie Rouge, et bientôt ce comité provisoire éclaterait comme une grenade! On ferait donner tout l'état-major pacifiste, Mme Grumbaum-Ballin, Marc Sangnier de la Ligue française des auberges de jeunesse, Augier, et pourquoi pas Daladier lui-même, héros de la paix à qui les populations vauclusiennes s'apprêtaient à élever par souscription le premier monument aux vivants du département, après sa victoire de Munich.

En pleine euphorie on descendit sur la bonne ville d'Apt empruntant au passage la charrette du Soumille et l'auto du Dr Santoni, histoire de demander les devis à l'imprimeur camarade sympathisant Pitalugue. Au café du Commerce, il fut même question, pour suivre les opérations des soldats de la paix, de faire éditer « la pochette du petit stratège ». Parpaïan correspondant du *Dauphinois*, le journal du gratin, publierait chaque jour en chronique locale le communiqué officiel du front de la paix et Agnès, la petite bonne au cœur tendre, s'inscrivit sur le champ comme première marraine de paix.

Le dimanche suivant, il vint des Avignonnais et Hastier décrocha un auditoire en or : Jacques, décidé en cas de guerre à arborer en première ligne un énorme insigne des auberges, convaincu que le jeune hitlérien, à la vue de l'emblème sur sa poitrine, brandirait son rameau d'olivier et se jetterait dans ses bras en criant : « Frère! »; Pauline, qui disait : « Papa il veut lui donner la Tchécoslovaquie à Hitler, mais maman, elle ne veut pas »; Bertrandet, qui voulait migrer dans la Crau pour inscrire le long de la voie ferrée les mots d'ordre défaitistes avec de grosses pierres plates; Vévé le camarade-chantre des livres d'or qui, au dessert, à l'ombre du mûrier où se dressait la longue table verte, avait déjà composé l'hymne des disciples dont on demanderait la musique à M. Bartalet, receveur-compositeur des postes, et les autres, les neutres, belle argile prête à se laisser modeler, futurs militants de la « bonne cause ».

La valise aux « Lettres » était vide; on demanda Manosque au bout du fil. « Allô, Jean, c'est toi?

— C'est moi, qu'il répond.

— Tu sais, ça marche à fond. J'ai déjà visité quatre fermes, lu tes meilleures pages. Ta prose remplacera maintenant *La Veillée des chaumières* et l'*Armana Prouvençau*. Evidemment, ils trouvent que ça manque un peu d'images, il faudrait prévoir pour la prochaine édition des photos en couleurs. Cela marche tellement que j'ai épuisé tout le stock, aussi tu peux m'en mettre deux caisses au prochain car.

— Les paysans achètent mes bouquins?

— Pas encore, ça viendra. Il faut les habituer. Pour le moment, je les donne, tu comprends.

— Mais il y a malentendu. Mes « Lettres », je te les ai remises pour les vendre. Méfie-toi. Il faut y aller doucement, donnes-en un peu, mais pas trop. Doucement, tu comprends... J'ai une femme et des enfants. C'est mon travail à moi d'écrire. Toi, tu es un apôtre, je le sais les apôtres, ça se respecte, les paysans aussi, et tu sèmes le bon blé...

— Diable, dit Hastier, tu as raison, il y a malentendu.

— Mettons, qu'il fait le Giono.

— Dorénavant, je prendrai les commandes sur des carnets à souches et je t'écrirai pour te tenir au courant.

— C'est ça, belle manœuvre, qu'il fait le Maître. De mon côté, si j'ai besoin de toi, je te ferai signe. Tu sais, je suis en pourparlers avec la Paramount pour réaliser un film au Comtadour : l'histoire du cantonnier Fidélius. Ça s'appellera *le Bout du chemin*. Tu feras le prophète, c'est un rôle en or. Avec l'argent de la Paramount, tu pourras jouer les Crésus et comme Larousse semer mes livres à tous vents et gratis. En attendant, répands le bon grain, d'ici l'été ce sera la moisson. Paix aux hommes de bonne volonté! et que mes pensées t'accompagnent! »

Comme je tenais l'écouteur, et le porte-monnaie, je fis signe à Hastier qu'il fallait arrêter les discours.

« On verra...

— On verra, dit Hastier au téléphone.

— On verra, redit la voix au bout du fil. »

On ne vit rien... ou pas grand-chose. Lorsqu'un mois plus tard, Giono demanda à Hastier ce qu'il avait fait, l'autre répondit, comme cet aristocrate après la Révolution : « J'ai vécu. »

Oui, il avait vécu, détaché des contingences matérielles, dépouillé de son écorce mortelle, pour planer, comme un séraphin ailé, dans les hautes sphères de la Voie lactée. Les devis étaient restés dans le bureau de Pitalugue et si j'avais acheté le papier timbré pour y déposer les statuts du Comité des Supporters de la Paix, ceux-ci n'avaient jamais monté les grands escaliers de la

sous-préfecture! On était bien allé veiller chez le Maxi-
min Guigou, dit le Lapin, chez un autre Guigou, dit
le Renard, aux Escoffiers, chez Mlle Mathilde, où
ça sentait la pisse de chat, chez Boniface, l'homme
qui avait assassiné Zodius, mais le Vaucluse n'était
pas en révolution pour autant et si les Aptésiens
étaient non violents, c'était par tempérament et non
à cause du dynamisme de la croisade de ce nouveau
messie.

A Regain, dans le nouveau Jardin des Oliviers, les
disciples accouraient écouter la Bonne Parole et repar-
taient, pleins de foi, messagers comme les petits ballons,
quadriller la Provence.

Si Hastier entendait créer un journal, *Germinal*, il
attendait le mois d'avril pour le lancer. Entre-temps il
s'était parfaitement adapté à sa nouvelle vie. Sa
silhouette faisait maintenant partie du décor, au même
titre qu'Arthur, les chèvres, le mûrier et le puits rose
bonbon. Il avait coupé ses pantalons, ôté son faux col,
quitté ses bretelles au profit de la ceinture de scout à
fleurs de lys. Avec ses épingles de cravate, ses boutons
de manchette, ses fixe-chaussettes et sa pochette parfu-
mée, il avait laissé au vestiaire ces attaches et leurs vices
bourgeois. « Ton ennemi, il est lourd, ventru, ensavaté.
Le cordon de sa robe de chambre, entre son radiateur et
son lit de milieu, traîne derrière lui comme le cordon
ombilical de l'habitude. Il a nom : confort. »

Il se gargarisait de pauvreté. « Il n'est pas de part que
l'on possède en propre qui ne soit injuste. »

Était-il pauvre pour avoir tout donné ou donnait-il
parce qu'il n'avait plus rien? Il avait déposé symbolique-
ment son portefeuille sur la dernière planche du
vaisselier, pour se dépouiller du vieil habit, revêtir un
homme nouveau et purifier sa pensée. A vrai dire, il
aurait pu faire bonne figure au milieu des Témoins de
Jéhovah, dans *l'Almanach du Pèlerin* ou aux réunions
des Alpins lumineux, qui comme la tisane du berger
Martinet ne faisaient de mal à personne.

« Heureux ceux du présent...

« Heureux ceux de demain, cet hier d'après-demain, ce surlendemain d'avant-hier!

« J'ai deux soleils en moi, le même amour de mon prochain les unit.

« Quand l'un s'allume, l'autre s'éteint. Parfois, ils s'illuminent tous les deux et l'amour jaillit de ces étincelles! »

Hastier qui ne parlait jamais argent au présent, l'évoquait volontiers au passé. Autrefois il avait été fort riche, possédant une partie de l'île du Levant, un château en Gascogne. Les jeunes de Regain pensaient que c'était noble et beau de faire fi des richesses de ce monde après avoir eu tant de domaines et peut-être des valets. Il se contentait aujourd'hui d'un lit d'auberge, d'un matelas en laine et de la meilleure chambre!

Le fait est qu'Hastier n'était pas difficile. Il était végétarien, buvait du petit lait, se nourrissait de brousse, de fromage de banon, d'amandes, de cacahuètes, de feuilles de laitues, de betteraves rouges, de topinambours, de figues sèches et de flocons d'avoine. Cependant, mais par pure politesse, il ne dédaignait jamais une côtelette d'agneau sur le gril, une tranche de gigot à la broche, voire une cuisse de poulet, du jambon de Sault ou du saucisson à l'ail que je rapportais du Moulin. Le bon vin étanchant sa soif d'infini, Hastier put nourrir d'autres rêves, d'autres espoirs, d'autres passions.

Il se persuadait que rien n'arrêterait son mouvement si ce n'était la guerre. Alors, puisque l'idée était en marche, ne pouvait-elle continuer sans lui? Il pourrait se reposer un peu sur ses lauriers, à l'ombre du mûrier, faire venir sa maîtresse Béatrice ou écrire ses *Pensées de la route jolie*, car c'était un homme de lettres, véhiculant un plein dossier de *Sonnets à Isabelle*, de *Lettres à Béatrice* ou *à Hortense*. De quoi inonder, en pages d'amour, le bulletin *Notre amitié* pendant dix ans.

« Compagnon de jeu et d'imprévus! Tout ce que je désirais trouver est en toi.

« Quelle couronne couronnerait mieux ma tête folle que cette guirlande de roses? Avec quel cœur je cherche alors à te conserver en cet état d'émotion alertée où t'entraîne ma "fugacerie". Parfois j'ai scrupules de mes sauts, de mes chutes, je n'hésite pourtant pas à t'y entraîner et toujours je suis récompensé... »

Lorsqu'il n'écrivait pas, il me secondait. Hélas, nous étions à la morte-saison, aussi bien des amours que du travail. Il se faisait secrétaire pour répondre aux lettres délicates, homme de réception lors des visites du dimanche, diplomate auprès des voisins, ou homme de confiance; il tenait le cheval quand le père Corbillard labourait, portait les fiches à la gendarmerie, parlait de la guerre de 14 avec M. Empereur, ambassadeur bucolique que tout le monde appréciait. Confident aux heures plus intimes, il me guidait dans les pistes entremêlées de mes amours. Et moi, à défaut de fille blonde qui devait venir au crépuscule, j'entrevoyais le bonheur dans un présent immédiat, (et en désespoir de cause), en me rabattant sur *La Lanterne flamboyante* que je partageais démocratiquement le samedi avec Arthur, les frères Sapin, Nalet le clerc de notaire, le berger de Mlle Mathilde et le coiffeur pour dames du « Salon Louis XV », qui était cocu.

Marguerite d'Avignon était montée prendre en sténo une conférence de presse de l'aviateur et en tirer mille exemplaires polycopiés à destination des auberges de Provence et du Languedoc.

A midi, on mangea des crêpes devant le portail, près du rosier en fleur, au bord du parterre abrité, bordé d'iris qu'avait plantés mon père. On dit qu' « à la Chandeleur, l'hiver se passe ou prend rigueur ». En ce deuxième jour de février le vent était tiède, il nous venait du golfe de Gênes. Il apportait avec lui la douceur de la Riviera, et donnait des envies de vrai printemps, d'évasion, d'aventures et de renouveau dans l'auberge et dans les cœurs.

Sur l'aire, derrière la maison, un amandier bourgeonnait. Je coupai un rameau fleuri que je mis dans un vase sur la cheminée; trop précoces les fleurs ne porteraient pas de fruits, et je préférais les fleurs aux amandes, à cause de mes mauvaises dents.

A l'abri des cyprès, les violettes de Parme qui s'ouvraient jetaient à leur façon un défi à l'hiver. Dans l'enclos reverdi, les chèvres étaient au piquet, punies, pour être montées dans les dortoirs sans permission, pour avoir fait pipi sur les lits, mangé la préface de *Batailles dans la montagne* et léché une affiche de la Ligue des femmes contre la guerre que présidait Hélène Laguerre, non qu'elles en fussent des adeptes, mais à cause du sel qui était dans la colle. Elles étaient pleines, insouciantes, béates. En vérité, je vous le dis, « Heureux ceux du présent... » Elles ne se doutaient pas qu'elles allaient mettre au monde des Zodius, qui ne danseraient qu'un seul printemps...

Soudain, en cette fin d'après-midi, on s'amoutonna sous le manteau de la cheminée. Elle refoulait la fumée, par bouffées, dans la pièce. Le temps avait changé. Le vent d'est charriait soudain de gros nuages sombres et menaçants qui venaient sans doute des pays froids et sévères. Le présent était bien fragile dans la vallée colorée et heureuse. L'hiver, qu'on pensait définitivement éloigné, revenait-il sur ses pas?

Il réapparut à quelque temps de là. Regain somnolait, couché en rond dans le creux de sa combe, pelotonné sous une épaisse couche de neige. Tiédeur du soleil à la bonne du jour, abrité par le Rocher de Quatre Heures, douceur de la nuit tombante autour de l'âtre où crépitaient des souches d'olivier apportées sans doute par l'aviateur prodigue; bonheur de la vie calme et paisible du mas, rythmée sur le tic-tac nonchalant et sage de la vieille horloge des Roi.

Le hasard du chemin, où seuls les pas du Razoux et du chat Arsène avaient marqué leurs empreintes, avait happé dans la plaine assourdie et étincelante deux voyageurs imprévus. L'un, Bernard, arrivait droit de Laponie, l'autre, Suzanne, des îles Marquises.

Bernard l'explorateur venait de terminer un grand voyage en compagnie d'Augier tandis que Suzanne dont l'adolescence s'était nourrie de gionisme voulait boire aux sources sa dose d'évasion et d'exotisme, cherchant elle aussi un petit coin d'île heureuse sur la terre à cailloux du pays de Bobi.

A Mardi gras, cinq jours de congé amenèrent, malgré la neige persistante, un auditoire attentif assis autour de la cheminée, écoutant des soirées entières les contes de Suzanne au pays des merveilles. Hastier, en meneur de jeu subtil et camouflé, orientait la conversation vers les îles Marquises et attisait le désir de connaître les plus belles histoires de cette fée aux longs cheveux, magicienne et créole, en même temps qu'il jetait dans les flammes des brassées de romarin crépitant pour donner à la salle un parfum d'encens et d'aventure aux îles Sous-le-Vent. Les histoires de Suzanne étaient savoureuses à souhait. Il n'y manquait même pas le grand-père anthropophage qui, se remémorant sa jeunesse, sa belle époque, gardait une nostalgique et vivante image de chair fraîche et humaine; ce patriarche fleur bleue au cœur tendre salivait de plaisir en caressant les bras de la jeune Suzanne qui, bonne fille, pensant que ça n'irait pas plus loin, autorisait ce jeu innocent pour adoucir la vieillesse de cet homme pour lequel, sans un frère quotidien, la vie manquait de sel.

Mais ce qui laissait l'assemblée rêveuse, c'était la description de la vie de tous les jours au pays de Suzanne. Pas de travail, pas d'usine, plus de bureau, de magasin, de charrue, de patron, plus d'argent. On se nourrissait de pamplemousses, de bananes, d'ananas, de dattes, de noix de coco, de coquillages, de poissons. Sous les tropiques, nul besoin de vêtements, les femmes portaient des pagnes de raphia, des fleurs dans les cheveux et chantaient au son des guitares.

Lorsque Hastier tolérait un entracte, Bernard de Thysy évoquait les Esquimaux, son voyage au Pôle et en Laponie. Mais son succès était moindre, dans son récit il était trop souvent question de froid, de faim, de peine, de lutte et de travail.

Hastier qui avait bien compris que le climat des îles

épousait parfaitement les aspirations de ce bon peuple
des auberges, ennemi du conformisme bourgeois, de la
guerre et, il faut bien le dire, de l'effort, était arrivé à
monter un énorme bateau; tout le monde y crut, et fit
partie de l'équipage, grimpant aux plus hauts mâts de la
plus haute invraisemblance et déployant toutes les
voiles de la fantaisie, sur lesquelles l'aviateur soufflait
comme un bouffon débonnaire et inconscient. Il venait
de trouver un autre moyen pour éviter les guerres :
partir aux îles Marquises.

On achèterait donc un grand yacht et on s'évaderait
avec une colonie d'ajistes, former sur l'atoll du grand-
père prêté à cet effet, la communauté parfaite, telle que
l'avait prêchée Bertrandet dans *Notre amitié*. Il avait été
convenu que chacun vendrait ce qu'il possédait pour
acheter le bateau, Raoul ses skis, Marguerite sa machine
à écrire, Abel son appareil de photos, Denise son
phonographe, moi mes chèvres, Sosthène sa bicyclette
et sa remorque, Annibal ses vignes, Hastier rien; il
donnerait l'exemple, puisque dans toute société il fallait
un chef.

Pourtant le projet de départ échoua à cause de
Béatrice. Cette princesse lointaine était à ses heures la
maîtresse de l'apôtre. Elle écrivait de son métier, des
nouvelles, vraies ou fausses, dans le *Petit Echo de la
Mode, Le Chasseur français, Les Veillées des Chaumières*
et *Ric et Rac*. Elle passait quelquefois entre les colonnes
du *Figaro*, sans trop s'y attarder, pour donner des
conseils pratiques sur l'art d'enlever les taches d'huile et
de rousseur. Elle était femme de lettres, de lettres à
en-têtes, avec ses titres de noblesse, sa devise, ses
références, son adresse et son numéro de téléphone.
C'était une femme de tête, sans fesses ni seins, genre
pot-au-feu... tout en os.

Elle était venue, à Regain, honorer de sa présence
l'humble retraite du chevalier des Grieux, en Manon
frivole et coquette, enguirlandée de roses, comme je me
l'imaginais depuis qu'Hastier m'avait lu sa *Lettre à
Béatrice*. A l'occasion de son séjour, on avait embauché

l'Adèle pour faire le ménage de l'auberge et on avait transformé la bibliothèque, trop nue pour une garçonnière d'intellectuel, en studio campagnard. Hastier avait confectionné une lampe de chevet avec un cep de vigne, disposé sur la cheminée un bouquet des quatre-saisons, des roses des sables de Rustrel et un crâne de sanglier que j'avais trouvé aux Tavannes. Il avait étendu devant la cheminée une peau de mouton, car dans toutes ses histoires, il était question de bêtes. Enfin, il avait rapproché deux sommiers métalliques du dortoir des filles, qu'il avait recouverts de velours grenat orné de canevas brodé par la tante Anaïs au temps glorieux des dames de Saint-Just.

Béatrice était donc arrivée, priée, désirée, attendue avec une indicible impatience comme la fonte des neiges et un rayon de soleil printanier en ces premiers jours de mars. Quand elle mit pied à terre sur l'aire du haut, en descendant du taxi de Paul Fabre qui montait le chemin de gravaille pour les grandes circonstances, elle portait un tailleur sombre, un collier de perles, des souliers à talons hauts, un renard argenté pour plaire à l'homme des bois, un sac en crocodile et son âge, entre quarante-quatre et quarante-cinq printemps, plus près d'ailleurs du 45ᵉ. Entre les deux, il y avait eu un automne et c'est lui qui semblait peser le plus.

Béatrice à ses côtés, Hastier était transformé. Il parlait au passé simple, lui disait « vous », lui baisait la main et déclamait, façon Comédie-Française ou théâtre Dray .pour ceux qui ont vu jouer *Roger-la-Honte* par Constant. Il était béat, la regardait dans les yeux et restait en extase, les mains jointes, comme devant une image pieuse. A vrai dire, Béatrice, femme charmante et distinguée, faisait beaucoup plus penser à une dame d'œuvre patronnesse de la Croix-Rouge, bref plus à une femme de grande vertu que de petite.

A table, Astuce qui était venu avec les Nîmois, s'amusait à roter ostensiblement tandis qu'Hastier, prenant la main de Béatrice lui disait, la bouche en cul de poule : « Vous vous souvîntes, mon cœur, du jour où nous nous égarâmes... » Il fallut la diplomatie de Reboulin pour éviter qu'Hastier, patient et tolérant par tempérament, compréhensif envers la jeunesse, n'envoyât une gifle au potache et que le potache, qui était chez lui parce qu'il avait une carte avec beaucoup de tampons, ne dise à Hastier que « sa poule n'était pas à sa place dans une auberge de jeunesse ».

A la veillée, on refit sauter des crêpes, sucrées au miel, les Nîmoises entonnèrent *Apaisement* de Reynaldo Hahn, Marguerite *Le ciel est par-dessus le toit*. On servit de la tisane du pays et Émile, à la voix douce et caressante, chanta, à la manière de Tino Rossi, *Tant qu'il y aura des étoiles*.

L'orage s'était apaisé, j'avais demandé à Béatrice de nous lire un de ses poèmes, et à Hastier quelques-unes de ses *Pensées de la route jolie* :

« Donne, non pour donner, mais pour te dépouiller, t'alléger, te libérer de ta dette. Ton obscure inquiétude, c'est cette traite que tu laisses impayée. C'est pourquoi le proverbe dit que c'est en donnant qu'on s'enrichit... »

« Mais si regardant l'horreur mondiale, nous entendons un grand cri en nous : ″ Il faut que ça change ″, dans le silence revenu une voix neutre s'élève et dit : ″ Comment? ″; nous restons interdits car nous sentons que c'est à nous individuellement de changer. »

On profita de la présence du cercle des habitués pour faire rejaillir le projet qui couvait sous la cendre depuis une quinzaine de jours : le départ vers les îles Marquises.

Suzanne s'était évanouie avec Bernard, sur le sentier qui, le jour de leur arrivée sous la neige, les avait « unis par son tendre lien », fiancés de la belle étoile, selon la chanson de Paul Delmet que chantait Simone :

Puisque nos cœurs sont allés l'un vers l'autre...
Unissons-les par un tendre lien...

Suzanne partie, l'idée, elle aussi, avait fait son chemin dans l'imagination vagabonde de chacun. Les uns y croyaient, les autres faisaient semblant. Mais tous savaient que dans les voyages, ce sont les projets qui sont les plus exaltants. Imaginer la vie idyllique des îles Marquises autour du feu pendant que j'allais sous la lune tirer des arrosoirs d'eau pour rincer la vaisselle, était la plus belle histoire qui alimentait les veillées de fin de semaine chez ceux qui venaient à Regain pour chercher l'évasion, oublier le bureau, l'usine ou l'école.

Ce soir-là donc, après les chants, les crêpes et la tisane, on avait voulu préciser un détail resté jusqu'alors dans l'ombre, le problème sentimental.

D'un commun accord, il fut établi que pour éviter des heurts et des vices de forme, la solitude physique pouvant entraîner tour à tour des drames émanant de la neurasthénie, la constitution de ménages à trois, des meurtres pour suppression d'un rival, ou encore des anomalies sexuelles telles que la formation de couples de lesbiennes ou de pédérastes, le visa de ce passeport pour Cythère ne saurait être décerné qu'aux couples reconnus avant le départ pour le Paradis terrestre. On était volontiers libéral, et on reconnaissait aussi bien les conjoints unis devant Monsieur le maire ou Monsieur le curé, que les concubins. Sur ce problème épineux tout le monde était d'accord, y compris le chef, et pour cause, Béatrice était déjà passée devant Monsieur le maire et Monsieur le curé, mais avec un autre.

Sur le yacht dont l'aviateur était devenu peu à peu capitaine, trop démuni pour s'acheter un porte-avions, même de tourisme, on reconnaissait donc les mariages, les réguliers ou les autres, conclus sous la Troisième République française, et qui seraient régis par les mêmes lois en République communautaire atollique. Là-bas, hommes et femmes jouiraient conjointement des mêmes droits, devoirs et obligations. Dans ce pays sans argent où l'oisiveté serait maîtresse, l'homme aurait le loisir de faire la vaisselle, la couture ou raccommoder les filets de pêche pendant que la femme, des fleurs dans les cheveux, enfilerait des perles.

L'union était parfaite. Mais l'incident jaillit lorsque l'ex-aviateur, en chef vénéré, voulut prévoir le pire et exigea les garanties des garanties. Le couple, c'était idéal, mais à une condition, c'est que la règle de fidélité réciproque et d'amour absolu, indissoluble, soit codifiée *ad vitam aeternam.*

En cas de décès de l'un des conjoints, le survivant avait l'alternative réjouissante du suicide de désespoir, ou du vœu de chasteté. Il deviendrait grand prêtre de la communauté, à la manière des druides, si c'était un homme, ou vestale, s'il s'agissait d'une veuve.

Raoul de Sarraud avoua alors qu'il ne pouvait souscrire à de tels engagements, car il n'était pas certain de pouvoir être fidèle à Denise, durant sa vie; il aimait le changement, et s'il trouvait dans la communauté une fille qui fasse mieux l'amour, il ne jurait plus de rien.

Denise eut sa crise de larmes. Hastier eut peur qu'on lui prît sa Béatrice. Il avait jeté de l'huile bouillante sur le feu et Raoul, d'une douche froide l'avait éteint. On alla se coucher, pensant que la nuit porte conseil.

A Pâques, au retour des Nîmois, il ne fut plus question de voyage. On avait du reste, dans l'intervalle, bien oublié la guerre. Regain dans sa combe paisible qui envoyait ses chants aux jeunes Allemands par-delà les frontières, vivait sans poste de TSF, sans journaux alarmistes, loin du tohu-bohu des villes.

Parfois chez Hastier, les beaux jours ravivaient des envies de départ. Dans ces moments, il envisageait de prendre la route; en nomade, il se voyait travaillant dans des fermes, couchant à la belle étoile, s'évadant vers les pays chauds, droit devant lui. Il écrivait à Béatrice, qui avait réintégré la Côte après sa folle escapade en Haute-Provence, se déclarait prêt à fuir avec elle; l'idée, elle aussi, l'enthousiasmait, mais là où ils n'étaient plus d'accord, c'est que lui voulait partir à pied, et elle en taxi...

Un tournant décisif vint mettre un terme à leur différend avec l'intrusion d'une rivale dans le cœur de l'aviateur, une Arlésienne, nommée Mireille, comme il se doit, une fille pleine de charme, au sourire enjôleur, au profil grec, qui portait le costume arlésien avec distinction et grande allure. De quoi conquérir Hastier, toujours chevaleresque et épris de tradition. Cette jeune personne, vendeuse en frivolités, qui aimait la grande vie, le bal, l'équitation et les corridas, lui fit part de son nouveau dada, posséder une hacienda dans le Luberon pour y jouer au gaucho et y élever des chevaux sauvages.

Hastier, toujours impulsif, orienta donc les veillées, les sorties, les contes de fées utopiques sur son dernier rêve, la création dans le Luberon du plateau de l'Amitié, à l'image du plateau Grémone, où l'on fonderait, revue et corrigée, une nouvelle communauté, sans Raoul, au service de sa nouvelle conquête. De ses visites aux « Vraies Richesses », il en avait déduit que le Luberon, ses milliers d'hectares à l'abandon, ses fontaines innombrables, ne manquait pas de réserves.

Il eut le coup de foudre pour des maisons à demi écroulées, qui ne demandaient qu'à être ressuscitées par des colons décidés à vivre en tissant la laine et en remontant aux sources de l'Aiguebrun et de la simplicité. Il resterait toujours bien un four pour cuire le pain et une cheminée pour entretenir la flamme de l'amitié, voire de l'amour. Ce qui rendait le Luberon si séduisant, c'est que là-haut, la terre était moins basse qu'ailleurs. Elle se présentait au dilettante sous forme de belles terrasses soutenues par des murs de pierres sèches et il n'était point besoin de se baisser pour la travailler.

Il fut décidé de consacrer le bulletin suivant au problème (sérieux cette fois) du retour à la terre, on publierait un article d'Astuce, un autre de Boniface, un véritable paysan celui-là, et Giono ne refuserait pas un éditorial. Hastier rédigea à cet effet sa plus belle lettre, dans laquelle il était question de l'amour de son prochain et de sa prochaine, selon le mot de l'abbé Bridaine. Il invitait Mireille à venir « goûter le miel de leur amour sur le pain des Lanceurs de Graines... »

Mais avant même la parution de la *Lettre à Mireille*,

l'ingrate remit tout en cause, préférant la vie d'un mas confortable du côté de Cacharel, à la vie biblique du plateau, nullement alléchée par la tartine de miel d'Hastier.

Une nouvelle équipe s'était formée. A ceux de l'ancien Pâques, Lorenzo, Natacha, Lischka la Strasbourgeoise, s'étaient ajoutés Georges de Vesoul, Suzanne de Reims, les Nîmois, et de nouveaux Avignonnais.

En vérité, je vous le dis « Heureux ceux du présent. »

Hastier, compère et confident des uns et des autres, toujours d'humeur égale, toujours présent et populaire, avait mené le jeu de main de maître, durant ces quinze jours. Il était parvenu à faire croire à Jacques d'Avignon qu'il chantait juste, à Reboulin qu'il aimait les topinambours, à Arthur que son vin était bon, à Cyprien qu'il était intelligent, et à moi que j'étais amoureux de Laurence, une fille brune que j'avais trouvée sympathique et qu'Hastier avait décidé de me faire épouser pour le plus grand bien de tous. Comble, il était même parvenu à faire croire à Sosthène qu'il était beau!

OÙ L'ON FAIT CONNAISSANCE
AVEC SOSTHÈNE DIT « LES ÉLÉGANTS »
ET ODRY « LE MATHÉMATICIEN »

S I le rire est le propre de l'homme, le rire bête semblait définir Sosthène, dit « les Élégants », un surnom qui ne devait certes rien à sa tenue vestimentaire, mais qu'il avait hérité de son emploi de livreur au magasin de confection de la place Carnot en Avignon.

Dans toutes les auberges de jeunesse de Provence son rire était proverbial. On disait : « Il rit comme Sosthène », comme on aurait dit : « Il est riche comme Crésus. » Il le savait et n'en était pas peu fier.

Heureusement pour notre homme c'était ce qu'il avait de plus bête, ce rire niais, énorme, vulgaire, aussi large que sa grande bouche fendue jusqu'aux oreilles. Il riait pour rien; si, de ses jeux de mots; mais cela revenait au même. Il riait pour se donner de l'importance. Il riait, j'allais dire pour rire, car quand les autres riaient pour de bon, lui, ignorant les subtilités de l'esprit, ne riait pas.

Ce rire était devenu une habitude, un tic, une infirmité, une tare. Il avait dû rire étant enfant comme d'autres sucent leur pouce. Il riait de bouche, de dents, de joues, d'yeux plissés et presque d'oreilles. Il riait en surface, marqué en profondeur par une tristesse chronique. Il avait connu une enfance malheureuse et comme de la varicelle ou des oreillons, il lui en était resté quelque chose. Son plaisir il le trouvait dans le drame, et pleurait à chaudes larmes devant *La porteuse de pain* ou *Les deux orphelines*. Il n'appréciait guère les Marx

Brothers, Laurel et Hardy et ne savait compatir aux malheurs de Buster Keaton. Quant à Charlot, ce n'était pas son cinéma, c'était son tous les jours.

Certes il avait ses joies dans l'univers des auberges, le seul qui lui fût accessible à lui, le pauvre diable exploité, le souffre-douleur, l'homme de peine, le factotum, l'éternel parent pauvre de la société. C'était bien là l'unique endroit où on le prenait au sérieux, où il pouvait briller, où sa personnalité avait pu s'épanouir. Monde de grands enfants, de purs, de naïfs, de rêveurs, de poètes, monde où parmi les intellectuels, les professeurs barbus, les étudiants à longs cheveux, les toubibs à lunettes, il devenait, lui, le Sage. Ne le consultait-on pas le soir, aux longues veillées d'hiver, dans la remise de Regain, pour savoir si un véritable militant anarchiste devait ou non participer à une prise de pouvoir? De cette république des jeunes, des égaux, il était le citoyen d'honneur avec sa popularité et déjà sa légende.

Pourtant il était moins bête qu'il ne le laissait paraître, car il avait du bon sens. Il avait même le goût sûr, trop sans doute. Il cherchait femme depuis longtemps mais ne s'avisait de demander la main qu'aux plus jolies filles. Vu qu'elles étaient difficiles elles aussi, le problème n'eut jamais de solution. Sosthène, ni beau ni très raffiné, était sale de surcroît, ce qui n'arrangeait pas les choses.

A Oric l'instituteur qui lui disait : « Tu ne te maries pas, parce que tu es trop crasseux. » En bonne logique, il répondait : « Mais il doit bien exister des femmes négligées! »

Pourtant on insistait, par sympathie, par compassion : « Sosthène, tu devrais te laver! »

Alors il y consentait, docilement, mais mal, ne se rinçait pas, et gardait le savon de Marseille dans ses cheveux en guise de brillantine.

Un jour, on le mena au bassin de Zizi chez le pauvre père Corbillard, qu'une fille avait baptisé ainsi après sa première attaque. On le décapa consciencieusement, sort réservé d'ordinaire aux buffets de chez Mlle Trottini, l'antiquaire. On le frotta avec la prêle des champs, la saponaire, des cristaux de soude. Il sortait du jus noir! Il riait, mais non sans raison cette fois, car on lui chatouillait le nombril, à défaut de l'amour-propre.

Une fois cependant, il eut sa chance. Augusta et Agrippine, deux habituées de Regain, s'étaient mis en tête de le marier avec Magali, une brave fille de Beaucaire, pas trop propre, pas trop jolie, pas trop intelligente, qui de son côté cherchait l'âme sœur. Pour que l'opération courrier du cœur réussît, il fallait réunir deux conditions impératives : que Sosthène fût présentable et qu'il ne découvrît pas trop ses grandes dents.

On s'était poussé pour laisser à la fille la seule place disponible près d'un Sosthène flambant neuf qui étrennait un magnifique costume de cycliste vert pomme. Hélas, trois fois hélas, Magali flaira l'embuscade; au début du repas on la sentit mal à l'aise. Seul, Sosthène, rayonnant et qui voulait briller, arborait son rire des grands jours.

Ce fut catastrophique. Hilare, il se lançait dans des histoires salaces dont il ne se rappelait plus la fin, leur ôtant ainsi tout le sel dont elles étaient déjà fort dépourvues. Pour sauver la face, j'essayai bien de raconter des drôleries afin d'empêcher l'autre de s'esclaffer. Rien n'y fit. Sosthène ce jour-là ricanait même aux plaisanteries fines!

Au dessert, il eut le vin triste, fit des confidences, parla de sa tante qui l'avait élevé, « cette vieille salope »! Il en riait de pleurs, au milieu de l'euphorie générale à l'exception de sa voisine visée par des sous-entendus, qui ne l'étaient pas assez.

Le soir, pour se disculper, Augusta et Agrippine prirent à partie une Magali furieuse :

« Mais que lui reproches-tu? C'est un brave garçon, gai, serviable, travailleur, bon comme du pain... »

Et l'autre de répondre :

« Mais puisqu'il est si bien, pourquoi m'en faire cadeau? Prenez-le, je vous le laisse! »

Dans cette entrevue, Sosthène ne trouva pas la grande

aventure qu'il souhaitait avec tant de candeur, ni même l'once d'une petite. Cela ne l'empêcha pas de tomber amoureux des quantités d'autres fois. Pourtant Sosthène n'était pas volage. Il ne voulait que se marier avec une fille jolie, intelligente, bien faite, affectueuse et riche.

Pour tout bien, il possédait une tente, un morceau de grosse toile qui était son havre, son refuge, sa fuite. Une minuscule cellule sous laquelle il ne tenait pas debout, morceau de bâche grossière qu'il tendait entre deux branches de pin. Tel était son domaine, son paradis, son chez lui qu'il véhiculait derrière son vélo dans une pauvre remorque, une boîte à savon montée sur de petites roues disparates achetées au marché aux Puces. La caisse était peinte en vert, aux couleurs du vélo et du costume, Sosthène avait une préférence marquée pour la couleur de l'espérance. Elle arborait un feu rouge, un clignotant et un numéro d'auto se terminant par ZA 4. Sur fond blanc se détachaient une croix rouge et les lettres S.S.R. initiales du Service du Secours routier. Scout au temps de sa jeunesse, Sosthène en avait gardé des notions de secourisme. Il avait ainsi créé ce service tout personnel pour venir en aide aux personnes blessées qu'il pourrait rencontrer sur sa route; ses postes de secours dont il avait jalonné ses itinéraires de prédilection n'étaient autres que des cabanons destinés aux premiers soins. Sa trousse pharmaceutique, installée dans la remorque, tenait en tout et pour tout en une boîte de biscuits Caïffa où étaient reproduits les sigles de la croix rouge et des lettres S.S.R.; il s'y bousculait un flacon d'alcool de menthe, de la teinture d'iode, des feuilles d'arnica et du coton hydrophile. Les pansements de coton étaient bien un peu douteux mais l'intention de secourir son prochain, même avec les mains sales, n'était-elle pas un geste magnifique?

Sa tente s'ornait de superbes itinéraires. On pouvait y lire le nom des villes et des villages visités et s'imaginer pourvu qu'on ait quelques pas de recul que cette toile évoquait de grands voyages en de lointaines contrées. A y regarder de plus près, on s'apercevait vite que les pays évoqués ne dépassaient pas les limites du Vaucluse et que seul le circuit du Verdon célébrait une grande pointe poussée dans l'inconnu bas-alpin. Sosthène en avait rapporté des cailloux pour décorer sa table de chevet, une branche de romarin et des vers libres qui feraient rêver bien des poètes modernes. Ils avaient entre autres l'avantage de pouvoir s'adapter sur la musique de *la Marseillaise* et d'*Auprès de ma blonde!*

L'inventaire serait incomplet sans la petite couverture de l'armée, oh, un couvre-pied, tout au plus, qui préservait du froid notre campeur. C'était bien peu de chose que cette toile de coton, mais Sosthène ne pouvait se payer tous les luxes : la T.S.F. et le confort dans le matériel de couchage...

Il fuyait l'eau car il n'aimait que le vin, se souciant peu qu'il soit blanc, rosé, mousseux, cuit, chaud, frappé avec des fraises, en apéritif, vin de rôti, de messe ou de dessert, châteauneuf-du-pape ou démocratique 9°, comme c'était, hélas! le plus souvent le cas. Il lui répugnait seulement en tache sur le visage de sa tante. Celle qui lui avait rendu l'enfance malheureuse, son carcan, sa raison de mourir.

Alors il voyageait au gré des bistrots ou des débits de gros rouge. Aussi Regain était-il pour lui un lieu providentiel; guère d'eau, le puits était profond, la fontaine de Zizi si loin. Quant aux horizons, le camp ne manquait pas de grandiose, et pour le vin, cocagne! Il lui suffisait d'aller trouver Arthur avec son « litron ».

« Remettez-vous, disait l'autre, qui lui payait sa tournée dans des verres poisseux, mais baste, on n'engraisse pas les cochons à l'eau claire! »

Après quelques couplets de *Si l'on ne s'était pas connu* et de l'éternel *J'ai ma combine,* Sosthène allait rejoindre à l'auberge les buveurs d'eau et les végétariens.

En arrivant dans la cité papale, Odry le mathématicien, qui avait lu tout au long des routes rhodaniennes
les panneaux du Syndicat d'initiative « Avignon, votre
prochaine étape », « Élégance et beauté » trouva une
matérialisation frappante de cette alléchante publicité
en la personne de Sosthène qui arpentait la rue de la
République en compagnie d'Elzéard — un fada celui-là.

Avec son costume vert pomme, ses mains sales, la tête
recouverte d'un grand sac de charbonnier qui lui
tombait dans le dos, l'homme ne passait pas inaperçu.

« Eh bien, on ne s'embête pas ici », s'exclama Odry en
accostant « les Élégants ».

Et tendant une main décidée à Sosthène et Elzéard, il
ajouta :

« Odry, professeur agrégé de mathématiques supé-
rieures, et sa régul. »

Autant Sosthène était petit et tout en largeur, autant le
mathématicien était grand et sec. Sosthène offrait un
visage épanoui et rouge, celui d'Odry était osseux et
tourmenté. Avec ses lunettes, son complet noir et sa
cravate, une serviette de crocodile sous le bras, accompagné d'une jeune femme blonde, charmante et distinguée, Odry fit une grosse impression sur Sosthène,
interloqué, qui ne sut que répondre.

« Je constate que tu fais partie des Auberges de la
Jeunesse puisque tu portes l'insigne, eh bien, nous aussi.
Nous sommes à la recherche d'une auberge que seul un
Avignonnais comme toi peut nous aider à trouver. »

Et il les entraîna boire un demi au Palais de la Bière.

Attablé derrière un « formidable » à 0 fr. 75, Odry
demanda à Elzéard ce qu'il faisait dans le civil. Elzéard
étant bègue, inutile de perdre du temps à transcrire
ses explications. Le pauvre! Il travaillait l'été chez un
maréchal-ferrant à chasser les mouches avec un plu-
meau pendant qu'on ferrait les chevaux; l'hiver, il était

ramasseur de chapeaux : les jours de mistral, il se postait au bord du Rhône sous le rocher des Doms et attendait qu'il tombât des chapeaux, car là-haut à la table d'orientation, les touristes étrangers se laissaient facilement dépouiller de leur couvre-chef.

Sosthène, lui, expliqua qu'il était livreur aux Elégants mais que depuis une semaine il avait perdu sa place, vu qu'on avait voulu lui imposer la livrée, ce qui était proprement inadmissible pour un antimilitariste comme lui. Rien de tel pour lui valoir *ad vitam aeternam* les compliments et l'estime d'Odry. Ce dernier avait serré une main gluante et lui demanda s'il travaillait dans l'alimentation.

« Juste! répondit Sosthène, dans la confiserie! »

Il expliqua d'ailleurs que depuis l'après-midi, il était devenu l'homme de confiance du patron à cause d'une histoire de rats. Car en dehors de l'alimentation des chaudières, du nettoyage des caves et de la manutention, Sosthène était préposé aux rats; tout heureux de son effet, il se lança dans une savante explication : « Chaque jour à la fabrique de fruits confits il se noie de gros rats dans les grandes cuves, de ces rats à longue queue et au ventre poilu; ils se gorgent de sirop et nagent à la surface avec des bedaines bombées comme de gros bourgeois qui font la planche à Juan-les-Pins. Il ne leur manque que le cigare... (et de rire). Alors je les attrape et les jette sur le sol de la cour en les balançant par la queue, et en tombant ils font flic ou flac! »

L'après-midi même, M. Bigarreau *, le patron, lui avait fait remarquer, avec juste raison, que le sirop absorbé par les rats trop gourmands constituait une perte sèche pour l'établissement. Pour récupérer, il n'y avait qu'une solution : tenir de la main gauche le rat par la queue au-dessus de la cuve et de la main droite en pressant vigoureusement de haut en bas, faire rendre à

---

* Le lecteur, pour une fois, excusera un nom d'emprunt, la confiserie en question ayant toujours pignon sur rue, avec des vitrines colorées et alléchantes.

l'animal tout le sirop absorbé, et donc volé à l'établissement.

Sosthène, ravi d'un auditoire aussi attentif, mimait la scène avec conviction. Consciencieusement, il poursuivait l'opération jusqu'à ce qu'il ne restât plus une goutte de sirop et son numéro se terminait en imitant de la langue le bruit sec que faisaient les rats desséchés sur le sol de la cour, toc! ou tac!, suivant le côté sur lequel ils tombaient.

Ne perdant pas le nord, Odry sortit de sa serviette la carte Michelin 81 et s'enquit auprès de Sosthène de l'auberge qu'il cherchait — du caractère de François, du ravitaillement et, enfin, des routes par où on accédait à ce lieu isolé.

Le lendemain, un samedi, il fut convenu que Sosthène qui bénéficiait de congés pendant la période électorale (M. Bigarreau étant candidat) accompagnerait jusqu'à Regain le professeur et sa femme. Au terme d'une tournée de pastis, Sosthène se sentait l'âme généreuse et il invita le ménage Odry à souper et coucher chez son ami Oric l'instituteur, « qui se ferait un plaisir d'héberger des hôtes de marque ».

« Il est brave Oric... et sa femme est belle... Oh que sa femme est belle! »

En effet la femme d'Oric était jolie. Ils offrirent l'hospitalité sans arrière-pensée à Odry, un membre de la grande famille des auberges. C'était là chose naturelle. On ajouta deux couverts dans la petite salle à manger, deux hectos de brandade de morue, des olives, un litre de tavel rosé. On arrêta « le poste » malgré un discours de Boulanger, pour laisser la parole au mathématicien qui raconta à la suite de quelles aventures il se trouvait en Avignon ce soir-là.

L'administration venait de l'expatrier du lycée de Digne à Quimper, rapport à différents scandales dont il s'était rendu coupable; entre autres, un télégramme au président du Conseil dans lequel il employait le mot de Cambronne, une dispute publique avec le président de la ligue des familles nombreuses et de subtiles farces de collégiens à la femme du sous-préfet et à celle du capitaine de gendarmerie. Bien décidé à ne pas rejoindre son poste, il avait enfourché sa bicyclette pour un tour de France, empruntant les Auberges de la Jeunesse, car il estimait que les cyclistes, tout professeurs agrégés qu'ils soient, n'étaient pas reçus dans les hôtels avec une considération suffisante.

Le dimanche, vers la fin de cette journée de mai où la lumière est plus limpide et plus reposante, à cette heure si douce et si claire, nos voyageurs arrivaient en vue des montagnes bleues dont les cimes s'estompaient dans le ciel et dévalaient mollement vers les combes profondes, dominées par les villages de Gordes, Oppède, Lacoste, Bonnieux, Saignon et leurs masses ciselées et burinées dans le roc.

Les campeurs emportent souvent avec eux une flûte légère ou un harmonica. Sosthène qui aimait la musique s'encombrait lui d'un poste de T.S.F. Les sons s'échappaient d'une lourde carcasse en marqueterie qu'il avait fixée au porte-bagages avant du vélo. Les accus étaient installés à l'arrière, l'antenne fixée au cadre surmonté du fanion vert des auberges, et tout autour du guidon les fils s'entremêlaient savamment. Heureux Sosthène pédalant, tandis que la musique de chambre, égrenée par la brise, lançait un défi aux incrédules.

Dans le plat de Bonnieux on mit pied à terre. Sosthène en profita pour vider son litre de rouge et sortit de sa sacoche à outils (joignant disait-il « l'outil à l'agréable ») un gros melon confit qu'il partagea de son couteau aux rancissures d'ail. En grignotant du bout des doigts, Odry et sa compagne observaient avec une curiosité non dissimulée l'attirail de leur guide.

Quand ils eurent dépassé les falaises de Roussillon plus rouges que les rochers de l'Estérel, et les dunes de sable jaune de Gargas, ils s'enfoncèrent en direction du

grand pays bleu, sur ces longues routes blanches et
droites qui à travers les terres mamelonnées remontent
insensiblement vers les collines. Les amandiers maintenant bordaient la route. On cheminait à travers les
champs de blé presque mûrs, les oliveraies, les plantations de petits chênes truffiers, les lavandins touffus et
les vignes encore tendres.

« C'est là-bas, s'exclama Sosthène », montrant du
doigt une petite tache claire au fond de la combe la plus
échancrée.

Un pot de peinture à la main, agenouillé dans l'herbe,
je finissais de tracer une flèche rouge sur une grosse
pierre plate. Cette borne rustique allait marquer l'entrée
de mon domaine. Au-dessous j'inscrivais : REGAIN 1 000 m
quand j'entendis les longs gémissements de la remorque.

« 1 000 m! s'exclama Sosthène, Tu es le roi! »

Je me retournai, surpris de découvrir près de Sosthène ces invités extraordinaires, à qui j'expliquai qu'en
réalité, il y avait un bon kilomètre, mais que c'était là un
petit mensonge psychologique pour ne pas décourager
le voyageur fatigué.

A pied cette fois, nous nous mîmes en route tous les
quatre pour l'ultime étape. Sosthène, *peuchère*, suivait
derrière car le moindre caillou bloquait net les petites
roues, et engendrait des arrêts intempestifs.

« On arrive, on arrive, c'est là au bout », dis-je pour la
troisième fois.

Mais Sosthène savait lui que c'était fadaises, qu'en
réalité la plus mauvaise passe restait à franchir.

Lorsque au bout de la vigne, l'auberge illuminée
apparut enfin, je savais déjà que si Odry était venu
spécialement jusqu'à moi, c'était à cause d'un manifeste
contre la guerre que j'avais écrit sur le livre d'or de
l'auberge de Tarascon, où s'était tenu, six mois auparavant, un grand rassemblement pacifiste.

Le repas achevé dans la vieille cuisine de Regain, je servis dans des tasses de terraille verte, l'inévitable thé du Luberon, une infusion à moi, à base de plantes aromatiques que je ramassais sur les plateaux au cours de mes longues courses.

Le thé du Luberon, l'une des multiples spécialités de Regain au même titre que la soupe au thym, les crêpes au miel ou les galettes aux fruits confits d'Apt, était qualifié tantôt de délice, tantôt de purge! Mais un fait était certain, quand vous le buviez, tout le pays vous descendait dans la gorge avec l'amertume des merisiers et des lavandes, mêlée à la douceur des amandes et du miel.

Autour de la table de noyer j'avais fait les présentations. D'emblée, comme ceux qui arrivaient à Regain au soir d'une journée de marche, Odry et sa femme s'étaient incorporés au sein de « l'auberge aux grands bras », famille errante du peuple de la route réunie au hasard des chemins, groupée fraternellement un soir autour d'un mets frugal, ou d'une *aïgo boulido* à la sauge.

Le miracle de Regain agissait; spontanément chacun se trouvait chez lui et acceptait une promiscuité qui aurait pu être insurmontable en d'autres lieux pour des individus marqués d'une forte personnalité, venus là d'horizons sociaux, politiques, religieux et géographiques si divers.

Odry l'anarchiste et poète du chiffre fit la connaissance ce soir-là de Clazab un professeur d'histoires naturelles, chasseur de papillons à ses heures, qui avait aussi la passion des lichens, d'Hastier l'aviateur, génie fou ou apôtre, de Séraphin authentique paysan bas-alpin, esprit subtil sous une carapace de béotien, qui disait plaisamment cultiver ses terres la semaine et venir se cultiver le dimanche, de Reboulin, de Margot, de Bébert, de Laurence, d'Arthur...

Odry était fou de calcul mental et il était parvenu devant huissier à élever de tête un nombre de dix chiffres au carré et pour le plaisir, comme d'autres récitent des vers, il retrouvait le jour d'une date prise au hasard, pouvant remonter jusqu'au Moyen Age.

Ensuite, ce fut le quart d'heure de Sosthène. Il ne nous fit pas grâce de son succès, *La coupo santo*, qu'il chantait y mettant tout son cœur, ses poumons, se souciant comme d'une guigne de l'air et des paroles. Ce n'était plus du Mistral, c'était du Sosthène. Ce n'était plus une coupe, c'était un abreuvoir.

Mais comme le héros faisait montre de timidité et de caprices de prima donna, il s'installait lors de son récital à quelques mètres de la maison, dehors sous la glycine. On ouvrait toutes grandes portes et fenêtres, et il chantait si fort, qu'au loin dans les rochers, sous les abîmes de Travignon, les renards apeurés cessaient leurs chants d'amour.

Ce stratagème permettait à Sosthène de se croire une authentique vedette et aux auditeurs de rire en catimini, sans l'offenser. Il faut rendre cette justice à l'auditoire d'avoir toujours écouté religieusement, aidé en cela par la complicité de la nuit sans avoir jamais trahi le secret. Car, le morceau terminé, lorsque Sosthène entrait triomphant tel un ténor d'opéra sur l'avant-scène, les applaudissements retentissaient, chaleureux, et les exclamations, enthousiastes.

Sosthène riait de bonheur. Alors je décrochais du mur un chauffe-lit de cuivre pendu entre les portraits de Giono et de Mistral, ouvrant et refermant le couvercle pour imiter le rire de Sosthène revu par Walt Disney. Sosthène ne se fâchait pas, au contraire, il s'esclaffait de plus belle et un rire énorme, un rire jeune et frais, un beau rire des temps anciens retrouvés jaillissait spontanément et bondissait comme la flamme de l'olivier dans la cheminée, gagnait l'assistance tout entière et dans le chœur des rires, au milieu des petites voix aiguës des filles, au milieu des rires ténors ou altos, son gros rire faisait la basse.

Arthur, l'ancien habitant de Regain, qui avait gardé dans l'une des nombreuses dépendances de ce mas plein de courettes, de remises, de pigeonniers et de bergeries, une cave voûtée où il conservait le vin qu'il récoltait encore dans la combe, fêtait la *coupo* à sa manière et allait tirer une cruche de son vin.

Tous en chœur reprenaient le refrain célèbre en provençal : *Coupo Santo E versanto...*

> *Vuejo-nous lis esperanço*
> *E li raive dou jouvént,*
> *Dou passat la remembranço,*
> *Et la fe dins l'an que ven.*

> *Verse-nous les espérances*
> *Et les rêves de la jeunesse*
> *Du passé le souvenir*
> *Et la foi dans l'an qui vient.*

Odry qui n'entendait rien au provençal chercha à ramener la conversation sur un sujet qui lui était plus favorable. Il expliqua quels « incidents regrettables » étaient à l'origine de son congé exceptionnel, mais en tant que professeur agrégé il ne désespérait pas d'obtenir une mission à l'étranger. Et tandis qu'il se promenait de long en large dans la cuisine, peignant de ses grandes mains fines ses cheveux noirs, j'observais sa maigreur, son visage tourmenté et osseux d'intellectuel, ses yeux perçants mais empreints de bonté, enfoncés, tels des yeux de hibou derrière des lunettes dorées.

Une semaine plus tard, deux camions apportaient à Regain un vrai déménagement; les biens meubles d'Odry le mathématicien, c'est-à-dire, outre le mobilier commun à tous les ménages de professeurs, une bibliothèque de deux mille livres, des globes terrestres en verre formant table de chevet, des tableaux noirs, des mannequins de couturière, des réchauds à gaz, un piano, une collection de journaux libertaires, l'encyclopédie anarchiste de Sébastien Faure, des « tables de logarithmes », des rouleaux à polycopier, des chemises, des classeurs et des plaques de propreté!

Dans la grande remise, une ancienne bergerie, qui servait de salle à manger les jours de gala ou d'affluence, on installa le piano, la bibliothèque, un phonographe et les tableaux noirs.

Sur un des tableaux Odry écrivit à la craie à peu près en ces termes :

« *Au garde-meuble, j'ai préféré Regain.*
A la propriété morte, j'ai préféré la mise en commun vivante.
Pour combien de temps, je n'en sais rien.

Amis, lisez mes livres, jouez sur mon piano, dormez dans mon lit, mangez dans mes assiettes.
Donnez, selon vos goûts, de la vie à maints objets qu'un seul propriétaire trouve tout au plus le temps de classer.

Laissez aux bourgeois la propriété individuelle et la pensée en commun.
Possédez en commun et pensez seuls.

Protégez ces objets disparates qu'une moitié de vie a groupés — mais profitez-en. Je vous volerais si me promenant par les routes, je laissais dormir le fruit du travail de plusieurs milliers de prolétaires.

Faites que mon expérience réussisse et se répande.
Faites que, déçu par de pénibles expériences sociales, je trouve ici l'embryon d'une société nouvelle que je ne cesserai jamais d'espérer.

Marcel le Nomade »

A Regain, le seul instrument précis susceptible de donner une notion du temps était le calendrier offert en début d'année par le facteur Razoux. C'est qu'on ne lisait pas les journaux et par principe je n'avais jamais voulu de T.S.F. dans l'auberge. Il y avait bien la vieille horloge des Roi, mais ce n'était guère une horloge à égrener les heures, c'était plutôt une horloge de décor, au même titre que le mortier à aïoli, le pétrin, le vaisselier et ses assiettes jaunes, les *caléu*, les chenets, les rideaux à carreaux blancs et rouges et tous les objets anciens qui donnaient à la pièce ce petit air familial qu'on ne trouvait pas partout. J'avais une profonde aversion pour les réfectoires, les salles communes d'auberge modèle, et leur vague parenté avec l'anonymat de la caserne ou de la pension. Dans la salle à manger de Regain, j'avais réussi à reconstituer la cuisine provençale, une sorte de musée vivant où l'on ne mettait pas dans la cheminée une ampoule rouge sous des bûches factices, où la broche conservait son emploi, où le soufflet asthmatique et grinçant entrait en action chaque matin, où même les chauffe-lits pendus au mur retrouvaient leur utilité certains soirs d'hiver afin de chauffer les draps de quelque hôte trop frileuse.

La vieille horloge donc, que d'aucuns pensaient dater de Louis le quatorzième, ne possédait plus à l'inverse d'Odry la mémoire des chiffres. De temps à autre, elle énonçait une heure pour une autre, bégayait, omettait de prononcer les répliques, n'achevait point de sonner les douze coups de minuit et certains jours, ne faisant son travail qu'à moitié, poussait la paresse jusqu'à ne sonner que les demies !

Hormis l'horloge, il y avait le réveille-matin de l'auberge, mais il vaudrait mieux n'en point parler, car il n'avait jamais réveillé grand monde. Un bourdon dans la glycine, un rayon de soleil à travers les volets épais et mal joints, le chant de l'alouette dans la combe, les toc-toc du pic-vert dans le tronc du mûrier, les stridulations d'une hirondelle sous le porche, l'appel désespéré d'une chèvre affamée oubliée dans un coin de l'étable, le grincement de la poulie du puits, le bruit familier du café qu'on moud ou le grand rire de Sosthène suffisaient amplement.

Tous mes « passagers de la belle étoile » les connaissaient trop, les réveils nasillards de table de marbre et de chambres garnies, réveils à l'aube froide et brumeuse des petits jours blafards, réveils de collèges, de casernes, de métros, d'autobus, de trains de banlieue, de sirènes lugubres, de sifflets stridents, réveils de café-crème sur le pouce, de sandwiches à la sauvette, de croissants à la margarine, ces réveils de gens mal éveillés, qui ont mal dormi, écrasés seulement de fatigue, au milieu des rumeurs nocturnes de la grande ville toujours inassoupie.

A Regain, le voile léger du rêve devait être dissipé lentement d'une main de velours, qui prenait progressivement la forme d'une lèvre de femme, d'une page de livre ouvert auprès du lit, d'une affiche sur le mur, d'une caresse du chat Arsène, d'une tasse de café chaud, du sourire d'un ami ou d'une farce stupide d'Elzéard. L'heure y avait aussi droit de cité par une florissante série de cadrans solaires, dont le pittoresque n'était pas le moindre mérite.

Ce brave Sosthène les avait peints un dimanche de ce joli mois de mai 39, leur conférant une originalité certaine, en les dessinant tous ou presque à l'ombre. Sosthène se sentait des talents d'artiste. L'été précédent, il s'était attelé à la décoration intérieure de l'auberge sacrifiant le manteau de la cheminée, d'où émergeait un soleil levant jaune caca d'oie qui entremêlait des rayons torves à l'insigne des auberges.

Dorénavant, sur le linteau trônait un gros bouquet de genêts ou de lilas, masquant ainsi le soleil de Sosthène qui disparaissait derrière une belle cruche rustique, et l'honneur était sauf!

Je m'étais inquiété à l'arrivée de la remorque emplie, cette fois, non des traditionnels couvercles de seaux de confiture — Sosthène étant le grand pourvoyeur de plaques indicatrices du chemin — mais de pots de badigeon, aussi est-ce avec un soupir de soulagement manifeste que j'appris que Sosthène venait avec l'idée bien arrêtée de peindre des cadrans solaires et non de poursuivre la décoration des autres pièces.

On limita les dégâts, orientant le peintre en cadrans sur des murs, sans danger pour l'esthétique générale. Ce qui valut l'éclosion d'un cadran près des cabinets, d'un autre près du poulailler, d'un autre dans la cour derrière le portail, près du rosier.

La peinture de Sosthène était prolifique, criarde, envahissante. Sosthène avait du talent, mais un talent dilué dans une trop grande quantité d'eau, de poudre, de pinceaux mal lavés, d'instruments de mesure apparentés à un système asymétrique dans lequel les manches de râteau à foin étaient utilisés comme unité de précision. Mais l'artiste peignait avec la foi qui animait les bâtisseurs de cathédrales. On lui pardonnait tout car il barbouillait avec son cœur. Peinture primitive, touchante, naïve, pauvres richesses, patrimoine artistique de la maison des humbles et des savants. Chapelles des temps nouveaux, les auberges allaient-elles se recouvrir de fresques? Toutes ne pourraient se flatter d'abriter des Botticelli, mais le geste était gratuit, l'intention était noble, que pouvait-on exiger de plus?

Le dernier cadran, un chef-d'œuvre celui-là, inévitable et incontesté, en plein soleil comme une vengeance, était plaqué sur le mur de l'entrée, juste contre le portail, ressemblant avec du recul à un menu de restaurant huppé affichant une ribambelle de plats.

Impartialement, je dus reconnaître avec les autres qui assistaient au vernissage de cette galerie de cadrans, que ce dernier « ne faisait pas figure » comme on dit à Apt, mais ça ne donnait pas l'heure pour autant!

Lorsque Odry les avait observés, il avait levé les bras au ciel et prenant le soleil à témoin, s'était lancé à l'intention de Sosthène dans une longue théorie où il n'était question que de méridienne, de latitude, d'inclinaison, de perpendiculaire $AQ' = AQ$, de verticale QA et même d'un angle, tenez vous bien, $AQ'Z$! Sans parler d'heures légales ni d'heures solaires...

Sosthène par complaisance écoutait poliment, mais il « se pensait » que ces choses-là ne pouvaient germer que dans le crâne d'un obsédé des chiffres et d'un profes-

seur « désagrégé ». Et il conclut de sa grosse voix qui
étouffait un rire bête :

« Après tout, ceux qui voudront savoir l'heure, pas
vrai, ils n'auront qu'à regarder leur montre!

— Ah, ces Méridionaux! s'exclama l'autre, ils ne
posséderont jamais la notion des chiffres! Ils sont bien
pareils à François, qui vous dit le plus sérieusement du
monde : « Pour aller au village, il y a bien deux bons
petits kilomètres! » Et se tournant vers Astuce qui était
bachelier, il entreprit de lui donner l'explication de
l'heure fausse de Regain, en lui indiquant par de
laborieux calculs les moyens de la rectifier avec des
erreurs négligeables. Mais, prudent, Astuce éluda la
question de ce petit ton ironique que prennent les
Parisiens pour imiter « l'accent » :

« Alorssse commeu ça, ton Sosthène avec son badigeon, il a enduit le mur en erreur!

— Sale potache! » répliqua Odry vexé de voir ce
collégien faire fi d'un enseignement profitable.

La vie extérieure reprenant ses droits malgré de
méritants efforts pour s'y soustraire, ce n'était plus le
dialogue de deux citoyens fraternels de l'auberge, mais
la semonce du professeur à l'élève. Et nul n'aurait été
surpris d'entendre après le rire goguenard de l'élève, le
« vous me ferez deux heures de retenue » du maître.

Pourtant, heures vraies ou heures fausses, heures
légales ou heures solaires, Regain vécut cette année-là à
la Pentecôte des heures inoubliables et nul ne songea à
les compter.

En trois ans, Regain était devenue l'auberge aristocra-
tique au vrai sens du mot, c'est-à-dire fréquentée par les
meilleurs. La rusticité du lieu et l'éloignement des
grandes routes avaient contribué à séparer le bon grain
de l'ivraie. Bien éveillée, confiante en son destin, elle
éclatait de santé comme la profusion de fleurs melli-
fères que l'été naissant faisait éclore.

Il était venu brusquement cet été précoce, par l'échancrure du Luberon, d'un coup de sirocco chargé de
poussière d'ocre, apportant avec lui les promesses de

grandes affluences. Sans transition il avait succédé à une période de pluies froides, de gelées matinales, de jours maussades, de grêles et de bourrasques, images trompeuses du printemps provençal. En une semaine, les vals et les coteaux s'étaient couverts d'un flot de coquelicots, de bleuets, de marguerites, de pastels, d'euphorbes, de nigelles, de pois de senteur, parure chatoyante et vive que la plaine d'Apt revêtait chaque année pour danser la farandole de ses jours de liesse.

Un gros savon dans la main je remontais de la fontaine. Sous le mûrier, Hastier s'évertuait à traire la chèvre noire que seul il était parvenu à intimider par la force du poignet. C'est qu'elle avait de la classe la Nénette, puissante, vigoureuse, les naseaux frémissants, un cou de taureau, espiègle avec ça, et capricieuse comme une vedette! Jeux de mains, jeux de vilains, l'aviateur ne manquait pas de dextérité, mais elle offrait des tétons très courts et trop ronds pour être saisis à pleines mains et profitant d'un moment de distraction, elle s'empressa de laisser tomber une pluie de crottes, luisantes comme des grains de café, dans le demi-litre de lait péniblement pressuré.

Regain sentait la fête. Sans contrainte ni corvées affichées, chacun à son gré apportait son tribut à la tâche commune. Sitôt le petit déjeuner, Clazab et Séraphin étaient grimpés dans le bois de pins communal d'où l'on découvrait une échappée remarquable sur le levant, pour descendre une provision de soucas à entasser dans la grange. Deux filles diligentes lavaient un lot de torchons, les étendant bien à plat au soleil dans l'odorant persil qui poussait à profusion autour du bassin. D'autres nettoyaient les vitres, frottaient à grande eau les malons rouges de la cuisine, chassaient les toiles d'araignées, ciraient les meubles ou cousaient des rideaux de cretonne... Sosthène ratissait la cour et brûlait les mauvaises herbes, disparaissant dans un nuage de cendre qui obscurcissait le soleil tandis que Margot, une fée du logis, fleurissait les poteries rustiques. J'allais de l'un à l'autre, apportant torchons secs et

cristaux, une brosse ici, du fil ou des allumettes là,
souriant et heureux de constater que sans moi tout
marchait aussi bien.

Le défi lancé aux renards se voyait couronné de la
parure des cerisaies et des genêts en fleur à l'unisson de
la mêlée joyeuse qui rajeunissait la maison.

LA VOYAGEUSE DE LA PENTECÔTE

Valerie entra boire un crème au Café du Commerce. A tout hasard elle demanda si François le père-aubergiste n'était pas venu ce samedi faire le marché avec sa jardinière.

« J'ai personne vu », répliqua Agnès, la bonne aux yeux bovins en époussetant de son tablier à festons la poudre de riz qu'elle ne « plaignait » pas les jours de gros apéritifs.

« Oh! M. François, il ne vient pas de ces heures », s'exclama Jolivet le postier accoudé au comptoir, qui assurait au café la permanence des amis de Regain. « Tu as un car à midi, mais des fois sur la route tu peux trouver des occasions. »

Déçue, Valérie abandonna son sac tyrolien au départ de l'autobus, s'acheta un chapeau de Niçoise, du nougat roux couleur de miel et décida de partir à pied.

Apt, charmante sous-préfecture mi-provençale, mi-bas-alpine, cité indolente et ombragée des ocres, capitale de la confiture et des truffes, était célèbre pour sa cavalcade de la Pentecôte : floraison de rouges, de verts..., de fruits confits couleur de ses falaises d'or et de sang, fête des moissons, du temps des cerises, des lavandes, des genêts, des feux de la Saint-Jean, cavalcade du bonheur d'un pays qui n'aspirait qu'à vivre heureux loin des grands remous qui ébranlent la quiétude des hommes. Ce pays sans ambition se cachait discrètement des

touristes, sans autre souci que la confection des chars de
son corso, que les tournées de pastis, les parties de
pétanque et de loto; ici-bas on travaillait pour vivre,
mais on ne vivait pas pour travailler, on avait encore le
temps d'être de bonne humeur.

Délaissant la petite ville en proie à une activité
inaccoutumée, Valérie prit au pont de la Bouquerie la
route étroite qui relie le centre d'Apt au cœur du
Haut-Pays. Elle cheminait entre la houle de la terre et
celle du ciel, grisée de soleil, ivre déjà de cet air qu'elle
respirait pour la première fois. Se remémorant les
romans qu'elle avait lus sur la Provence, elle se plut à
rêver l'auberge qu'elle se représentait sous les traits de
la maison de Panturle dans le film de Pagnol, lugubre
et désolée sur le bord du plateau de la peur, presque
en ruine et battue par les vents. Elle s'imagina aussi
le père François en tablier de forgeron activant un
soufflet ou bien enfariné en train d'enfourner des
pains de campagne, paysan mal rasé dans ses sabots.
Elle le voyait encore énorme, barbu et bâti comme
un chêne ou père bénédictin au gros ventre, la vie
monastique le prédisposant au vin et à la bonne
chère. Il devait porter une cape et un bâton, ou
des guêtres de santon, et sentir la laine et peut-être le
bouc.

Tandis qu'elle hésitait à l'entrée du chemin, elle vit
venir à elle un petit jeune homme maigre et mal rasé, en
short et chemisette, l'air gauche, qui marchait sans
bruit sur ses espadrilles de corde. Elle l'aborda gaie-
ment :

« Est-ce encore loin cette auberge qui semble s'éloi-
gner à mesure que l'on s'en approche ou est-ce un
mirage? Il me tarde d'arriver.

— Oh, non! diable, ce n'est pas loin, juste là au bout,
suis les flèches. Je retournerais bien t'accompagner,
mais il me faut aller au village acheter des côtelettes
pour le dîner.

— Mais alors, tu es François le père-aubergiste! »
fit-elle sans doute un peu déçue de le trouver si

insignifiant. « J'ai lu ton article dans *Le Cri des Auberges*. Je m'appelle Valérie.

— Enchanté, d'accord. » Je relevai d'un geste machinal la mèche qui me tombait sur le front. « Avance-toi, j'arrive, je me dépêche. »

Le chemin à cette heure du jour devenait aveuglant. Il n'était plus bordé de chênes rouges rabougris mais d'une allée miraculeuse et bienvenue de cerisiers, triomphe de la terre à cailloux et fierté des indigènes. Cette année-là, les branches se traînaient jusqu'à terre, ployantes à craquer sous leur lourd fardeau de bigarreaux Napoléon vermeils et charnus.

Imposante sous cet angle, l'auberge étendue nonchalamment semblait barrer l'horizon bleu des collines, puis de nouveau craintive, elle se cachait derrière un olivier. Les grillons innombrables, qui de leur crécelle avaient accompagné la voyageuse, au long de la route, chantaient victoire sur un rythme assourdissant.

Enfin, on arrivait. Emergeant de la vigne neuve, le portail se dressait, triomphal avec son enseigne écarlate. Ouvert comme une grenade trop mûre, il laissait deviner la vie interne de la maison qui respirait la saine tranquillité d'esprit des gens heureux et pauvres qui n'ont rien à cacher, rien à perdre et rien à envier.

Des refrains purs et légers parvenaient à l'oreille attentive. Les chèvres, la bouche pleine de pointes de ronces sucrées, vous regardaient de leurs yeux à prunelles rectangulaires perdus dans le vague. Le petit pré de l'aire avait été fauché par Hastier et une odeur de foin coupé, cette bonne odeur simple de campagne, mêlée aux senteurs plus aromatisées de la marjolaine, du serpolet, du thym, et du romarin coupait l'amertume et la rudesse du vent qui descendait du plateau comme un vin trop alcoolisé.

Tout se brouilla, tourna autour de Valérie : la ronde des êtres et des choses, les chèvres, le foin coupé, le portail, les lettres dansant au soleil, le cadran de Sosthène qui pâlissait enfin. Elle s'assit sous la glycine, oasis bienfaisante. Hastier s'avança avec un bol de lait crémeux.

Charles apportait les cruches d'eau fraîche et Marie-Louise coupait le pain dans les corbeilles d'osier. Tous s'affairaient, prêts à dévorer à pleines dents de grandes cassoles de salades de vignes hérissées de piquants, de mourres velus terriblement amers, de salades de chèvres fortement iodées qui râpent la langue, de louligues blanches qui font le lait, de pissenlits en fleur, d'aulx sauvages, de persil, de pimprenelle, araignées vertes destinées à ouvrir l'appétit et dont Hastier était le pourvoyeur attitré. Mais elle avait seulement envie d'herbe tendre et besoin de repos après une nuit passée dans le train.

Elle alla s'allonger sous le lilas et ferma les yeux, heureuse de sentir la terre sous elle. Elle dormait.

De nombreux convives supplémentaires arrivèrent pour le repas du soir. C'était une avalanche, un envahissement des pièces soudain exiguës, un vacarme assourdissant, chacun parlant plus fort que le voisin pour essayer de se faire comprendre.

A ceux qui essayaient de trouver de la place dans les dortoirs et s'inquiétaient pour la nuit, je répondais invariablement :

« Ne t'inquiète pas! » sachant bien que les soirs d'affluence on s'arrangeait toujours.

Au milieu du brouhaha général, des sacs amoncelés à même le sol, des airs d'harmonica, des éclats de voix, des exclamations suscitées par des rencontres imprévues, je préparais la soupe au thym. J'avais ajouté plusieurs bols d'eau dans les œufs battus afin de rendre l'omelette plus baveuse. Je comptais surtout pour allonger la sauce sur un lot important de boîtes d'épinards.

« Boîtes de conserve homicides! » s'exclamait Bertrand et le végétarien.

La petite cuisine rose acidulé s'avérait trop étroite et l'on s'y piétinait. On aurait pourtant pu compter facilement ceux qui s'affairaient. Les autres, les grands « blagaires », orateurs verbeux et coupeurs de cheveux en quatre, sans se soucier des allées et venues, continuaient imperturbablement leurs discussions stériles.

Au moment de mettre le couvert, l'horloge marquait 9 h 30. Pour tremper la soupe, il avait fallu attendre qu'Elisée eût remonté pièce par pièce la bicyclette de course qu'il avait démontée méticuleusement pour la passer au pétrole et dont les rouages s'étalaient sur la toile cirée de la salle à manger.

Impossible de dénombrer les convives! On mit au hasard une quarantaine d'écuelles de terre jaunes, grossièrement vernies, et on disposa la tablée tapageuse et affamée en fer à cheval afin de préserver une ambiance de famille et de ne pas transformer l'auberge en gargote populaire et triviale.

Malgré l'affluence, je gardais ma sérénité. N'aurais-je pas suffisamment le temps durant les longues veillées d'hiver de goûter les délices de la solitude? Contraste quotidien, aujourd'hui quarante, demain seul. Ruptures dans la vie entière de Regain avec ses allées et venues, ses rires et ses larmes. A la brune Yvonne qui agitait la clochette pour appeler les retardataires s'opposait Valérie la blonde qui souriait à un compliment d'Hastier.

L'assemblée approuva l'idée d'un feu de camp, à l'exception d'un quarteron de cyclistes fatigués qui allèrent se coucher à la dernière bouchée. Les feux utilitaires étaient journaliers et multiples, les feux de camp plutôt rares. La veillée ne s'ordonnait jamais suivant un rite établi. Quelquefois on s'attardait à table, prolongeant au café une discussion littéraire ou philosophique, un reposant bavardage d'anecdotes ou de souvenirs. Plus souvent, on veillait à la mode paysanne autour de la cheminée en faisant « des contes » ou en fredonnant des chants de route ou de folklore. Les soirs d'été, on allait admirer les étoiles allongé dans l'herbe sur le dos. Bras dessus, bras dessous, on se promenait au clair de lune jusqu'aux grands rochers de Castor. On descendait danser à une fête villageoise pendant que d'autres, restés à l'auberge, jouaient aux cartes ou à l'assassin.

J'étais partisan de la joie spontanée. Fille de la liberté, elle ne se commande pas, et n'accepte pas qu'on lui force la main. Elle jaillissait drue, impétueuse, débordante, pétillait, étincelait ou s'éteignait sans qu'on sût pourquoi.

D'un seul coup l'aire fut embrasée. De mémoire de pivert, aux premières loges dans le tronc du mûrier, jamais on n'assista à pareil feu de camp!

Guidée par les harmonicas, la farandole tourbillonna autour des flammes, bondit sous la haie de cyprès et se faufila entre les oliviers en une ronde échevelée, joyeuse, endiablée. *Mazurka souto li pin*, la Bourguignonne, à la course rythmée des tambourinaires et des belles Arlésiennes succédait la chaîne universelle des jeunes du monde entier, ces chevaliers modernes au cœur pur qui voulaient briser les frontières et réconcilier les peuples. Et ce soir-là, parce qu'ils regardaient le ciel, entonnaient *Ma blonde* et qu'ils avaient vingt ans, ces nouveaux don Quichotte étaient prêts à foncer sur les moulins à vent!

Assis en rond, chacun allait être tour à tour acteur et spectateur d'un programme improvisé, où l'on prendrait garde de ne pas oublier les trois coups frappés par le régisseur, caché derrière le rideau de cyprès :

> *Mon vieux copain, la vie est belle*
> *Quand on connaît la liberté...*

> *... Que la route est jolie, jolie vraiment*
> *Amis, vive la vie et nos vingt ans.*

Sosthène, en bonnet de nuit, s'était enfermé dans les cabinets, baraque en planches mal jointes et malodorantes. Muni d'une lanterne dénichée dans l'ancienne écurie, il jouait l'aubergiste endormi, pointant sa tête au

« fenestroun ». Séraphin frappait à la porte, costumé en grand d'Espagne...

Dos à dos avec Yvonne, oubliant le sketch, je songeais à mes amours. Peu à peu, je m'étais rapproché d'elle, fille saine et robuste; la simple camarade était devenue une amie. Peut-être pourrais-je envisager le bonheur près d'elle?

Robert Lafère qui excellait à se grimer, s'était fabriqué d'énormes moustaches noires, et mimait un chanteur russe, en s'accompagnant d'un chauffe-lit :

> *Dans vos grands yeux noirs*
> *Laissez-moi revoir*
> *Cette étoile d'or...*

Il pirouettait sur lui-même et, rabattant une mèche sur ses yeux, criait : « Popoff! »

Je sentais un trouble m'envahir, un peu gêné soudain d'être appuyé contre Yvonne. Dans l'ombre, de l'autre côté du feu, mystérieux comme la nuit, un regard me fixait. Robert imitait maintenant le ténorissime italien. Avec des sanglots déchirants dans la voix et des trémolos imprévus, il chantait *Sole mio* et *Santa Lucia*. Je passai mon bras autour de l'épaule d'Yvonne pour m'assurer qu'elle était bien réelle auprès de moi sans doute aussi pour échapper à l'emprise du regard qui, tel une liane, commençait à s'enrouler lentement autour de mon cœur.

Laure dansa le boléro accompagnée à l'harmonica par Bertrandet. Reboul chanta un air de Mireille *Anges du Paradis*, suivi de Bébert dans un extrait de *Carmen* « La fleur que tu m'avais jetée ». Puis Emile se lança dans *Lis Estello*, la chanson des *Novi* (jeunes mariés).

> *Sans amour la vie est cruelle*
> *La vie est une longue nuit*
> *Heureux celui qui a pour étoile*
> *Deux beaux yeux, deux beaux yeux!*

Bien sûr, je n'aimais pas Yvonne, mais elle ne me déplaisait pas. Elle n'avait rien de la grande fille du Nord que je rêvais, mais elle était bonne fille, bien faite, de caractère agréable et nous nous entendions bien. Il fallait une sérieuse dose de patience, d'indulgence et de philosophie pour accepter la vie d'une auberge, où tous étaient chez eux. Seule Yvonne la bureaucrate, qui étouffait dans son bureau de la gare Saint-Lazare, lasse de la foule grouillante et anonyme du grand hall des pas perdus qu'elle traversait quatre fois pour jour pour rejoindre son métro, pour retrouver la cantine de la rue du Havre, seule Yvonne, fille de la terre normande, quitterait sans appréhension sa chambre mansardée de la rue Joffrin pour une vie pauvre et primitive près de moi.

A son tour elle participait maintenant au jeu, mimant l'hôtesse chaleureuse :

> *Asseyez-vous à ma table,*
> *Vous paierez d'une chanson (chanson).*

Je ne pus m'empêcher de songer qu'elle ferait une charmante mère aubergiste.

> *L'hôtesse avait une fille,*
> *Une fille aux cheveux blonds (cheveux blonds)*

A ce moment, Sosthène fit une apparition triomphale...

> *Ah! qu'elle était donc gentille!*
> *Que ses yeux étaient fripons (fripons).*

... coiffé d'un grand chapeau de paille, maquillé, poudré, deux tresses d'aulx tombant sur son opulente poitrine de duvet,

> *Pour la belle créature*
> *Le cœur des deux compagnons*

> *S'enflamma, quelle aventure!*
> *Ils en perdirent la raison.*

Et il se tortillait, un doigt dans la bouche, grotesque, hilare, rouge de plaisir, roulant des yeux gourmands. Au dernier couplet, lorsque...

> *Délaissant la fille blonde,*
> *Les deux joyeux compagnons*
> *Repartirent par le monde*
> *En chantant une chanson,*

il reniflait, sortait un énorme mouchoir à carreaux, gesticulait, envoyait des baisers, et pour corser son rôle, venait s'épancher dans la gorge, bien réelle, d'Yvonne — sa mère. Sosthène prenait son rôle très au sérieux et tâtait si bien de la situation qu'Yvonne, écœurée par cette grosse tête hideuse et sale, improvisa une fin à la chanson; d'une bonne gifle elle calma la douleur feinte de la fille, mais éveilla celle du garçon, toujours en quête de la femme de sa vie.

Pour ranimer la flamme, Hastier jetait dans le brasier ce qui lui passait à portée de main, vieux tonneaux, roues de charrettes, bois de lits, ruches pourries, brouettes vermoulues, sarments de vigne, fonds de cave et de grenier qu'il donnait en pâture au brasier inassouvi. Les chants avaient jailli à l'unisson :

> *Derrière chez nous, il est une montagne*
> *Moi, mon amant, nous y montions souvent...*

Sosthène, déçu, s'en alla noyer son chagrin sous le tonneau d'Arthur, toujours fort enclin à la confidence quand elle s'arrosait.

La gaieté prenait corps; les ombres se profilaient jusque sur les grands rochers fantasmagoriques. Odry jonglait avec les chiffres en un tour de piste si éblouissant que beaucoup le crurent truqué.

« Quel jour tombe le 8 mai 1914? »

— ... un vendredi!
— Le 25 février 1899?
— ... un samedi!
— Le 20 avril 1862?
— ... un dimanche! »

Les réponses tombaient, rapides, marquant à peine une légère hésitation. Odry dans ses savants calculs, tenait compte, non seulement des années bissextiles mais du décalage des douze jours datant de l'adoption du calendrier grégorien. Malheureusement, il n'était personne dans l'assistance pour se rappeler d'un anniversaire antérieur à 1582, et il dut renoncer à faire montre de tout son savoir.

Les elfes, divinités de la nuit
Les elfes couchent dans mon lit...

On fit un ban pour Emile qui pastichait Charles Trenet le « Fou chantant ». Pendant que Virgile se déguisait en sire de Framboisy, Viviane entonna *O Magali*...

Et le regard demeurait là, impudique. Allais-je succomber au chant des sirènes? N'avais-je pas assez souffert des blondes marionnettes qui, selon le refrain, font trois petits tours et puis s'en vont?

« François, une histoire, François une histoire, une histoire, une histoire... »

Je me fis désirer juste ce qu'il faut pour n'être pas déçu de n'avoir pas été prié; ces soirs-là, tous, même les disgraciés et les timides, même les plus humbles, enveloppés de la grande indulgence de la nuit, sans honte et sans cabotinage, avaient leur mot à dire, la moquerie n'étant pas de mise autour des feux de la Saint-Jean.

« Je vais vous conter l'histoire de Mlle Hortense. Je m'excuse auprès de ceux qui la connaissent déjà, Sosthène qui l'a entendue dix fois, Reboulin six, Yvonne trois...

Un dimanche matin, le curé de Simiane monte en chaire.

Mes bien chers frères,

Je vais vous parler aujourd'hui d'un des plus beaux sujets sur lesquels je puisse vous entretenir, je vais vous parler de la Sainte Vierge.

Comment vais-je m'exprimer, moi modeste curé de Simiane pour vous faire comprendre à vous, simples paroissiens, ce que peut représenter la Sainte Vierge pour un bon chrétien.

Je sais que vous êtes intelligents, certes! mais pas plus qu'il ne faut, aussi vais-je me permettre de faire une comparaison.

Vous connaissez tous ici à Simiane Mlle Hortense... (Je m'arrêtai devant Valérie.)

Mlle Hortense qui est la meilleure paroissienne de Simiane, Mlle Hortense qui ne manque jamais un office, Mlle Hortense qui brode des nappes pour l'autel de la Sainte Vierge, qui brosse les tapis de l'église, qui sonne le cloche, l'hiver, lorsque le sacristain est malade, Mlle Hortense qui fait le catéchisme aux enfants, qui renouvelle les fleurs lorsque les bouquets sont fanés, qui accompagne jusqu'à la porte du cimetière les vieux qui n'ont plus de famille, Mlle Hortense qui est la charité même, le dévouement personnifié...

(montrant toujours Valérie)

Mlle Hortense qui était assise au premier rang, rougissait de se voir ainsi le point de mire de toute l'église, elle baissait les yeux émue...

Eh bien! mes chers frères, Mlle Hortense que vous connaissez tous, qui est là, présente devant vous, qui est un modèle de vertus chrétiennes, Mlle Hortense... à côté de la Sainte Vierge?

... ce n'est qu'une vieille salope [1]! »

Les rires éclatèrent parmi les bravos et les applaudissements. Je riais aussi en me penchant vers Valérie :

« Tu m'excuseras... »

---

1. Mademoiselle Hortense, de Simiane, était la sœur de Ponson du Terrail.

Hastier redoublait d'activité. Il s'était mis torse nu, gardant seulement sa culotte de boy-scout, ce qui le rajeunissait de vingt ans. Il se déchaînait, devenait démoniaque, attisant les passions comme son brasier d'enfer : « La femme est de feu, l'homme est de paille, et le diable souffle dans la cheminée. »

Yvonne me sentait appuyé affectueusement sur son épaule. Elle commençait à croire que je ne plaisantais plus lorsque je lui disais, les yeux dans les yeux, qu'il me fallait trouver une femme, la vraie, celle qui « donnait l'envie du pain ». Que lui était-il resté de ces beaux campeurs du dimanche, ces beaux gars bronzés, taillés en armoire? Souvenirs. Lassitude.

Elle s'était habituée à moi, à mon tempérament coléreux de Méridional, à mon verbiage fatigant, à mes contes maintes fois rabâchés. Elle avait découvert un père-aubergiste beaucoup plus bavard que le François, souvent taciturne, qui vivait seul.

Peu à peu avec les flammes, les chants s'assoupirent. Ils devinrent doux, lents, nostalgiques.

> *Au cours des eaux, le long des îles,*
> *Balancées sur les grands flots,*
> *Glissent les barques agiles*
> *De Razine et ses matelots...*

Hastier, le coup de feu passé, était allé se désaltérer avec Reboulin, Séraphin, Vinicio, Virgile et Elisée. Ils rejoignirent Sosthène dans la petite cave en forme de chapelle, dont l'entrée était camouflée par des fagots de sarments, sanctuaire réservé aux initiés. Odry dans la cuisine faisait des frites — à son goût pour une fois — craquantes comme du bois sec. Les Nîmoises préparèrent du café fort qu'elles servirent sur un plateau, le temps de quelques mimes : l'homme qui coud un bouton, le cheveu, le chasseur.

> *La nuit est limpide*
> *L'étang est sans rides*

Dans le ciel splendide
Luit le croissant d'or.

Un vent chaud s'était levé, une sorte de sirocco. L'heure était tardive. Le cercle, peu à peu, s'était rétréci. Autour des braises incandescentes rêvaient encore ceux qui n'avaient pas voulu faire le don de leur nuit au sommeil.

Je restai le dernier avec Yvonne, Hastier et Valérie. J'allai chercher une grande couverture rouge molletonnée, dont je couvris Yvonne, m'allongeai à mon tour et proposai à Valérie de partager, en tout bien tout honneur, ce qui restait de la couverture avec Hastier.

J'offris le creux de mon épaule droite à Yvonne, et le creux de la gauche à Valérie. Le calme avait gagné l'auberge engourdie, bercée par le vent chaud, le cri-cri des grillons et les stridulations des mille insectes des bois et des prés. Une à une, les fenêtres s'étaient éteintes. Un dernier morceau de cade se consumait encore dans les cendres rougeoyantes qui dégageaient une odeur d'encens. Les rossignols se répondaient d'une colline à l'autre. Des milliers d'étoiles scintillaient.

Lorsque le soleil éclaira le rocher de Quatre Heures, tel un prestidigitateur, le diable souleva le grand tapis rouge sur deux couples. Les jeux étaient faits. Mais les zéphyrs bouffons avaient brouillé les cartes : Hastier et Yvonne, Valérie et moi.

Dès sept heures du matin, la vie de Regain reprenait son cours. Rien ne devait transpirer des instants privés de cette si courte nuit.

Mais je demande en vain quelques moments encore
Le temps m'échappe et fuit
Je dis à cette nuit : « Sois plus lente » et l'aurore
Va dissiper la nuit

Je bus force bols de café. Je ne réalisais pas bien le bouleversement qui venait de s'opérer en moi. Je n'eus pas le loisir de chercher à comprendre. La Pentecôte battait chaque année des records d'affluence. Il était urgent de partir au ravitaillement, je me déchargeai sur Hastier des besognes urgentes. Enfin, pendant que le repas cuisait, je pus rejoindre Valérie qui écoutait la *Symphonie pastorale* dans le studio. Je vins m'asseoir près d'elle et lui pris la main. Je lui montrai le livre d'or et les dessins de mon ami Lorenzo le Monégasque, sortis mon album de photos, que j'avais déjà feuilleté avec Sandra la Danoise. Je lui parlai de ma mère, si jeune, si bonne, dont je ne pouvais me consoler.

Je retournai le disque. En bas, l'auberge s'affairait dans la fièvre qui précède les repas, on charriait des tables sous le mûrier, on entendait le cliquetis des couverts entrechoqués.

« François, Laurence demande combien de temps doivent encore bouillir les nouilles?

— Je viens, je descends. »

Je savais que Valérie partirait bientôt. Je ne voulais pas perdre les minutes précieuses de sa présence.

Au grand jour, je redevenais timide. Il fallait tout recréer. La Valérie de cette nuit me semblait un rêve lointain. Je contemplais ma maîtresse avec un regard nouveau. Elle n'était dans mes bras qu'une jeune fille sage et moi son amoureux troublé.

Par la fenêtre ouverte, nous observions les hirondelles qui passaient et repassaient. L'orage symphonique grondait sur le bouillonnement des oliviers, époussetant leurs écailles d'argent sous un léger mistral. Dans le tumulte des cuivres, toute la colline frémissait; quand la flûte, seule, s'éleva sur la nature apaisée on eût dit que le ciel était plus limpide, les yeux de Valérie plus bleus.

Des gars riaient au grand soleil. Des filles remontaient du bassin, en se tenant par la taille. Reboulin versait dans son pastis l'eau de la cruche. J'embrassai Valérie. Il était une heure et demie au cadran de Sosthène, et les pâtes faisaient la colle.

Au cours du repas, pour me faire pardonner, je fus intarissable en contes et balivernes. On décida qu'après une courte sieste, on descendrait à la ville assister à la première sortie du Corso. Le car du Figuière débarqua, prit possession de sa cargaison humaine et insouciante sur le coup de trois heures. On s'entassa jusque sur le toit.

> *Je vais par le monde emportant ma joie*
> *Et mes chansons pour bagages,*
> *Je chante l'amour et je chante ma foi,*
> *Je pars pour un très long voyage.*

Au dernier moment, j'annonçai que je descendrais en moto et promis de rejoindre le car à Apt. Nul ne s'aperçut qu'Hastier, Yvonne et Valérie manquaient également à l'appel.

La cavalcade déroulait ses fastes à travers les rues de cette bonne ville d'Apt. Les fanfares défilaient au pas. Fifres et tambourins accompagnaient l'interminable cortège de la Provence entière : gardians tenant leurs Arlésiennes en croupe, fileuse de Saint-Martin-de-Castillon, quadrille sisteronnais, félibres de *Calèu* et du *Riban de Prouvanço* pendant que tournoyait « la Maintenance du Pays d'Aix et du Pays d'Albion ».

Pendant que s'étiraient les réjouissances de cette fête de la remembrance, Hastier et Yvonne se proposaient pour la cueillette du dessert et, paniers aux bras, disparaissaient sous les cerisiers.

J'entraînais par la main la jolie fille blonde. Je n'étais plus que François qui disait des choses folles, des choses qui n'intéressaient personne.

Nous prîmes le chemin de l'école buissonnière; je l'attirai sur la plate-forme de rochers, promontoire que j'affectionnais, dominant la combe et d'où nul ne pouvait nous surprendre.

J'ouvris pour Valérie le grand album du Pays d'Apt. Serait-elle capable de le comprendre et de l'aimer ou se contenterait-elle de le feuilleter d'un air distrait comme un journal de mode?

Je pris la fille sur mes genoux.

« Tu vois, lui dis-je, ces petits carrés de terre bien propres, bien ratissés. Ils appartiennent au père Figuière, à Mlle Blanche, au Vialard, au père Corbillard et ce morceau de plaine plus riche à notre député Geoffroy; mais ça, je m'en moque! C'est mon domaine, il nous revient. De tous, c'est moi le gueux, mais le plus riche. Eux ne voient pas plus loin que le bout de leurs vignes, de leurs petits vergers. Ils se désespèrent quand leurs oliviers ou leurs cerisiers sont gelés. Ils jubilent quand ils sont chargés de fruits, mais les arbres, pour eux ne sont que des sous. Leur donnerait-on cent francs pour un olivier qu'ils les arracheraient tous! Ils plantent des « bouquets » devant leur porte, mais en quelques coups de cognées, ils abattent impitoyablement trois cents ans d'histoire.

« Moi j'aime l'yeuse qui ne donne rien, l'olivier même vieux, l'amandier amer, les chênes sans truffes. Mes biens les plus chers sont placés à fonds perdu, j'en aurai la jouissance jusqu'à la fin de mes jours. »

Valérie riait maintenant :

« Mais tes biens je ne les vois pas!

— Là-bas sur le Luberon, je possède une forêt de cèdres immenses, les derniers de France peut-être. Je possède aussi sur les plateaux des fermes en ruine, où je rallume le feu dans l'âtre les jours de pluie, des sources abondantes cachées au fond de baumes profondes comme des temples, des avens où les siècles ont brodé des draperies merveilleuses, des dunes où les mers ont laissé la rose des sables.

« Heureux homme! Dire qu'il existe des régions comme des fourmilières où il ne se trouve pas un pouce de terrain sans clôture.

— Un jour je te conduirai sur la « route de la joie ». Depuis trois ans, je travaille à réaliser cette piste. Sur les traces des voies poussiéreuses de jadis, les jeunes partiront à la découverte d'un pays secret, qui a peur de la multitude.

— La foule est un torrent qui brise ce qu'il roule.

— Si un jour je ne sais plus dormir à même l'herbe, boire à même le roc, manger un morceau de banon à même le talus, allumer un feu entre deux pierres, me laver au torrent et manger le fruit à l'arbre, ce jour-là je serai vieux.

— Sais-tu que dans les pays nordiques on parle de nationaliser les auberges et de rémunérer les parents aubergistes comme des fonctionnaires?

— Tu veux rire! Le jour où ils deviendront serviteurs de l'Etat, ils ne seront plus que des gardiens qui aboient, attendant leur os à la fin du mois, et les jeunes n'auront plus qu'à montrer patte blanche, ou rouge suivant le régime. Non! crois-moi, le plus beau travail est celui que l'on fait avec son cœur et non pour l'argent. Je n'aurai jamais l'âme d'un concierge!

— Tu parles en homme libre.

— Je tremble parfois devant notre tranquillité et notre quiétude face à cette Europe menaçante. »

Je m'étendis sur le rocher au milieu des buis rouges et du thym en fleur, et contemplai le ciel.

« Ma Valérie, profitons de l'heure présente. N'essayons pas d'en faire un poème, une aquarelle ou une photo pour en garder le souvenir. Ce bonheur se suffit à lui-même. Ce serait le trahir que d'en perdre un instant. » Je n'avais plus envie de parler mais d'être... Le soleil descendait lentement derrière le Luberon...

A Apt, la grande parade de l'insouciance emplissait les artères de la ville. Au milieu des flonflons, les chars bariolés suscitaient l'admiration d'un peuple avide de distractions. Fruit de longues soirées de veilles et de patience, consécration de dévouements et de sacrifices multiples, la cavalcade était la fierté de la capitale des fruits confits.

Le cinéma « Pathé » avait affiché *les Trois Valses*. Laure et Aline deux des nôtres, un peu lasses, se laissèrent tenter par Yvonne Printemps et Pierre Fresnay. Pendant que la reine d'Arles souriait au sous-préfet, que le septième génie jouait *Sambre et Meuse*, et que la foule en délire acclamait à la tribune officielle le président Daladier, sauveur de la paix à Munich, dans la cabine surchauffée d'un petit Olympia de province, un appareil archaïque grignotait sa pellicule d'actualités qu'il projetait dans une salle vide, aux banquettes poussiéreuses, sur un écran mal éclairé : NUAGES SUR L'EUROPE.

Discours d'Hitler, parades, saluts nazis, foules en délire acclamant d'autres cavalcades dans des gradins sans soleil. Les Sudètes. Dantzig. Tchécoslovaquie. Bruits de bottes, grondements sourds à l'est, où s'amoncelaient les nuages noirs.

Pourtant qui aurait voulu y croire? même pas Aline et Laure qui, à la sortie du cinéma, restaient songeuses. Ce n'était quand même pas possible. On signait des pétitions, on collait des affiches, on militait pour la paix. Là-bas au pays de Beethoven, imperceptibles à nos oreilles assourdies par la propagande, devaient aussi s'élever des chants de flûte.

Un groupe joyeux les arracha à leur rêverie et les emporta dans un tourbillon de rires, de serpentins et de confettis et elles durent, malgré leurs protestations, danser un lambeth walk endiablé.

Au repas, que l'on servit tard dans la grande remise, je constatai avec plaisir qu'Yvonne avait le sourire. C'était une chic fille, il aurait été dommage de perdre son amitié. J'avais trop de travail pour rester attablé devant mon assiette mais cela m'était égal car je n'aurais pu avaler un morceau. C'était un symptôme, celui du bel amour que j'avais tant désiré. Les autres fois n'étaient que des trompe-la-faim, des succédanés, des préfaces, des hors-d'œuvre, des amourettes sans importance.

Les uns s'échappèrent ensuite au bal où la fête continuait. Les Nîmoises optèrent pour une veillée près de la cheminée; cette fois le mistral s'était levé pour de bon. Profitant de ce qu'on avait éteint les lampes pour laisser danser au plafond les flammes de l'âtre, je m'esquivai sur la pointe des pieds. Je n'allai pas me coucher dans ma chambre, n'osant demander à Valérie de m'y rejoindre. Je me réfugiai dans l'aile du bâtiment réservé aux ruches vides d'Arthur, domaine retiré où nul ne viendrait me surveiller. La morale était sauve, mais la porte restait ouverte sur le rêve. Je m'étendis sur un lit qu'on avait entreposé là, l'auberge étant saturée depuis le déménagement d'Odry.

En bas, dans la salle à manger, Reboul entonnait l'air de Rodolphe :

> *Parfois dans ma mansarde*
> *Un voleur se hasarde*
> *Un doux regard de femme*
> *Or, vous voici Madame*
> *Et tel est votre empire*
> *Que du premier sourire*
> *Vous avez pris mon cœur...*

Sous les vieilles tuiles, agitées par le vent dans le grenier d'Arthur, plus misérable que la mansarde de Rodolphe, Valérie entra, se déshabilla et vint s'allonger près de moi. Longtemps nous écoutâmes les rafales, les mille bruits de la nuit et les voix douces des Nîmoises :

> *Quand nous chanterons le temps des cerises*
> *Le gai rossignol, le merle moqueur...*

Le Temps des cerises, la noce de mes parents, la photo du parc où l'on avait sorti le piano, ma mère si belle dans sa robe blanche valsant avec mon père, doux souvenirs surgis d'une chanson. Emu, je me sentais soudain plein de respect pour la jeune fille, qui s'était donnée, sans jardin ni robe blanche.

L'horloge sonna minuit.

Contre sa joue, Valérie écoutait mon cœur. Moi j'entendais le battement imperceptible de sa montre : vit-vit-vit-vit-vit-vite.

Le sommeil nous prit la main dans la main.

J'avais honte. Les plus paresseux étaient déjà debout, que le père-aubergiste restait introuvable.

L'œil malicieux, Yvonne m'apparut plus belle, elle apportait le café aux amoureux encore couchés. Pauvre Yvonne! Hastier pourrait-il lui offrir cette libération à laquelle elle aspirait tant.

Sur la fin de la soirée, nous gravîmes une dernière fois la colline, l'auberge, en contrebas, la demeure de tous, devait rester sans tache, pour moi comme pour les autres. Celle à qui j'ouvrirais la porte de ma chambre serait ma femme; je lui donnerais, comme les paysans, la clef de l'armoire à linge où ma mère avait rangé les draps de lin brodés entre la lavande. Celle que j'irais présenter à mon père se devait d'en être digne.

Cette mère pour l'auberge, je l'avais tellement désirée, j'en avais tellement souhaité la venue les jours de cafard, je m'étais tellement promis que ce serait la vraie, la bonne, la fidèle compagne, que je n'aurais pas voulu, les plus mauvais jours passés, maintenant que Regain tournait rond, confier la barre à la première passagère venue.

C'est aussi par respect pour Valérie — je craignais les sourires entendus et les allusions grivoises — que je l'entraînai à nouveau dans cette antichambre, qui

sentait le thym et la marjolaine. A genoux entourant
Valérie de mes bras, je lui demandai d'être ma femme.
Gênée, elle demeura stupéfaite. C'était si imprévu.
Aurait-elle soupçonné pareil dénouement à un simple
week-end? Comment pouvait-elle engager l'avenir?
C'était prématuré. Elle avait éprouvé un élan vers moi,
mais sans comprendre pourquoi. Elle me dit combien
ces trois jours avaient été magnifiques; son arrivée sur la
route, son entrée à l'auberge, les amis si sympathiques,
le feu de camp et le reste.

« Sois raisonnable, ajouta-t-elle. Pourquoi penser à
l'avenir alors que le présent est encore vivant? J'aime
l'ivresse présente parce que j'ignore demain.

— Je t'aime, et quoi qu'il advienne, ces pierres
demeureront les témoins de notre amour. »

Valérie éclata de rire :

« Il est révolu le temps où l'on venait pleurer sur les
bancs au bord des lacs. Et puis ton pays est si aride! On
croit toujours y découvrir de l'ombre et de l'eau et ce
n'est que mirage.

— La peine qu'on prend pour s'y habituer fait qu'on
ne le quitte plus. Reviens et tu l'aimeras.

— Si tu es sage, grand gamin, je reviendrai pour
cueillir la lavande du 14 juillet, peut-être! »

En bas, le dernier groupe attendait pour régler les
hébergements. Je ne m'excusai même pas. J'accompagnai tout le monde jusqu'à Apt pour le car. Je marchais
au milieu du groupe; j'étais redevenu le père-aubergiste,
le copain anonyme et gai.

Le car bondé arriva en trombe sur la place illuminée.
Tous se précipitèrent. Adieux, bousculades, mouchoirs.
Au revoir, merci, à bientôt! Paroles inutiles, jeux de
mots, rires et compliments. Je ravalai la larme qui me
piquait les yeux.

Le car démarra. La retraite aux flambeaux couvrit
les dernières paroles. Un marchand de journaux criait

un gros titre dans *le Soleil du soir* : Menaces de guerre
à l'Est! étouffé par les flonflons du bal qui s'ouvrait.

Valérie emportait à son corsage quelques coquelicots
de la combe et moi, sur mon cœur, une fleur fanée.

VALÉRIE

« **C** HER FRANÇOIS,
 « *Il pleut. Je ne distingue plus les oliviers argentés par le vent. Je n'entends plus l'allégresse de la Symphonie pastorale. Pour moi, ce ne sont que toits gris à l'infini et rumeurs tristes de la ville...*

 « *Et pourtant comme toi, je revis ces minutes passées l'un près de l'autre et je sens que la joie recouvre encore les choses : les champs de coquelicots et le chemin que tu regardes sans cesse et qui m'amènera, un jour prochain, vers toi.*

 « *Puis tu abandonnes ce qui fut le cadre de notre bonheur pour me parler de toi et de moi. Il ne s'agit plus d'objets que tu colores selon ton humeur, mais d'êtres humains libres, capricieux, difficiles à saisir.*

 « *Ce qui se passe en moi? J'ai déjà essayé de te l'expliquer, mais le lendemain je ne pensais plus exactement de même. Tu vois, François, je regrette que nous ne puissions nous connaître qu'au travers des lettres. Les sentiments humains évoluent trop vite, ils sont complexes, difficiles à exprimer. C'est pourquoi je n'aime pas écrire.*

 « *Mais devant ton chagrin et ton anxiété, comment te refuser une lettre? Mais si je t'écris un jour que je m'ennuie de toi et si, le lendemain, je doute de mon amour, pense que j'étais également sincère et n'en conclus rien.*

« Je peux t'assurer que tu occupes toute ma pensée. Je serais désemparée si tu m'abandonnais. Mais ne me parle pas de « bonheur durable » et de « rêve réalisé » je ne puis m'y résoudre en ce moment. Ne précipite rien. Je comprends la fougue de tes sentiments, ton impatience, tes exigences. Je n'aimerais pas que tu me prennes pour une girouette, sensible à tous les vents d'amour. Je ne voudrais pas que notre bonheur ne dure que le temps des cerises.

« Et quand cela serait, en serait-il moins beau?

« J'aime la fragilité de ce bonheur. »

« ...En ce moment je suis gaie et je voudrais t'écrire en hâte quelque chose de ma joie pour que tu chantes tout l'été, François, puis quand la bise sera venue...

« Laisse-moi redevenir petite fille et te dire que j'aime tes rêves fous, tes richesses et tes collines où tu m'entraîneras encore dans le bleu du soir.

« Cette lettre va te sembler romanesque. Par moments j'ai peur de te donner trop d'espoir... Alors que tu t'inquiètes de conserver à chacun sa liberté, es-tu sûr de n'avoir pas entravé la mienne?

« Mon premier séjour à Regain fut merveilleux. J'en garderai le souvenir gravé minute par minute.

« Mais j'ai senti par la suite le poids de cette douloureuse alternative : venir vivre avec toi ou m'échapper définitivement. Tu as, d'un seul coup, presque tué mon amour. On ne peut aimer vraiment que sans entrave.

« J'ai voulu t'apporter ma joie, je n'ai pas pensé que je m'engagerais à partager ta vie de tous les jours... Ce n'était qu'un élan vers toi, comme je n'en avais jamais éprouvé.

« Mais tu as pensé qu'il fallait fixer l'avenir, tu m'as parlé des devoirs que comportait l'amour. Et subitement j'ai douté de moi, et un peu de toi.

« Je ne t'en veux pas, je comprends ton besoin d'absolu, d'infini. Alors ne t'arrête pas à moi. Poursuis encore

l'amour. *Oublie-moi si tu veux, si cela doit te rendre le présent plus facile.*

« *J'espère recevoir une longue lettre de toi. Celle d'aujourd'hui était si brève, si triste que j'en ai de la peine.*

« *Je t'embrasse très fort.*

« *... J'en arrive aujourd'hui à être lasse de vivre. Je ne désire plus qu'une chose, dormir et oublier.*

« *Par moments je pense à Regain et c'est une oasis. Je viendrai le 14 juillet, c'est décidé. Cela m'a valu beaucoup d'ennuis du côté de maman. Je n'ai pas de chance...*

« *Je suis plus indécise et plus démoralisée que jamais. Je bataille avec moi-même. Je pense toute la journée à toi. Je pense que je t'aime, je pense que je n'ai peut-être que de l'amitié et puis à la fin du jour, je ne sais plus rien et je suis fatiguée. Je m'ennuie, je suis triste.*

« *Je voudrais me retrouver auprès de toi, avec toi seul et à Regain.*

Valérie

Pendant ce temps, Hastier faisait des tommes de chèvre et invitait Mathilde, une postière d'Apt, à venir les goûter. Elle, qui rêvait de quitter son guichet, écoutait avec attendrissement la quatrième version des tartines au miel de l'amitié, prélude à celui de l'amour, et Hastier qui touchait là le point sensible, buvait du petit lait. Autrement, il labourait un peu chez le père Corbillard qui, en retour, le payait royalement de six œufs frais que l'autre me rapportait avec toute la dignité que réclamait ce geste. Pour avoir donné sa quote-part au bien-être de tous, notre héros s'asseyait volontiers à la table commune pour dévorer à pleines dents les côtelettes d'agneau que la Badoche n'abandonnait pas gratuitement.

L'auberge comptait déjà plusieurs passagers. Paul et Lulu, deux Parisiens libérés prématurément pour raison de santé, Sylvie et Adrienne, employées aux P.T.T. et originaires de la région lilloise, enfin un Marseillais, Gri-Gri, sans occupation régulière ni définie. Quand les filles furent parties, Gri-Gri, tombé amoureux de Sylvie me demanda la faveur de coucher dans le dortoir des filles à seule fin de pouvoir poser sa tête sur l'oreiller où avait dormi l'objet de ses désirs. Odry venait et repartait au gré de sa fantaisie, maintenant il était dans ses meubles. Hastier m'avait poussé à vendre l'électrophone, souvenir de mes premiers essais de cinéaste à Antibes, sous prétexte que cette musique amplifiée ne correspondait pas à l'ambiance bucolique de Regain, mais je m'étais surtout laissé convaincre, parce que je n'arrivais plus à joindre les deux bouts.

Les rassemblements ajistes, hymnes à la paix, se succédaient sur fond de course à la guerre. Il y eut celui de juin 39 aux Gorges de Regalon, qui réunit toute l'élite des auberges de Provence et de la vallée du Rhône, et quelques semaines plus tard un nouveau congrès à Nîmes qu'Odry avait mis sur pied. Quel dilemme, on faillit en venir aux mains. Devait-on avoir une armée forte et républicaine où soufflerait un esprit nouveau, ou soutenir l'objection de conscience et déserter devant l'ennemi? Refrain bien connu, les prolétaires n'ont pas de patrie, l'ennemi est au cœur du capitalisme qui porte en lui la guerre, comme la nuée l'orage. Mieux vaut être vaincu à genoux que vainqueur allongé dans un cercueil. On croit mourir pour la patrie, on meurt pour les industriels, ces « marchands de canons ».

> Marchons au pas, camarades
> Marchons au feu hardiment
> Par-delà les fusillades
> La liberté nous attend
> Crosse en l'air, rompons les rangs...
> Aux armes citoyens...

Les slogans, il y en avait pour tous les goûts :

Pacifistes intégraux, objecteurs de conscience, communistes staliniens, trotskystes, anarchistes jusqu'au boutistes, hostiles à toute forme de pouvoir, tout chef et toute armée.

Le soir dans les arènes on jouait Carmen et Reboulin décida d'initier les jeunes aux subtilités de l'opéra. Tous admirèrent la garde montante et la garde descendante et Bizet fut le grand triomphateur de la journée.

Valérie revint, tenant sa promesse.

Je vécus quatre jours parfaitement sereins. Longues promenades dans le Luberon, aux « Vraies Richesses », dans les champs de lavandes qui commençaient à fleurir. Haltes dans les vallons où coulaient des ruisseaux d'eau claire bordés de hauts peupliers, idylle champêtre, insouciante.

La Valérie des lettres s'estompait derrière une Valérie toute sucrée de sourires, attirante, séduisante, adorablement féminine. Les journées étaient longues. A notre retour, je pouvais encore, dans un reste de jour, cueillir des petits pois au jardin. Je rallumais le feu, tirais l'eau du puits. Valérie se mettait au piano. Elle jouait à se faire dorloter, s'allongeait dans l'herbe avec un livre qu'elle négligeait de lire.

On terminait la soirée dans la remise où les meubles du salon d'Odry se trouvaient entassés pêle-mêle. Hastier tamisait la lumière. Yvonne était revenue, supplantant, dans le cœur du Mage, Mathilde et le petit lait et même Béatrice hors classe, qui demeurait en toutes saisons la poire pour la soif, bien que la pauvre se desséchât de plus en plus!

Le matin, à mon grand désespoir, les Parisiennes se mettaient nues pour leurs ablutions au bassin de Zizi. J'avais beau leur dire que je ne voulais pas de scandale, que j'aurais des ennuis avec le père Corbillard qui veillait jalousement à l'éducation de sa fille, sans compter Arthur et les frères Sapin qui ne se priveraient pas de raconter à qui voudrait les entendre qu'il y avait des nudistes au Puits-du-Noyer. Elles se contentaient de rire, affirmant qu'elles ne faisaient rien de mal et se moquaient de ma pruderie.

On se mettait à table sur les deux heures. Valérie et moi descendions aux provisions bras dessus, bras dessous, ou main dans la main. Hastier sortait les chèvres, ramassait ses éternelles salades et faisait le tour des arbres pour dénicher les cerises oubliées et confites au soleil. Il rêvait toujours de communauté, parlait encore de tisser la laine et le lin, ou d'acheter une imprimerie pour éditer ses œuvres, mais laissait entrevoir qu'il concevait la vie monacale avec une nonne dans son lit, sinon chaque soir, du moins chaque après-midi.

Regain vécut donc des jours de grâce avant l'affluence de l'été. Paradis perdu entre deux cuisses de collines mollement allongées au-dessus de la moisson des oliviers et des terres en pleines floraisons.

« En vérité je vous le dis, heureux ceux du présent. »

On voulait honorer Sosthène, l'homme providentiel, l'homme-miracle, qui avait installé l'électricité au relais de Verdolier. Valérie devait être de la fête, on ne pouvait inaugurer cet événement sans elle. Sur ma prière, elle prolongea son séjour. Hélas!

Sosthène, le brave Sosthène avait « tiré son plan », traînant sa remorque aux petites roues dans le dédale des gorges de la Nesque, suant à grimper les côtes avec sa charge utile de tubes, de fils électriques, de pinces, de boîtes de dérivation, de marteaux, de vis, d'interrupteurs et de rouleaux de chatterton, seul artisan d'un travail mystérieux dont il n'avait dévoilé le secret qu'à la dernière minute, l'instant solennel du clic de l'interrupteur que l'on actionne dans le noir absolu...

Dans un silence recueilli on attendit, on entendit, on ne vit rien... qu'un filament rougissant dispensant une lueur pâle de veillée funèbre, juste suffisante pour permettre de trouver la boîte d'allumettes et d'éclairer la lampe à pétrole.

On crut à une farce, mais voyant la mine déconfite du pauvre garçon, on essaya des « 25 bougies », des 50, des 100, en 110, en 220, c'était toujours aussi faible.

Je voulus dire que je n'avais pas attendu ce jour pour m'apercevoir que Sosthène n'était décidément pas une lumière, mais je riais tellement que j'en bafouillais.

Sosthène, génial par inadvertance, avait réussi avec brio l'installation « veilleuse hôpital » mentionnée dans son manuel *le petit électricien du pauvre*. On fit quand même un ban pour le geste. D'ailleurs avait-on tellement besoin d'électricité au pied du Ventoux? Fi de ces lampes brutales qui aveuglent! Celle-là au moins ne ferait pas une concurrence déloyale au feu de bois, ce ne serait même pas la peine de l'éteindre pour la veillée.

Je sentais comme un reproche dans le regard de Valérie. Je la voyais exaspérée de toutes ces présences qui grignotaient un tête-à-tête, où elle eût tant aimé s'apaiser. Etrangère à cette exubérance, elle se sentait intruse.

Toujours les autres, dans la paille, sur les chemins, à table, du matin au soir. Elle eût préféré la plus exécrable belle-mère à cet envahissement tumultueux, sans doute inconciliable avec l'intimité d'un couple.

Elle partit. Je l'accompagnai jusqu'à Apt, d'où je rapporterais le pain. Je la sentais si déçue de ces deux derniers jours que je ne pus la quitter ainsi et montai avec elle dans le car. Inquiet, je la dévisageais à la dérobée. Elle parlait, souriait, mais n'était déjà plus là.

A Avignon, je l'embrassai si longtemps que le train partit avec moi sans que j'essaye de sauter. Tout m'était égal. L'abandonner maintenant n'était-ce pas la perdre tout à fait?

Je fis demi-tour à Lyon. Je retrouvai ma moto sur le

bord du trottoir. A Regain, ils attendaient le pain depuis vingt-quatre heures. En mon absence, les jeunes s'étaient débrouillés tant bien que mal. Ils furent rassurés en me voyant car ils avaient supposé le pire.

Vint l'été. Le bel été 1939. L'auberge atteignait sa vitesse de croisière. Le C.L.A.J. nous envoyait des lits, des couvertures. Des articles élogieux dans *Le Cri des auberges*, une place de choix dans le guide avec photo et plan régional faisaient ressortir le caractère exceptionnel de la situation de Regain entre le Ventoux et le Luberon, Verdon et le pont du Gard. En août, Regain atteignit son chiffre record.

On se baignait au petit étang des bruyères, en amont d'Apt, on se trempait chez Zizi ou à l'Aiguier-d'Auribeau. On arpentait régulièrement l'aven des Romanes exploré l'été précédent et grâce à l'étape de Verdolier, le Ventoux était à deux jours de marche.

Depuis la fameuse journée où Sosthène avait fait des étincelles, plus personne n'ignorait l'idylle du père-aubergiste. Après l'incident du pain, on savait que c'était du sérieux. Astuce qui n'en perdait pas une, fredonnait :

> *J'attendrai le jour et la nuit*
> *j'attendrai toujours*
> *ton retour...*

Valérie écrivait peu, reprise par la grande ville, ses conférences, ses concerts, ses amis. Elle m'aimait auréolé de poésie, dans ma combe, avec les chèvres, le feu et mes belles histoires. Tantôt je demeurais paré de la suggestion de doux souvenirs, tantôt si loin d'elle, je perdais tout pouvoir, et les lettres reflétaient ses désirs et ses incertitudes qui n'étaient que les deux visages d'une même fiction.

Je n'étais pas dupe et j'en souffrais. Pourrait-elle être ma femme? Je pensais alors à l'hiver. Que dirait-elle quand, l'auberge bloquée par la neige, il faudrait partir à pied dans la montagne casser la glace du bassin de Zizi pour rincer les draps? Oublierait-elle la poésie de la cheminée quand il faudrait cuisiner dans des chaudrons noirs de suie?

Surenchère à mes doutes, les bons petits copains me glissèrent à l'oreille, insidieusement :

C'est une fille trop bien.
Elle est jolie, elle te trompera.
Toi tu es moche. Tu n'as pas de situation.

Arlette voulait des livres. Sandra, la solitude... et de jolies robes, Valérie était une petite bachelière cultivée, musicienne, trop choyée mijotant dans le bain-marie de sa famille. Les commentaires allaient bon train :

« Elle était bêcheuse, elle changerait l'ambiance, Regain s'embourgeoiserait, ce ne serait plus *leur* maison. »

Le phonographe de Mathilde avait remplacé l'électrophone qui avait été bazardé. Un jour sans lettre, trouvant Hastier et Mathilde dans le studio, joue contre joue, écoutant la *Pastorale*, je piquai une colère et piétinai le disque.

« *Cher François,*

« *Tes cartes me font plaisir et mal tout à la fois. Elles viennent éclairer à chaque fois un rêve sans cesse caressé, ce rêve que nous avons conçu ensemble mais qui ne deviendra jamais réalité.*

« *O François, je sais maintenant que je te rendrai malheureux et peut-être qu'au fond de moi, j'en conserverai le regret au long de ma vie. Puisse au moins rester, entre nous, une douce amitié et le magnifique souvenir de ces jours de jeunesse et de plénitude que nous avons vécus.* »

Je me sentis le frère d'armes de Sosthène. Serais-je éternellement celui qui reste sur le quai de la gare?

AU-DEVANT DE LA VIE

S OSTHÈNE n'avait pas abandonné sa passion de l'électricité. Il débarquait à chaque week-end, charriant dans sa remorque des morceaux de tubes, des rouleaux de câbles, des interrupteurs récupérés on ne sait trop où, chez quelque brocanteur ou magasin en faillite; ses fils envahissaient les dépendances et les dortoirs de secours situés au-dessus de la grande bergerie que l'on avait bétonnée. Dans le ciment encore frais on avait gravé la grande idée : « Les auberges feront la paix du monde. » Je ne me faisais guère d'illusions à ce sujet, je savais ce qu'étaient les auberges, ce dont elles étaient capables. Mais de là à changer les hommes, quand *la Patrie humaine*, journal du pacifisme intégral, tirait à 25 000 exemplaires... N'était-ce pas surestimer les possibilités du mouvement et de ses dix mille adhérents?

L'heure n'était plus au théâtre improvisé, cette année, nous avions décidé de jeter notre dévolu sur une pièce imprimée, en quatre actes et dix-neuf rôles, créée à Paris au Trocadéro et retransmise à la T.S.F. *Au-devant de la vie* de Muse d'Albray n'était pourtant rien d'autre qu'une mauvaise œuvre de propagande pleine de bons sentiments et de grosses ficelles, à la gloire des pionniers qui avaient construit les auberges à la sueur de leur front; un prétexte à de belles tirades vitupérant le bourgeois ventru et profiteur, en somme *les Deux*

Orphelines du Front populaire vouées à l'exaltation de nos principes!

Selon l'habitude, les grands rôles échouaient d'office aux plus fidèles habitués, mais pas forcément aux plus doués. Les personnages secondaires, nous les recrutions au gré des arrivées et des départs. Quant à moi, je me réservais les emplois de vieux paysan et j'interprétais Henri, d'autant que l'année précédente, je m'étais taillé un franc succès avec l'imitation du père Girard.

Comme dans tout bon mélo, un jeune premier sans peur et sans reproche, militant au cœur pur, séduisait pour le bon motif une institutrice, vierge et farouche, une véritable héroïne wagnérienne. Evincé, l'amoureux malchanceux et non violent, s'inclinait devant son rival et ami, pour partir se faire tuer à la guerre d'Espagne.

Heureux ceux qui sont morts pour une juste guerre
Heureux les épis mûrs et les champs moissonnés...

Pour achever le tableau, le vilain, le borné, le sectaire, incapable de comprendre la jeunesse mais finalement touché au plus tendre, se révélait dans les dernières tirades, le meilleur supporter du mouvement.

Le petit rôle de Chopard, avec ses cinq répliques, fut confié à Sosthène, promu plus que jamais homme de confiance, et qui ajoutait un dernier fleuron à ses titres de gloire, celui de comédien. Il apprit son texte avec fièvre engloutissant avec le même appétit que la vinasse d'Arthur, les phrases et les jeux de scène mentionnés en italique.

La grande première arriva. Pensant qu'il ne ferait pas pour si peu l'aller-retour d'Avignon en pleine semaine, on lui avait désigné une doublure. C'était méconnaître notre héros. Son heure sonna au clocher de Saint-Saturnin, à deux pas du portail Leydier où Albert Lambert et Madeleine Roch avaient joué *Horace*. Mais quand vint son tour d'entrer en scène, il fallut lui fourrer son panier dans les mains et le pousser sur le plateau. Rouge d'émotion, il resta figé un instant sous les lumières, puis débita « son » texte d'une voix blanche et monocorde :

« Il entre *(l'air ahuri, un panier de figues sous le bras)* bonjour les amis, je suis d'Aimargues *(et comme Toto apparaît long et mince dans son costume de bain)* c'est toi le campeur?... » Fou rire en coulisse. Le public ne réagit pas, n'avait-il pas compris ou seulement mal entendu? On eut beau souffler, notre Chopard restait là planté, les bras ballants, et rien ne put redéclencher le mécanisme de sa mémoire. Le ressort remonté à bloc s'était détendu d'un seul coup, il ne put repartir. Tant bien que mal, on parvint cependant à faire absorber les quatre actes de cette pièce douteuse. Il y eut pourtant des spectateurs pour la trouver à leur goût et y aller de leur larme.

A la soirée de Roussillon, ce haut-lieu de la pensée cultivée en Vaucluse, l'inspecteur d'académie avait promis de nous honorer de sa présence. Dédaignant alors les bicyclettes prolétariennes et les guimbardes cahotantes bariolées de fanions et de slogans, on loua un véritable autobus de vingt-cinq places assises, un Chevrolet. On percha, sur le toit, les trois malles d'accessoires et de costumes, dont une toute noire provenant de Saint-Just, recouverte de poils de chameau, basse et allongée comme le cercueil qui me faisait peur dans mon enfance quand je montais seul au grenier. On les gribouilla à la craie de « Nijni-Novgorod », « Madrid » et « San Francisco », les pavoisa d'étiquettes du Carlton Palace et du Négresco fabrication-maison. A force de vouloir faire sérieux, on finissait par se croire artiste!

Sosthène avait rodé son trac. Le début de la pièce se déroula sans incident. Salle comble, public populaire aux tribunes, gratin sur les trois premiers rangs, petits-bourgeois et estivants au parterre.

Le deuxième acte comportait un intermède musical où je devais jouer du flûtiau. N'étant pas familiarisé avec les arpèges, c'est Astuce qui me doublait en coulisse. Je scandais du pied la mesure, branlais la tête, fronçais les sourcils, bougeais les lèvres, et mes doigts suivaient dociles le rythme des notes. De loin c'était

correct. Tout s'était d'ailleurs bien passé à Saint-Saturnin et à Gargas. Fort de mon expérience j'entamai mon
texte :

« Mes amis, laissez-moi à présent vous interpréter un
de ces vieux airs cévenols, une de ces bourrées que
l'on jouait autrefois à la veillée en écossant les châtaignes et en buvant le vin blanc. »

Jetant un coup d'œil « en coulisse », flûte au bec, les
doigts en position, à ma grande stupeur j'aperçus Astuce
qui retournait les bagages sens dessus dessous pour
trouver sa flûte, la vraie, celle qui devait jouer pour de
bon. Aïe, aïe. Que faire? Gagner du temps!

« Eh oui, je vais vous interpréter... Une de ces vieilles
chansons que l'on chantait... (pas de flûte)... le soir à
la veillée, en égrenant le maïs, en grillant les châtaignes (toujours rien)... en faisant cuire le maïs, en
épluchant les châtaignes (regard désespéré)... et puis
non, non mes amis je ne vous la jouerai pas cette
chanson car je ne sais pas si vous en êtes dignes, ou
plutôt je vous la jouerai tout à l'heure, lorsque nous
aurons trinqué avec les nouveaux venus... »

Au même instant, Astuce qui n'avait rien remarqué
bondissait sur la flûte retrouvée et sans plus attendre se
mettait à jouer. Je n'eus que la ressource d'attraper mon
flûtiau que je venais de poser sur la table et le porter à la
bouche. Heureusement on n'était pas hommes à s'émou-
voir de semblables anicroches. Qu'importait le public si
l'on avait bien ri!

Ailleurs on répétait une autre pièce, à grand spectacle celle-là. On ne savait trop comment elle finirait.
Seule la préface en était écrite : MEIN KAMPF. Nouveau
Charlot, l'auteur était à la fois vedette, metteur
en scène, régisseur et accessoiriste. Pas besoin de
poésie.

Frapperait-on les trois coups? A Regain, personne n'y
croyait. Chaque soir, on devisait dans la grande bergerie

ou sous la glycine. On rentrait les chèvres. De la fontaine s'élevaient des chants de flûte...

> *Amis plus de guerre*
> *Par-delà les frontières*
> *Nous mêlerons nos chants...*
> *Nos forces unies briseront la guerre*
> *L'élan de notre vie pacifiera la terre...*

Cette chanson *Soir de juillet* était devenue l'hymne de Regain, celui d'une poignée d'amis qui s'imaginaient que le monde était limité à la Combe-aux-Geais, qu'il était beau, bon et juste, et que les ogres n'étaient autres que des mythes inventés pour faire peur aux petits enfants.

Quelquefois pourtant l'inquiétude se faufilait dans cette vie paisible. J'avais en mémoire les images des moissons de 1914, les feux de la Saint-Jean, puis les mains levées au-dessus des charniers : « J'accuse. »

Et si notre génération allait faire les frais de nouveaux Verdun, de nouvelles batailles de la Marne, si nous aussi, allions périr dans quelque tranchée des baïonnettes? Pourquoi nos aînés, pourquoi ceux de Travignon, de Banon, de Simiane, de Saint-Saturnin et pourquoi pas Astuce, Marc Paillet, René Arthaud, Reboulin et moi? Pourquoi serions-nous privilégiés?

Non, vraiment ce n'était pas possible. Nous ne pouvions plus admettre de donner notre vie pour Dantzig. Trois fois non. C'était trop absurde. Tout pouvait encore s'arranger. On l'avait bien vu à Munich, c'était un précédent dans l'histoire. Il y aurait d'autres Munich. Il le fallait. Ceux de 14 pensaient défendre la bonne cause, le droit et la civilisation. Pour être sincères, ils l'étaient, partis la fleur au fusil, les chansons aux lèvres, espérant se couvrir de gloire et chasser l'ennemi en deux ou trois attaques. La mort les avait fauchés avant même qu'ils ne réalisent, par vagues dès les premières semaines de la guerre.

Nous, nous savions. Nous avions lu Galtier-Boissière,

le Crapouillot et les lettres de nos pères; nous avions vu les mutilés.

> *Le monde entier a mal vécu*
> *quinze millions de macchabées*
> *quinze millions d'hommes tombés*
> *Mais qu'ils soient vainqueurs ou vaincus,*
> *le monde entier a mal vécu...*
> *et ran tan plan et ran tan plan*
> *les morts se vengent des vivants...*

Comme pour conjurer les nuages de la guerre, nous continuions à colporter « Au-devant de la vie ». Après Roussillon, on s'en fut au Villars. La troupe s'était renouvelée. Les rôles importants partis, la pièce tomba en sommeil. On se rabattit sur un spectacle de variétés. Bébert et Reboulin faisaient partie du numéro, aidés de métallos de chez Renault; sans compter Louis, un plâtrier dit « Visage pâle », Edmond « Boule de gomme », un petit gros plein d'entrain, « Bébert la Chaloupe », un gars de Belleville, Léonie, Marguerite, et d'autres, tombés dans l'oubli.

Hastier, qui s'était soudain souvenu de Béatrice, remplumé comme un coq, chapeauté, cravaté, ganté de beurre frais, était parti faire le paon sur la Croisette. Le Mouvement des Ballons rouges s'étant dégonflé à la façon d'une baudruche, il fallait que la base œuvrât pour la Paix du monde. On commanda cent numéros de *la Patrie humaine* qui publiait un manifeste de Victor Marguerite et de Giono, un disque enregistré par Maurice Rostand et mille tracts réclamant la paix immédiate signés de Giono, Marcel Déat, Alain, René Guérin, Guéhenno et autres pacifistes moins connus.

On vendit les journaux, on diffusa les tracts à la terrasse du Café du Commerce, à Saint-Hubert, chez le boulanger et chez Mlle Blanche, gardant le surplus pour la fête. La conscience tranquille, on put se donner pleinement au spectacle.

L'assistance eut droit aux inévitables *Pêcheurs de perles*, à *Mireille* et même à *Sigurd*, avec un Reboul en grande forme. La chorale de Paris interpréta les derniers succès d'auberge : *Souliko, Andulco, Pétrouchka, Le chant des marais*. Bébert fit l'arabe, le prestidigitateur et le voyant extra-lucide.

Agnès la bonne du Café du Commerce monta à son tour sur les planches. Depuis des années elle suivait tous les concours de chant amateurs. Invariablement éliminée avec chahuts à l'appui, elle jurait de sa revanche, sans se décourager, et rêvait d'un triomphe qui l'eût réhabilitée aux yeux des clients et des gens de son quartier. Elle chanta de tout son cœur.

> *Dolorosa, c'est la femme des douleurs*
> *Dolorosa, son baiser porte malheur...*

puis

> *Les jolis soirs dans les jardins de l'Alhambra*
> *Dans le parfum des mimosas.*

Le cafetier Ventura ne se fit pas prier pour la rejoindre sur scène et en duo ils firent assaut de fausses notes :

> *J'ai rêvé d'une fleur qui ne mourrait jamais*
> *J'ai rêvé d'un amour qui durerait toujours.*

Regain leur fit cependant une ovation bruyante et ils ne furent pas sifflés mais applaudis; miracle qui fit deux heureux.

On trinqua dans le petit bistrot au succès, à Regain, à *l'an que ven* et à la Paix. On en avait bien besoin.

Le lendemain, les journaux annonçaient la signature du pacte germano-soviétique. Nous nagions dans le bonheur! L'ombre de la guerre s'évanouissait maintenant qu'Hitler et Staline se mettaient d'accord; et puis par définition, la France était un peuple pacifique, sans esprit revanchard d'autant que nous étions les vainqueurs de la « dernière ». Déclarer la guerre à l'Allemagne alliée à la Russie, nous ne serions jamais assez fous pour cela!

Marc Augier passa la soirée à Regain. On décida l'inauguration de mon dernier sentier de randonnée pour le 15 septembre avec les officiels, le champagne et un reportage dans *le Cri des auberges*. Côte à côte un jeune Allemand et une jeune Française couperaient le ruban symbolique, tandis que les harmonicas joueraient *la Marseillaise* et *Ich hatt'einen Kameraden*.

Des jours de prospection, un morceau de pain en poche et les mains libres m'avaient valu le surnom de « François le Baliseur », des journées de marche sous le vent, le soleil ou la neige. J'étais animé par la passion de découvrir de nouvelles pistes, ou de ressusciter d'anciens sentiers à travers une contrée vierge de tourisme. Sur cent cinquante kilomètres, de Brantes au Luberon, j'avais jalonné les aiguiers, les bories, les hameaux abandonnés, de flèches, de balises et de pancartes. J'avais dessiné cet ancêtre du G.R. 92, un itinéraire où l'on pouvait s'aventurer seul à travers une vaste toile d'araignée de chemins, pour se retrouver face à la montagne, à l'horizon, en proie à sa propre sensibilité, sous le coup de l'émerveillement.

Ma « route de la joie » ne fut jamais inaugurée. Dans la stupeur, en pleine euphorie des vacances, la mobilisation éclata comme une grenade! Soudain, la réalité nous prit de court avec les premiers rappels : Sosthène faisait partie des numéros privilégiés. Deux gendarmes vinrent annoncer qu'il devait rejoindre immédiatement et sans délai son régiment qui partait pour le front.

Dans le bien-être de la fin du repas, en plein découpage d'énormes melons qui s'entassaient sur la table, cet incident nous glaça. Ce n'était plus un cauchemar maintes fois repoussé, ce n'était plus pour rire comme en 1938, on avait vraiment déclaré la guerre! On, sous-entendu nous, la France! La France libre, forte et heureuse de Maurice Thorez, la France super-patriote d'Henri Béraud, de Maurras, de Daudet, de Lavedan, du colonel de La Rocque, la France généreuse, laïque et républicaine des présidents Daladier et Lebrun. Nous avions déclaré la guerre à Hitler, rien de moins, à un homme qui depuis des années supprimait le beurre de sa tartine pour s'acheter des canons. L'expérience d'août 1914 ne nous avait pas été profitable. On était prêt à recommencer les mêmes erreurs, et les Sosthène, les premiers, ceux des grandes attaques à l'arme blanche, ceux de l'infanterie, la belle chair à canon, seraient envoyés sur la ligne Maginot pour attaquer le fascisme, le bellicisme, au nom de la Justice, de la Liberté et de la Paix.

J'étais profondément démoralisé, atterré par cet imprévisible bouleversement qui se préparait pour nous tous. Qu'adviendrait-il de l'auberge, organisme de vacances, de loisirs et de joies? Sosthène ficelait ses bagages avec la résignation du pauvre type qui dans une guerre n'a pas grand-chose à perdre. Odry, Marc Paillet, Arthaud et d'autres militants tenaient leur premier conseil de guerre autour du tapis vert de l'aire, sous le mûrier, là où demeurait un rond de fraîcheur à proximité du puits.

Les esprits se tournèrent instinctivement vers le grand état-major de la Paix. Lui devait avoir pris ses positions de défense sur les contreforts de Lure, en vue de l'offensive, qui par vagues, sur les collines, déferlerait jusqu'à la plaine de la Durance. Le Comtadour, avec ses vallons et ses bosquets, serait le point de ralliement des troupes d'objecteurs de conscience et de pacifistes intégraux. Les disciples accourus sur les hauteurs pourraient écouter Giono qui, tel Jésus il y a deux mille ans, prêcherait la fraternité avec l'ennemi.

On organisa un deuxième commando de distribution de tracts et une expédition nocturne d'inscriptions défaitistes. Bertrandet ressortit, des cartons de son imagination, sa fameuse idée de cailloux dans la Crau. Les réservistes étaient rappelés par le rail, alors pourquoi ne pas inscrire en bordure de la voie des « NE PARTEZ PAS » en majuscules énormes, au milieu de la plaine entre deux haies de cyprès? Odry lui, voulait les tailler et incruster des textes entre les branches, mais Reboulin fit valoir que les trains roulaient trop vite et que, de nuit, personne ne les lirait.

Etait-ce tellement plus chimérique que les plans du président Daladier ou du général Weygand, avec leur armée bleu horizon fixée sur la ligne des Vosges? Et cette poignée de jeunes disciples de Jaurès, de Barbusse ou de Giono et quelques partisans de Lénine, Staline ou Trotsky, qui se proposaient d'aller au galop jusqu'à Berlin obliger Hitler à rendre la Tchécoslovaquie aux Tchèques, l'Autriche aux Autrichiens, la Hongrie aux Hongrois et d'une balle dans la peau l'amener à se faire justice.

Je préparais le repas. Il fallait continuer la routine du quotidien. Dans l'immédiat il n'y avait pas d'autre appelé en vue.

Le soir, pour la première fois, Sosthène n'attacha pas sa remorque. Il conserva le poste de T.S.F. sur son vélo mais laissa dans un coin du débarras son attelage et sa trousse de pharmacie, ses flacons de teinture d'iode, d'arnica et sa valise à trésors. Les comptes furent vite faits. Il ne me devait pas d'argent; par des menus travaux il gagnait sa nourriture. Avant son départ une fille charitable organisa une petite quête.

Ce fut émouvant. Nous l'aimions bien, Sosthène, lui qui représentait le pauvre diable, celui qui serait tué à la guerre, parce qu'il n'était ni spécialiste, ni intellectuel, ni rusé, ni objecteur de conscience, ni resquilleur, ni poltron. On lui dit au revoir comme on dit adieu, dans l'obscurité, sans toast, sans *coupo santo*, sans rires, sans jeux de mots, sans paroles réconfortantes. Pas de « on te reverra », « ça pourra s'arranger », « on t'enverra des colis », ou « tu viendras en permission », pas de « nous aussi nous partirons », de « bonne chance », « merde, ça te portera bonheur », rien. Son départ au milieu de poignées de main consternées comme des condoléances sentait l'enterrement, la fatalité et la résignation.

Sosthène, c'était le héros anonyme, le soldat inconnu, le mort au champ d'honneur, le disparu. On le savait, dès l'après-midi; personne ne l'avait dit mais tous l'avaient pensé. Chaque fois on disait « ce pauvre Sosthène » comme on dit « mon pauvre père » ou « mon pauvre oncle » en parlant d'un défunt.

Il était marqué par le sort.

Il s'enveloppa dans sa grande pèlerine noire car la nuit était fraîche. Sans lumière, à cause de la défense passive, il s'en fut dans le chemin.

Sosthène ne laissait personne. Ce ne fut plus qu'un souvenir. On n'en entendit plus parler. Il était passé dans le néant. Pour la conscience pacifiste d'Astuce, de Paillet et de beaucoup d'autres, il était de bon ton d'avoir déjà un mort à la guerre.

LA DRÔLE DE GUERRE

R EGAIN s'était vidé des forces vives, les appelés, les rappelés, les mobilisés... Les ajistes avaient été plus ou moins obligés de réintégrer domicile, famille, habitudes, usine, école, foyer, responsabilités civiles ou militaires. Je n'en demeurais pas seul pour autant. Depuis le début de la guerre, c'est-à-dire une semaine, régnait un autre esprit. A la vie légale qui devait continuer au ralenti, se substituait une vie clandestine. Le but de l'auberge ne serait plus de procurer à la jeunesse des vacances à bon marché, mais d'être un centre de dissidence et de recrutement pour l'insoumission.

Enfourchant ma moto, je partis au Comtadour consulter Giono. Dans la maison du moulin Hélène Laguerre, Justin, et Lucien Jacques buvaient de la camomille en écoutant Bach, Mozart et Beethoven. Giono était à Manosque, travaillant à son dernier livre *le Poids du ciel*.

Les jours suivant les Comtadouriens se manifestèrent plus positivement en aiguillant sur Regain deux garagistes parisiens qui avaient fui dans la traction-avant d'un client. Avec Férier, recommandé par Reboulin, Fernand un cafetier d'Arles et Séraphin, cela faisait maintenant cinq. Puisqu'ils venaient prendre le maquis, on leur offrirait le maquis. J'avais mon plan.

Je pris la tête du groupe à travers la colline, vers les quatre heures de l'après-midi. On passa à Roustan, puis

à Auribeau. Jamais en dehors de Séraphin, le paysan,
aucun des autres n'avait tant marché de sa vie. Passé
l'aiguier, montant sur un rocher qui dominait la combe
du Saint-Pierre, je leur désignai du doigt la plus grande
échancrure des Monts de Vaucluse, un désert de vingt
kilomètres de long, un fourré de chênes verts avec ses
gorges, ses habitations troglodytes, assurément le plus
beau maquis dont maquisard puisse rêver. Pas un
maquis d'insoumis du dimanche, mais un maquis pour
y vivre cent ans! et touffu avec ça, fourni, inextricable,
un vrai repaire de sangliers, de blaireaux, de renards, de
fouines, d'aigles, de couleuvres. Pas une forêt, pas de la
garrigue, du maquis je vous dis, bien nourri, luisant, à
vous tenter de le prendre entre les doigts, le caresser, le
saisir par le cou dans toute l'épaisseur du pelage comme
une laine de mouton, qui vous donnerait l'envie de s'y
plonger, d'y rouler, d'y jouer à cache-cache avec les
gendarmes.

Tout fier, embrassant d'un geste large du signal de
Berre aux Petits-Cléments, des Esfourniaux au Cluvier,
je livrai la marchandise, un maquis de derrière les
fagots, un maquis de dix-huit ans, dans la force de l'âge,
vert, et cela je le garantissais tout l'hiver, il ne perdait
pas ses feuilles. C'était un vrai maquis pour anti-
militaristes, en feuilles de chêne, non de celles qui
poussent sur les képis des généraux, de celles qui
deviennent kaki à l'automne, mais des yeuses conçues
pour camoufler!

Devant cet espace béant, nos cinq candidats se
regardèrent consternés. Pour un maquis, c'était bien un
maquis, mais il n'y avait ni route, ni maison, ni eau, ni
ferme à qui acheter ou chaparder, pas même une
cabane de bûcheron. On convint de redescendre à
Regain ce soir-là pour étudier le problème sous un autre
angle.

Comme des locataires qui auraient visité un apparte-
ment à louer, ils se concertèrent longuement et déclinè-
rent poliment mon offre, prétextant que cela manquait
d'abris et que l'intendance aurait des difficultés. Séra-

phin, un dur, un chasseur de sangliers, s'amusait doucement dans sa barbe; lui, trouverait toujours un maquis à sa mesure. Férier avait des inquiétudes et se posait des problèmes de conscience. C'était bien beau mais sa femme était loin. Si j'étais mobilisé ou prenais le maquis à mon tour, qui leur viendrait en aide? En cas d'épidémie, quand le garde-malade est atteint, il n'est plus de salut.

Le cafetier trouvait que c'était une histoire de fou. D'ailleurs, il détestait la campagne. Il connaissait des patrons de bistrot à Marseille qui se débrouilleraient bien pour le planquer; toutefois, il y avait un hic, beaucoup d'entre eux étaient en cheville avec la police et à la réflexion, il se demandait si c'était la bonne solution... et puis son médecin lui avait ordonné la montagne, — « six cents mètres d'altitude », lui avait-il dit. Tout juste celle d'Auribeau; mais quand même il manquait par trop de choses à ce maquis, de quoi popoter, des femmes, et un petit zinc à deux pas pour le café-crème du matin et les croissants chauds sentant bon la margarine comme il en servait à ses clients sur le coup de sept heures.

Les Parisiens se sentaient vraiment dépassés par les événements. Pour eux le maquis n'était qu'un mot abstrait. Ils n'avaient jamais fait le rapprochement avec des arbres. Pensant que la nuit porte conseil, l'on fut se coucher bourgeoisement dans un bon lit, de ceux qui possédaient un matelas de laine.

Peu à peu, les derniers hôtes avaient pris leurs aises et organisé la cuisine à leur façon. Plus personne ne payait d'hébergement, bien entendu. J'assurais le ravitaillement en moto, payais le boulanger, le boucher, l'électricité, le butagaz. On faisait caisse commune mais chacun prenait les provisions dans le placard, considérant qu'avec le montant des nuits encaissé tout l'été, je pouvais bien participer pour une large part à l'ordinaire, et même à l'extraordinaire.

Quelques jours plus tard, on casa les insoumis au-delà des Portes, dans un lieu plus douillet, au Jardin-des-Serpents. Du silence, du calme, de grands arbres que la hache n'avait jamais approchés, faute d'un chemin accessible. Les grands chênes s'élevaient, osseux, échevelés, trop grands dans leurs habits, au-dessus de cet étranglement de la combe, ce jardin enserré entre les grottes, pour chercher le soleil, le vent et la santé, branches tentaculaires, fragiles et squelettiques. Je fournis des duvets, des matelas, des couvertures, tout un déménagement apporté sur un charreton jusqu'au Pas-de-la-Demoiselle, puis à dos d'homme. De là où l'on n'avait pu sortir le bois, il fallut entrer de quoi installer une auberge.

A Regain les visites des gendarmes se faisaient plus fréquentes. Se doutaient-ils de quelque chose? Ces allées et venues mystérieuses, la présence permanente de cet étrange professeur anarchiste, cette traction noire apparue soudain, les inscriptions sur les murs des lavoirs de Gargas et de Villars, qui faisaient curieusement penser à la peinture des balisages... il y avait là matière à réflexion.

Les gendarmes montaient plutôt l'après-midi, deux retraités de Carpentras qui avaient repris du service et ne s'en plaignaient pas. Célibataires, en pension à Saint-Hubert, ils se sentaient plus en partie de campagne qu'en campagne de guerre. Plus d'excès de vitesse ni de contraventions, les voitures avaient été pour la plupart réquisitionnées, et les ordres s'avéraient assez souples. Quand on est prêt à demander à un cycliste sa propre vie on peut bien lui permettre de rouler sans plaque. Ils venaient donc faire salon. A cause de l'auto un rien voyante, on servait des rafraîchissements ou le pousse-café. Le grand, bon vivant et jovial, se mettait au piano pour jouer *Sambre et Meuse* ou

> *Si tu n'veux pas payer d'impôts*
> *cache ton piano, cache ton piano.*

On trinquait, partageait la cigarette de troupe, évoquant les événements sans trop se compromettre.

« A la Noël, nous serons chez nous, disaient-ils. Nos troupes ont déjà passé le Rhin. Sarrebruck est sous le feu de nos canons, c'est écrit dans *le Petit Provençal.* »

Je songeais aux vieux journaux de Travignon. En septembre 1914 aussi, on était persuadé que tout serait fini pour Noël. Le vieux gendarme plaisantait Cyprienne, qui se laissait passer le bras autour de la taille. « *La Madelon pour nous n'est pas sévère* »... Marthe Richard n'avait-elle pas accepté elle aussi de frôler l'ennemi. Pour protéger les insoumis, on pouvait bien « essuyer » les genoux d'un militaire.

Le soir, nous déménagions furtivement *l'Encyclopédie anarchiste* de Sébastien Faure, une collection du *Libertaire* et des documents compromettant les anarchistes espagnols réfugiés à Grenoble, qui provenaient de la bibliothèque d'Odry. De gros sacs de jute sur le dos, contrebandiers du clair de lune, nous marchions en direction des Portes, vers une grotte que le berger Clovis m'avait indiquée.

Une nuit, je fus réveillé en sursaut par Astuce :

« Lève-toi, il y a du nouveau. »

Sorti d'un profond sommeil, je ne réalisai pas bien ce qui m'arrivait. Je rêvais toutes les nuits de gendarmes, de prison, de peloton d'exécution. Je pensais que cette fois-ci on perquisitionnait et qu'il y avait du vilain. Depuis plusieurs jours j'avais un pressentiment. Il était passé chez nous un jeune barbu assez louche, avec une carte d'ajiste, en règle d'ailleurs, mais qui sentait le mouchard à plein nez. Il avait bien essayé de nous faire parler, mais on s'était méfié de lui. Chaque fois que je descendais à Apt, on était convenu d'un signal en cas de coup dur. Si le mas était cerné par la police, on pendrait un grand drap blanc à la fenêtre du dortoir qui donnait sur le puits, face à la plaine. On vivait dans une ambiance de roman noir, suspectant le facteur, les voisins, les passagers qui prolongeaient leurs vacances. La nuit, ceux qui ravitaillaient les insoumis, se faisaient, au retour, du vin chaud ou des frites et commençaient sous le manteau de la cheminée de grandes polémiques sur la révolution et la prise du pouvoir.

Le temps d'enfiler un short et un pull-over, je me retrouvai dans la salle à manger, illuminée par un feu de bois. On me présenta le nouveau clandestin, un manœuvre polonais de Digne, objecteur de conscience, le camarade Gugut. Furieux de m'être levé pour si peu je regagnai ma chambre en claquant la porte, laissant le dernier arrivé au soin de la communauté.

Les deux garagistes avaient fait la malle, préférant toutes les casernes à la nature sauvage. Odry pesta, mais moi je poussai un soupir de soulagement. Les Parisiens étaient pénibles, exigeants, difficiles, ils n'aimaient pas les haricots, détestaient le mouton, ne supportaient pas l'ail, ne fumaient que des High Life, réclamaient des Gillette bleues et du saucisson pur porc... Récupérés par la société qu'ils renonçaient à combattre ils avaient pris place sur la banquette du fond, dans l'autobus du Vialard, un vieux Berliet de 1914 avec des roues à bandage et, comme ils étaient en veston, cravate violine, chevalière au doigt, feutre mou et bottines noires, on chuchota qu'ils étaient de la secrète, envoyés pour enquêter sur les maquisards cachés dans nos montagnes.

« La guerre peut être longue », pérorait le patron de Saint-Hubert. « Nous devons tenir! Ceux qui ne partent pas, couic! » et d'un geste de la main, il simulait la guillotine. « Il faut être patriote! » Portant beau, les cheveux et la moustache teints, la main sur le cœur, il se contentait de faire don de sa personne à Mlle Mathilde qui comme la gendarmerie et la ligne d'autobus, s'accommodait des réservistes.

Au Jardin-des-Serpents, ils restaient trois. Séraphin se remémorait souvent ce paysan de l'hospitalet qui s'était caché durant quatre ans dans son grenier à foin, sans parler, bouger, fumer, ni sortir. Sa femme ne pouvait acheter un paquet de tabac sans attirer les soupçons, ni même emprunter un livre à l'instituteur, puisqu'elle ne lisait pas, et il était devenu fou à la fin de la guerre.

L'automne demeurerait doux jusqu'à la Toussaint, mais passé le jour des morts, l'ennemi silencieux se glisserait par les Portes et s'avancerait à pas feutrés jusque dans leur tanière, abri précaire contre les grands froids de janvier. Tout feu, toute fumée est vite repérée dans les lieux solitaires, toute vie se trahit dans le désert. Et Séraphin comptait sans l'ennui, le cafard, le désœuvrement, car c'était un manuel et un actif.

Férier avait fait son choix, librement, en toute connaissance de cause. Son parti était pris depuis toujours, sa conduite toute tracée. D'autres hommes sincères se déclareraient, comme lui, objecteurs de conscience. Sans se faire trop d'illusions, il se souvenait de meetings, de manifestes; les réseaux clandestins verraient le jour. La solidarité s'organiserait avant l'hiver, il était optimiste.

Fernand lui écrivait chaque jour à sa femme, demandant des nouvelles de son bistrot, des clients. Il craignait pour sa santé, réclamant sans cesse un médicament ou l'autre, ajoutait des lithinés dans l'eau qu'il trouvait calcaire. Puis il se mit en tête que je lui procure un ballon de verre, un bidon vide, une lampe à souder et cinq mètres de tuyaux de cuivre pour fabriquer un alambic à distiller les prunelles et faire de l'eau-de-vie.

Gugut n'avait pas voulu prendre le maquis. Il n'était pas très chaud pour le plein-air, optant pour la chambre particulière (celle des ruches) avec vue sur Travignon, édredon de plumes et petit déjeuner au lit. La salle à manger et la cuisine lui étaient interdites : il n'était évidemment pas inscrit sur le registre d'hébergement. A dix heures tous les matins, on le mettait dehors et il allait se cacher dans la combe, près du cabanon de Zizi. L'enfance de l'art! Tous les midis, nous lui portions un repas chaud dans un panier.

Mme Corbillard qui régulièrement venait à son jardin ramasser des haricots à égrener et des tomates, fut vite intriguée par ce manège et posa des questions. Tant bien que mal on lui expliqua qu'il s'agissait d'un étudiant surmené qui se plaisait dans la solitude de la source.

Je commençais à comprendre que le camarade Gugut me prenait pour un imbécile, quand sa propre femme débarqua un beau matin en disant qu'en tant qu'étranger il n'était pas mobilisable, que son patron le réclamait, et qu'il était temps qu'il rapportât quelque argent à la maison où ses gosses crevaient la faim. Et, jetant à la ronde un regard méprisant, elle l'emmena sur-le-champ, jurant qu'elle le tiendrait désormais au chantier... Et un de moins!

Restait l'auto volée. La première panique dissipée, on vit de nouveau du monde à l'auberge. A tous on proposait la bagnole. Mais comme pour les petits chats à l'entrée de l'hiver, qu'on trouve adorables, qu'on caresse, qu'on dorlote, pas une bonne âme ne se dévouait pour s'en encombrer. Si l'on n'en demandait rien, on n'allait quand même pas payer celui qui voudrait bien la prendre. Et gare aux fausses manœuvres, il fallait compter avec la curiosité des voisins, Arthur et surtout le père Corbillard qui depuis son attaque, se distrayait en surveillant le chemin avec des jumelles.

Carrière, un jeune instituteur de l'Isle-sur-la-Sorgue proposa de nous en débarrasser. Il vint un jeudi dans sa propre traction, la gara dans la remise, prit l'autre, monta au Comtadour au-delà des dernières bergeries pour atteindre la ligne de crête. Il passa la première, visa les à-pics de Valbelle, sauta de l'auto et entendit la voiture qui dégringolait en rebondissant dans les éboulis. Il regagna Regain à la nuit tombée avec un comparse.

L'atmosphère commençait à me peser. Je ne me sentais plus chez moi. Ce n'était pas quelques maquisards isolés sur la surface de trois départements qui pourraient empêcher le massacre. La seule solution réaliste devenait l'action directe, d'homme à homme, auprès des responsables de cette guerre, du moins ceux que l'on connaissait, et à qui peut-être on pourrait parler. Mon cousin Serge, à l'époque secrétaire de Daladier, pourrait nous servir d'intermédiaire. J'étais décidé à prendre le taureau par les cornes. J'étais natif de ce signe, il fallait croire en son étoile.

J'attrapai le train en gare d'Avignon. Le voyage dura trente-six heures comme au temps des diligences. Ainsi, elle était là cette guerre dont ma mère m'avait si souvent parlé. Ce n'était plus de la littérature. Elle était là, en croix rouges, en wagons vides et en trains sous pression, prêts à rejoindre une destination inconnue.

Après Dijon le compartiment se mit à discuter du coût de la vie, de menus soucis, de sandwich et de soda, on se querella pour savoir si on laisserait la veilleuse éclairée ou non. Une grand-mère qui avait connu 1870 racontait avoir lu dans un journal que les Boches lançaient des bonbons empoisonnés sur Varsovie pour tuer les enfants. Dans mon coin, je pensais à ma mère. Du moins, elle ne connaîtrait pas celle-ci, qui commençait comme l'autre, moins brutalement certes, mais chaque jour on s'attendait à la grande offensive. Pour l'instant c'était encore suivant l'expression de *Paris-Soir* « la drôle de guerre ».

Drôle de guerre, en effet, si l'on réalise que sans vérification d'identité ni laissez-passer, je pus entrer impunément au ministère de la Guerre comme dans un moulin!

J'arrivai à Paris de nuit. La ville Lumière était plongée dans le noir. Si les trains mettaient deux jours pour aller de Marseille à Paris, « marche prudente », avec un arrêt obligatoire à chaque gare, le métro par contre était devenu express. On avait supprimé une station sur deux. C'est par les journaux que j'appris l'arrestation de Giono, transféré au Fort-Saint-Nicolas pour refus d'obéissance.

Encouragé par mon cousin, je rendis visite au président du Conseil. L'entretien fut cordial. Je parlai au nom des jeunes des auberges, demandant surtout de

limiter les dégâts et de tenter encore un arrangement à
l'amiable. Je ne parlai pas trop de pacifisme, d'objection
de conscience, sachant qu'à l'heure actuelle, tout cela
était dépassé. Il fallait avant tout épargner une génération, un million ou deux de gars de vingt à trente ans,
éviter que les monuments aux morts ne voient doubler
leur liste.

Le président Daladier me répondit qu'il faisait ce qui
était en son pouvoir, qu'il n'était pas si facile de
s'entendre avec Hitler et conclut carrément :

« Vous êtes tous bien gentils, mais plus tard je ne
voudrais pas que vous me reprochiez de ne pas avoir eu
de c... au cul. »

Valérie était à Brest, Yvonne au Mans. Au siège du
C.L.A.J. je trouvai deux dactylos occupées à préparer
des colis d'alcool de menthe et de friandises pour les
ajistes mobilisés. Dans les clubs d'usagers naissants,
clans et chapelles, on palabrait. Tant qu'il restait
quelques auberges de banlieue pour « fuir les murs
gris » pendant les week-ends, on continuait à chanter
« les crapauds », à faire des danses folkloriques, à
resquiller au contrôle et à cacher un short très court
sous son pan de chemise pour choquer les bonnes sœurs.

Le Centre ne représentait plus une promesse d'avenir,
mais une permanence, une administration. Rue Réau-
mur j'assistai à un débat sur l'avenir du mouvement. Les
éléments responsables cherchaient surtout à prendre de
petits leviers de commande sous couvert de grands
principes.

A mon retour, je trouvai le maquis replié sur les
Abeilles. L'automne s'était installé, les cerisiers rougis-
saient; plus avancés, les térébinthes et les sumacs
empourpraient déjà les collines. Je m'embauchai pour
les vendanges.

Quelques jours plus tard, je reçus une convocation
pour une visite médicale en Avignon. J'achetai, pour dix
francs à Prisunic, un caleçon dont j'oubliai d'enlever
l'étiquette. Le major rit et me versa dans l'auxiliaire.
C'était toujours ça de gagné.

La Toussaint vit le dernier soubresaut du Regain d'avant-guerre, dernières crêpes, derniers tisons de joie. Odry était remonté sur Paris et Cyprienne avait suivi Astuce à Montpellier. Je me retrouvai seul dans mes murs. J'allumai du feu dans la bibliothèque et m'assis au bureau pour composer un album de souvenirs avec des photos, des bribes du livre d'or, des extraits de lettres, que je commentais çà et là. Le matin me surprit à ma table de travail.

Le vent d'est souffla une semaine. Je m'alimentais de pommes de terre bouillies, de salades des champs, de bols de café au lait et de tartines. Je ne me lavais pas, ne me rasais pas, dormais tout habillé, ne faisais plus la vaisselle. Les chèvres étaient restées au bouc. Le Ludovic y trouvait son compte, car elles avaient encore du lait. L'herbe abondait à Romanet, les mûriers étaient encore verts et les pervenches refleurissaient. Les vignes étaient pleines de soucis et les prés de pâquerettes.

Perdu dans ma combe, sous un ciel qui charriait ses nuages dans un grondement d'océan, j'achevai mon journal. Je fis le point d'après les registres d'hébergement. Pour 1939 je comptai près de trois mille nuits. Maintenant l'auberge pouvait assurer un minimum vital, et nourrir son homme. La guerre venait tout barrer. En conclusion je dessinai un fusil sur la dernière page. Ma route de la joie n'était plus qu'un cul-de-sac. Déboucherait-elle un jour sur un autre monde?

Je croupissais dans ma tanière comme un renard malade, reclus en ces derniers jours libres. Bientôt je ferais connaissance avec la caserne, l'uniforme, le petit doigt sur la couture du pantalon et le demi-tour à droite. J'étais résigné. Je me sentais profondément pacifiste, profondément antimilitariste, contre toute violence, toute guerre, mais, logiquement, que pouvais-je faire d'autre? Me réfugier à Travignon, pour jouer à la paix, comme les enfants jouent à la guerre avec un sabre de bois? La position des insoumis était respectable, courageuse. C'était bien beau l'idéal, mais quelle responsabilité pour ceux qui étaient obligés de les cacher et de les nourrir! Il fallait se rendre à l'évidence, Giono avait échoué, Daladier était le plus fort.

Les gendarmes connaissaient maintenant le rôle joué par Regain dans l'organisation de ce premier maquis de non-violents. Incapable d'envisager un travail régulier avec l'imminence de ma mobilisation au-dessus de la tête, dans ma situation d'homme traqué, je ne voyais pas d'autre issue.

Le onze novembre, je reçus l'ordre : affecté au Troisième Dépôt d'artillerie de montagne, je devais rejoindre Castres dans les trois jours.

Je laissai les chèvres en pension, donnai les chats, sauf la Vieille qui se débrouillerait toujours. Je fermai le portail, dis adieu au plaqueminier, au puits rose bonbon, à la glycine, au cognassier, au mûrier centenaire, à l'aire, aux vignes rouges, aux cerisiers flamboyants, aux Portes, aux bories, au bassin du père Corbillard, à Travignon, au bonheur, à ma jeunesse surtout.

Je fermais le premier chapitre de ma vie d'homme, si la chance était pour moi, si mon nom ne s'ajoutait pas à ceux du village sur le monument aux morts de Saint-Saturnin! Car si, de caractère, j'étais resté de la vallée de l'Ouvèze et non d'ici, où le rire rare comme l'eau ne jaillissait jamais en cascades mais perlait seulement au coin des lèvres, trois ans de courses dans le chemin caillouteux, chez Blanche ou La Pellissane, la fête annuelle au Portail-Leydier, les petits riens de la vie quotidienne m'avaient fait adopter ici et me donneraient droit à un nom, en lettres d'or sur le monument de la place, comme les enfants du pays.

TABLE DES MATIERES

Cet ouvrage a été réalisé sur
SYSTEME CAMERON
par Firmin-Didot S.A.
pour le compte
des Editions Calmann-Lévy
3, rue Auber, Paris 9ᵉ
le 23 avril 1980

Dépôt légal : 2ᵉ trimestre 1980
Nᵒ d'édition : 10763
Nᵒ d'impression : 6241